La casa de los niños

La casa
de los niños

Mario Escobar

Papel certificado por el Forest Stewardship Council®

MIXTO
Papel procedente de
fuentes responsables
FSC® C117695

Penguin
Random House
Grupo Editorial

Primera edición: enero de 2022

© 2022, Mario Escobar
Autor representado por Bookbank Agencia Literaria
© 2022, Penguin Random House Grupo Editorial, S. A. U.,
Travessera de Gràcia, 47-49. 08021 Barcelona

Printed in Spain — Impreso en España

ISBN: 978-84-666-7071-5
Depósito legal: B-17.611-2021

Compuesto en Gama

Impreso en Black Print CPI Ibérica
Sant Andreu de la Barca (Barcelona)

BS 7 0 7 1 5

A Elisabeth, Andrea y Alejandro,
que una vez me sirvieron de guía como
Virgilio a Dante en su bajada a los infiernos

A todos los héroes sin armas ni banderas,
cuya fe y amor por el prójimo les hizo superar
el miedo y el egoísmo para dedicar su vida
a salvar la de tantos desconocidos

No me gusta hablar de esa época. No me gusta ser protagonista de nada, porque solo pienso en los miles de niños que no pudimos salvar.

JOHAN VAN HULST,
Het Parool, Ámsterdam, 2015

¿No creen ustedes que todos somos responsables de la falta de valores? Y que si todos nosotros, que procedemos del nietzscheísmo, del nihilismo o del realismo histórico, confesáramos públicamente que nos hemos equivocado, que existen valores morales y que en lo sucesivo haremos lo que sea necesario para fundarlos e ilustrarlos, ¿esto podría ser el comienzo de una esperanza?

ALBERT CAMUS,
Cuaderno V, Carnets

Y abiertamente consagré mi corazón a la tierra grave y doliente, y a menudo, en la noche sagrada, le prometí amarla con fidelidad hasta la muerte, sin miedo, y con su pesada carga de fatalidad y no despreciar ninguno de sus enigmas. Así me até a ella con un lazo mortal.

FRIEDRICH HÖLDERLIN,
La muerte de Emédocles

Todos piensan en cambiar el mundo, pero nadie piensa en cambiarse a sí mismo.

LEÓN TOLSTOI

Introducción

Algunos críticos piensan que se están escribiendo demasiados libros sobre el Holocausto, la Segunda Guerra Mundial y los crímenes nazis. Aunque les parece aún peor que se escriban novelas sobre estos temas, como si la ficción fuera una forma frívola de acercarse a la verdad histórica. Lo cierto es que el silencio y la indiferencia han sido la respuesta generalizada hacia lo ocurrido en la Segunda Guerra Mundial durante casi todo el siglo xx, en especial hacia lo sucedido en los campos de exterminio nazi. Estados Unidos y Gran Bretaña apenas dedicaron media docena de novelas y películas a intentar narrar lo sucedido a los judíos durante la guerra. Hasta el siglo xxi, excepto algunos puñados de intelectuales, académicos y estudiantes, muy pocos se habían acercado al tema de la destrucción masiva de vidas que supuso el Holocausto. Durante décadas Hollywood lo ocultó, la literatura apenas hizo referencia a estos temas, todos preferían olvidar.

Para las víctimas era muy doloroso seguir hablando de lo que les había sucedido; para los verdugos, que en su mayoría había escapado de la mano de la justicia, era peligroso, y para los millones de colaboracionistas, incómodo. En muchos países estos temas son todavía un tabú, como es el caso de Rusia, Alemania o Austria, pero también en Hungría, Rumanía o España.

Primo Levi escribió en su primer libro sobre su experiencia en Auschwitz una especie de profecía hacia todos los que intentaran ignorar lo sucedido en Europa en la década de los años treinta y cuarenta. Dice en su famoso *Si esto es un hombre*: «Los que vivís seguros en vuestras casas caldeadas. Los que os encontráis, al volver por la tarde, la comida caliente y los rostros amigos (...). Pensad que esto ha sucedido: Os encomiendo estas palabras. Grabadlas en vuestros corazones al estar en casa, al ir por la calle, al acostaros y al levantaros; repetídselas a vuestros hijos. O que vuestra casa se derrumbe, la enfermedad os imposibilite, vuestros descendientes os vuelvan el rostro». El olvido es mucho más peligroso que el exceso de memoria.

Cuando comencé a escribir novelas sobre la Segunda Guerra Mundial en el año 2016, apenas había títulos con esta temática en castellano. En América y en España, más tarde en otros muchos lugares del mundo, comenzó a despertarse la conciencia de que no podíamos olvidar. En las primeras entrevistas que concedí en la gira por América de mi novela *Canción de cuna de Auschwitz,* advertí a la prensa y televisión que una «edad oscura» se cernía sobre el mundo y que los extremismos no tardarían en aparecer por todas partes. El populismo, el fascismo y estalinismo han comenzado de nuevo a echar raíces en muchos corazones, pero las novelas son una buena vacuna contra ellos.

La historia de la guardería de Henriëtte Pimentel y el rescate de más de seiscientos niños en Ámsterdam llegó a mí por medio de la vida y obra de Johan van Hulst, un prominente pedagogo y político de los Países Bajos, que destacó durante décadas por su honradez y disposición al diálogo. Este político era un joven director de la escuela de pedagogía Hervormde Kweekschool (HKS) en Ámsterdam que cada día pasaba por delante del Teatro Hollandsche Schouwburg, el lugar donde se retenía a los judíos holandeses que iban a ser deportados. Johan podía haber permanecido indiferente a lo que pasaba ante él, como hicieron millones de sus conciudadanos, pero decidió actuar.

Muchos de los judíos neerlandeses asesinados eran de origen español y portugués. En los Países Bajos los sefardíes continuaban manteniendo el idioma y muchas costumbres españolas. De hecho, hasta los años treinta seguían publicando un periódico en castellano en el que se incluían noticias sobre España. Cuando Alfonso XIII visitó el país se sorprendió al oír: «Viva España» y «Viva el Rey» entre la muchedumbre que salió a recibirle. Tras casi quinientos años los judíos españoles seguían amando y recordando su tierra amada de Sefarad.

Mi familia y yo visitamos Ámsterdam en el año 2019, recorrimos emocionados los escenarios en los que transcurre esta historia y nos imaginamos el horror y sufrimiento de los miles de hombres, mujeres y niños que pasaron por esas calles antes de ser enviados a los campos de exterminio. Después visitamos el campo de Westerbork, donde se reunía a los prisioneros antes de meterlos en los trenes con destino a los campos de exterminio; pasamos junto a la cómoda casa del comandante del campo y observamos los bosques frondosos que fueron testigos de la infame historia de los judíos holandeses, los disidentes políticos y los miembros de la Resistencia. Ante aquel paisaje confusamente hermoso, mientras el cielo azul brillaba sobre la tierra seca, pensé en cómo el mismo polvo del camino se pegó a los zapatos de los cientos de miles de víctimas que quedarán en el más absoluto anonimato. Después, con cierta angustia, me pregunté: «¿Algo así puede suceder de nuevo?». La respuesta fue aún más angustiosa. Sin duda corremos hacia el precipicio, por ello, todos y cada uno de nosotros debemos convertirnos con urgencia en mensajeros y portavoces de lo ocurrido hace más de ochenta años, sobre todo ahora que ya no quedan apenas testigos directos que mantengan viva la llama de la verdad que alumbra siempre los corazones puros.

Prólogo

Ámsterdam, 17 de noviembre de 1942

—Hasta la noche y pórtate bien —dijo Lena antes de despedirse de su hijo Salomón, para dirigirse a su trabajo como costurera en una empresa textil cercana. Lo que ella no sabía era que no volvería a ver a su hijo jamás.

Lena no miró atrás, subió al tranvía que paraba justo enfrente de la guardería, se tapó con la solapa la estrella e intentó no cruzar su mirada con el resto de los pasajeros. El vagón rebosaba de gente; los alemanes habían dispuesto que los ciudadanos de Ámsterdam no podían mezclarse con sus soldados y funcionarios de pura raza aria, por lo que mientras la multitud se hacinaba, justo delante, el vagón de los ocupantes se encontraba casi vacío.

Lena logró acercarse a una ventana y contemplar la calle y los canales. El gueto judío terminaba poco después de la gran sinagoga de los sefardíes; más allá de sus confines era un territorio peligroso para una mujer judía, pero tenía que trabajar para sacar a su familia adelante. Su sueldo era el principal en su casa, su marido intentaba hacer pequeños trabajos con los que apenas reunía unos pocos florines, y en los Países Bajos desde la ocupación nazi todo estaba carísimo.

La mujer contempló el mar en el horizonte, para ella simbolizaba la libertad, habían intentado huir a Inglaterra cuando las restricciones a los judíos aumentaron, pero era muy difícil pagar un pasaje clandestino a Suecia o Islandia, por no hablar a Gran Bretaña o Estados Unidos. Además, los cupos de judíos admitidos en la mayoría de los países estaban cerrados. Lena pertenecía a una familia humilde de trabajadores que siempre se habían ganado su salario con el sudor de la frente, por eso no entendía como muchos de sus compatriotas se creían toda aquella propaganda de que los judíos eran ricos y que habían prosperado robándole el pan y el trabajo a los verdaderos neerlandeses, pero una mentira repetida durante casi dos años y medio había terminado por calar incluso entre sus amigos.

Lena saltó del tranvía cerca del puerto, afortunadamente nadie había descubierto su estrella, los judíos ya no podían viajar en transporte público. Caminó con paso rápido hasta la fábrica y tras cruzar la verja sintió un escalofrío. Aquella mañana había dos filas en la puerta en lugar de una y aquella no era una buena señal.

—¡Ponte en la de los judíos! —gritó el portero y ella dio un respingo, como si aquel exabrupto acabara de despertarla por fin.

—¿Qué sucede? —preguntó Lena a la mujer que había justo delante.

—Los alemanes están haciendo una revisión de papeles, no quieren que haya judíos trabajando ilegalmente —comentó María, una judía sefardí con la que apenas había hablado en todos aquellos años. La comunidad sefardí y askenazí no se trataban mucho y eran raros los matrimonios entre los dos grupos religiosos. Los sefardíes siempre se habían considerado superiores, aunque en muchos casos fueran tan pobres como los otros.

Cuando cruzaron el umbral, los alemanes comenzaron a gritarles y a pedirles que se colocasen a un lado. El resto de las trabajadoras se dirigió a la nave principal, mientras las judías apretaban los puños o se mordían los labios tratando de controlar los nervios.

—Todas las trabajadoras judías irán a Alemania para ocupar los puestos vacantes en las fábricas, necesitamos mano de obra para ganar la guerra —dijo el oficial de las SS, rodeado de la policía holandesa y un pequeño grupo de miembros del NSB, el partido nazi holandés.

Lena comenzó a temblar, sabía lo que aquello significaba. Como la mayoría de sus correligionarios había intentado pensar que no la deportarían, a pesar de que miles de judíos de todo el país llegaban cada día a la ciudad para ser enviados al campo de tránsito de

Westerbork y se veían los autobuses y camiones que los transportaban. Cada mañana contemplaba las largas filas delante del Hollandsche Schouwburg, el teatro más famoso de la ciudad, que se había convertido en la Oficina Central para la Emigración Judía, un eufemismo más para disimular sus verdaderas intenciones.

—¡Lena Blitz!

Cuando la mujer oyó su nombre salió de su ensimismamiento y dio un paso al frente de forma mecánica, como si un resorte la moviera hacia delante.

—¡Al camión!

Los pastores alemanes comenzaron a ladrar y ella corrió como una autómata, no podía pensar, el miedo había abotargado su mente. Mientras subía al camión recordó cómo había sido aquella mañana. Su marido le había dado un beso en la frente antes de marcharse cuando aún estaba en la cama acurrucada junto al pequeño Salomón, y ella apenas le había respondido con un gesto. No era consciente de que aquella sería la última vez que lo vería. La hermosa cotidianidad pasaba desapercibida para la mayoría de los mortales, empeñados por acariciar momentos inolvidables y trascendentes, sin darse cuenta de que la verdadera felicidad se encontraba en preparar el vaso de leche a su pequeño, peinarlo mientras ambos se reían frente al espejo y él se quejaba del peinado, correr para no perder el tranvía y esperar reencontrarse de nuevo por la tarde, cuando el niño corría hacia ella como si no hubiera otra persona más importante sobre la tierra.

Saltó al camión con dificultad y se secó las lágrimas con la manga áspera de su abrigo granate. Pensó en su marido, después se estremeció al imaginar el rostro de su hijo al ver que ella no aparecía, que el resto de los niños se marchaban con sus madres, pero que la suya nunca volvería a recogerlo.

PRIMERA PARTE

El verano de nuestras vidas

1

La muñeca

Ámsterdam, 25 de agosto de 1942

No sabía que había estado dormido, que había vivido durante años anestesiado por el suave influjo y la falsa sensación de sentirme a salvo. Aquellos dos años habían sido muy duros; si algo anhelábamos los holandeses, como el resto de los neerlandeses, era la libertad, el poder decidir qué hacer con nuestra vida, pero dos años antes habíamos perdido ese derecho a ser libres y sentirnos a salvo. Aunque siempre me he preguntado hasta qué punto lo éramos realmente. Me impresionaba el proverbio judío: «El hombre piensa y Dios ríe». De hecho, no lo había entendido hasta aquella mañana. ¿Cómo podía Dios reírse de los pensamientos de las personas? Llegué a la conclusión de que, en el fondo, la verdad se nos escapa, que caminamos sordos y ciegos por el mundo. Cuanto más pensamos, en realidad más nos alejamos de nuestros semejantes, envueltos en ese mundo interior vedado, en el que nadie puede entrar.

Tendía a vagar en mis pensamientos, en ocasiones hasta me molestaba que alguien anduviera a mi paso o simplemente se cruzara conmigo. Me imaginaba único e importante, como el protagonista de una película o una radionovela de las que ponían por las tardes en Radio Ámsterdam. No era consciente de que nunca somos lo que imaginamos ser. Mis pensamientos no solo me alejaban de los demás, también de comprender mi verdadero yo. ¿Quién era Johan van Hulst, un joven de poco más de treinta años, de rostro común, ojos pequeños detrás de unas gafas redondas baratas y corrientes, de labios finos y nariz mediana. ¿Eso era yo? No, muchos decían que la verdadera esencia de lo que somos está en lo que hacemos. Entonces, yo era profesor y el director de la Kweekschool voor onderwijzers de Ámsterdam, por tanto, formador de formadores. ¿Mi profesión me definía? ¿Era eso lo que me daba sentido? ¿Por qué, pues, me veía como un hámster dando vueltas en una rueda interminable que no llevaba a ninguna parte?

«Johan van Hulst —pensé por fin aquel caluroso día de verano— es un holandés, un miembro de la Iglesia Reformada Holandesa», pero aquella conclusión infantil tampoco terminó de convencerme.

Aquella mañana, mientras caminaba los últimos metros hasta el edificio de la escuela y contemplaba a los camiones descargando a los desdichados judíos traídos de provincias o atrapados en las calles de la ciudad, maldecía el sol que hacía que se me pegara la camisa debajo de la chaqueta, sin darme cuenta de que ellos lo soportaban durante horas, a veces con niños en brazos o ayudando a sostenerse a ancianos a punto de desmayarse.

Entonces me pregunté de nuevo: «¿Has escuchado tú la risa de Dios?». No quería ser un «agélasta» como decía Rabelais, los que creen que todos los hombres deben pensar de la misma manera, que la verdad es clara y que ellos son los auténticos hombres; cada vez tenía más dudas que certezas.

Observé a los policías que al lado de algunos miembros de las SS empujaban a las familias hacia el interior del teatro; aquellos tipos rudos y altivos, seguros de sí mismos, me parecieron semidioses. ¿Acaso no anhelaba yo aquella seguridad? ¿No prefería perderme en la masa y dejar atrás mi individualismo que siempre arrastraba como un pesado fardo?

Una niña de pelo moreno y piel muy blanca se echó a llorar, un miembro del Partido Nacional Socialista holandés comenzó a zarandearla y el padre de la niña se interpuso; el joven se quedó parado, como si no entendiera que un judío pudiera plantarle cara. Los observé con cierto desasosiego, aquella mañana no aparté la mirada como en otras ocasiones, no agaché la cabeza y continué mi camino, me paré y salí por primera vez de mis pensamientos. El fanático militante golpeó al hombre, pero este continuó apretando a su hija contra sus piernas. En ese momento, un soldado alemán se acercó y sin mediar palabra sacó su arma y pegó un tiro al hombre en la cabeza. Tardó un par de segundos en desplomarse, su esposa gritó y, por primera vez, la niña se quedó en silencio, contemplando cómo brotaba la sangre de la sien de su padre. La mujer se lanzó al suelo y abrazó el cuerpo mientras un grito de dolor desgarraba el cielo azul de Ámsterdam ante la indiferencia de la mayoría de los transeúntes. El alemán golpeó a la mujer con la culata del arma para que se callara, pero la pobre no dejaba de gritar, acababan de arrebatarle el amor de su vida.

Una mujer de pelo canoso cruzó la calle con una agilidad que sorprendió a todos y le dijo algo al soldado en alemán. Este, de forma inmediata y para sorpresa de todos, dejó de golpear a la mujer. Después, la casi anciana se agachó y habló con la viuda; ella afirmó con la cabeza y la mujer tomó en brazos a la niña y con la misma agilidad cruzó la calle. Casi chocamos, la mujer me miró a los ojos y noté cierto reproche en su mirada. La niña también me observó, pero parecía ida, como si no asimilara lo sucedido. Su muñeca se desprendió de su mano, pero no la reclamó, se fue en brazos de aquella mujer. Miré la sencilla muñeca de trapo sobre el suelo sucio de la calle y de nuevo a la fila de judíos. Sus rostros resignados me entristecieron, pero al mismo tiempo me sacaron de mi ensimismamiento. Tomé la muñeca, tenía que devolvérsela a la niña. Tenía que hacer algo.

Me sentí como Penélope, deshaciendo el tapiz que sabios, teólogos y filósofos tejían cada día, el sentido de la vida no se encontraba en los pensamientos, tampoco en las largas reflexiones ni en la razón pura. El sentido de la vida estaba en la mirada de aquella niña y en su súplica, entonces me desperté y vi las cosas como realmente eran. Jamás volví a ser el mismo.

2

El teatro

Ámsterdam, 20 de julio de 1942

Todo tiene un precio, hasta un hermoso paisaje en un recóndito lugar espera con avidez un corazón que lo contemple emocionado. La belleza espera en vela a que el caminante se acerque y la contemple para ser admirada una vez más. No quiere oro ni plata, lo único que pretende es nuestro estremecimiento y nuestra emoción. El teatro es una de las bellas artes que busca fascinarnos y emocionarnos. El drama recrea la vida para aliviarnos de la pesada carga que todos tenemos que soportar. Los actores nos representan a nosotros mismos, como si al vernos ante el espejo fuéramos capaces de perdonarnos y llegar a entendernos en cierto modo.

Una vez mi madre me dijo que el mayor don que posee el ser humano es la capacidad de perdonar. Primero a sí mismo, ya que las afrentas que más nos duelen son las que nosotros mismos infligimos a otros; después perdonamos a los que nos rodean intentando devolver su orden natural al mundo, ya que únicamente a través del perdón hay verdadera liberación. En cambio, yo no me puedo perdonar. Traje a mi familia aquí desde la vieja Alemania para mantenerlos a salvo y no lo he conseguido.

Mi padre era holandés, por eso no me resultó difícil obtener la doble nacionalidad y escapar del Reich en 1938, antes de que todo se complicara más para mi pueblo. Las cosas en el país en el que me crie se habían puesto muy mal para los judíos. Traje conmigo a mi esposa, mi madre y mi suegra, y un año más tarde vino al mundo la pequeña Yvonne. Siempre he estado rodeado de mujeres increíbles, ahora siento que las he fallado a todas.

Hace dos años, cuando los alemanes amenazaban con invadir los Países Bajos, mi hermano nos consiguió un visado para Estados Unidos. Él llevaba allí desde 1937 y muchas veces me había aconsejado que dejara la vieja Europa, pero no le hice caso. Cuando los alemanes prohibieron la salida de cualquier persona del país, nos encontramos encerrados en esta jaula a la espera de no sabemos qué. Ahora daría cualquier cosa por poder escapar y poner a salvo a mi familia.

Aquel día me puse mi mejor traje, el Consejo Judío quería reunirse conmigo. No sabía de qué querían tratar con un pobre ejecutivo de la mantequilla venido a menos, pero sin duda era importante. En momentos como aquellos, el simple hecho de ser de utilidad para el Consejo Judío o la Oficina de Emigración judía dirigida por los nazis podía significar la diferencia entre la vida y la muerte.

Mientras caminaba hacia el consejo, mi estómago no dejaba de sonar, parecía como si alguien estuviera tocando un concierto dentro de mis tripas. Me paré frente a la puerta, había perdido tanto peso que el traje me quedaba grande, después subí las escaleras con cierta debilidad, como si en los pocos meses que llevaba en la ciudad hubiera envejecido cien años. Cuando llegué a la primera planta me recibió una hermosa secretaria, me condujo hasta la sala de reuniones y abrió las dos puertas. Sentados a una mesa había algo más de una docena de personas. Todos se giraron y me observaron intrigados. El presidente Asscher miró al vicepresidente Cohen y este se puso de pie de inmediato.

—Les presentó al señor Süskind, es de origen alemán, pero su padre era holandés.

Algunos de los miembros del consejo me miraron con cierta desconfianza, pero enseguida Cohen añadió:

—El señor Süskind ha sido ejecutivo en la famosa Unilever, es el candidato perfecto, se lo aseguro.

Me pidieron que me sentara y un par de miembros me hicieron preguntas sencillas, casi de rigor. Después Asscher tosió y se hizo un largo silencio.

—Señor Süskind, su labor será fundamental para salvaguardar la supervivencia de la comunidad judía de Ámsterdam y de todos los Países Bajos. Muchos critican al consejo, pero nosotros somos los que damos la cara ante Böhmcker y los que arriesgamos el cuello por nuestros hermanos. Cuando se produjeron los disturbios el año pasado y se nos obligó a crear la judería, después de que todo el barrio fuera acordonado por alemanes, nos miraron como a cómplices, pero hemos evitado muchas muertes, retrasado las deportaciones y conseguido grandes cantidades de comida. Ahora los alemanes nos piden cuotas de trabajadores para enviar a Alemania; por un lado tendremos menos bocas que alimentar y por otro, esas personas se asegurarán de que no serán eliminadas. Los nazis no pueden prescindir de mano de obra gratuita y cualificada.

El resto del grupo afirmó con la cabeza.

—Por eso queremos pedirle que se haga cargo de la dirección del Hollandsche Schouwburg, el Teatro Holandés de Ámsterdam. Será el principal centro de agrupamiento y usted, el director de la sección judía de la Oficina de Emigración Judía. Su familia recibirá doble ración de alimentos y le garantizamos que ninguno será deportado, al ser usted un miembro de vital importancia para la comunidad.

Me quedé pensativo unos instantes, tenía la sensación, aunque no podía explicarla, de que estaba vendiendo mi alma al diablo. Me quité esa idea de la cabeza. Sin duda aquellos hombres estaban trabajando para el bien de la comunidad, aunque para ello tuvieran que colaborar con los enemigos de nuestro pueblo. Era mejor ser deportado para trabajar para Alemania que morir de hambre en los Países Bajos, pensé mientras intentaba mantener una apariencia de tranquilidad y sosiego.

—Los disturbios del año pasado terminaron con cientos de jóvenes deportados a Alemania, no queremos que algo así suceda. ¿Lo entiende? —preguntó Cohen.

—Pero ¿por qué yo? Imagino que hay decenas de compatriotas que harían un trabajo excelente.

—Sabe hablar alemán como uno de ellos, no le verán como un igual, pero al menos le escucharán más que a un judío neerlandés. Además, sabe organizar una oficina y está plenamente capacitado para este puesto. Al no ser miembro de las dos comunidades mayoritarias no se decantará por una o por otra.

Al final afirmé con la cabeza y acepté el puesto, ¿qué otra cosa podía hacer? Tenía la sensación de que por alguna razón había sido elegido por la providencia para realizar esa misión. Yo, un extranjero, un apátrida, que nunca había encontrado del todo su lugar en el mundo, de repente era el hombre clave, destinado a salvar vidas y ayudar, el nexo entre los nazis y los judíos de los Países Bajos.

Los miembros del consejo se pusieron de pie y me felicitaron. Al final Cohen me llevó a su despacho y me pidió que me sentase. La secretaria le sirvió un café con leche y pastas.

—¿Quiere café?

La pregunta parecía retórica, la mayoría de los neerlandeses teníamos un hambre insaciable en todo momento. La secretaria me puso el café en la mesa y tres pastas danesas. Fui saboreándolas poco a poco, intentando que su sabor se prolongase, pero tras comerme la primera, me guardé las otras dos disimuladamente en el bolsillo. Pensé en la cara de felicidad de mi hija cuando le diera una de aquellas delicias de mantequilla.

—El teatro aún está ocupado por los actores, han prometido vaciarlo en estos días. Tras la ocupación algunos se refugiaron allí, pero no le causarán problemas. Tendrá varios ayudantes y todo el material que solicite; debe comenzar su trabajo de inmediato.

El hombre me entregó un papel.

—Esta es la dirección de su nueva casa, me hago cargo de que tiene a cuatro mujeres en la familia. Su trabajo es confidencial, no podrá hablar con nadie de lo que sucede en el teatro. ¿Lo ha entendido?

—Sí, señor. ¿Dónde llevan a la gente? Hay rumores de que los encierran en campos de concentración en condiciones terribles.

Cohen tomó lo que le quedaba de café, después levantó la cabeza y miró por su ventana. Ámsterdam era una ciudad hermosa, muchos la llamaban la Venecia del norte.

—Van a campos, eso es cierto, algunos ferroviarios nos han informado de que los trenes se dirigen a Alemania y Polonia, que les sustituyen maquinistas alemanes, pero no sabemos mucho más.

—Pero ¿para qué quieren a los ancianos y a los niños?

El hombre no contestó a mi pregunta, pero su mirada no pudo ser más reveladora.

—A veces es mejor no saber ciertas cosas, ¿no cree?

Salí del despacho con el papel en la mano que me

otorgaba la dirección de la oficina; mi suerte parecía cambiar de repente, pero la pregunta seguía rondándome la cabeza. ¿Podíamos pactar con el diablo? Las intenciones de los nazis no eran buenas, sabía de sobra cómo habían tratado a los judíos alemanes y austriacos. Algunos amigos me habían contado las vejaciones que habían sufrido en Dachau y el maltrato a los judíos checos y austriacos.

Observé el hermoso cielo azul, no era muy común en Holanda, donde la mayoría de las veces las nubes opacaban la luz del sol. Después intenté reprimir las lágrimas de rabia y frustración, observé los canales que reflejaban la claridad de los cielos en sus cristalinas aguas. Aquella belleza contrastaba con los grupos de soldados alemanes que vigilaban las calles y los miembros del partido nazi que se pavoneaban, intentando amedrentar a los transeúntes, en especial si reconocían que eran judíos o gitanos. Intenté ser positivo, tal vez mi nuevo trabajo me hiciera resistir el tiempo suficiente para que la guerra terminase y las cosas volvieran a la normalidad. Sabía que aquel era un pensamiento infantil, pero era la única forma de no volverse loco.

3

Órdenes

De joven siempre me preguntaba, como hizo el gran Pascal, si en un espacio infinito de estrellas indiferentes y soles sin corazón alguien oía nuestra voz. Mi familia provenía de una larga tradición judía. Habíamos escapado de nuestra amada Sefarad hacía más de trescientos sesenta años. Mis antepasados aún guardaban la llave de su casa en Málaga, donde mis ancestros se dedicaban a la venta de joyas, en especial diamantes. El último recuerdo que tenía de mi padre era mirándome a los ojos en su lecho de muerte y diciéndome: «Henriëtte, eres como los diamantes que nuestra familia ha tallado durante generaciones; necesitas convertirte en la más brillante gema del mundo». Yo le había preguntado cómo se hacía algo así y él me contestó con su voz serena, a las puertas de la muerte: «Basta que exista un solo hombre justo para que el mundo merezca la pena haber sido creado». Esa cita del Talmud me ha perseguido toda mi existencia. Por ella he dedicado mi vida a los niños, ellos son la esperanza, pero ahora los nazis me los quieren arrebatar.

Aquella mañana, aquella bendita mañana, unos amigos gentiles me ofrecieron esconderme. Decían que estaba demasiado expuesta con la guardería justo enfrente del teatro donde se inscribía a la comunidad hebrea. Durante todo el mes los nazis estaban trayendo judíos de los lugares más recónditos del país. No parecían saciarse de su hambre de maldad. Unas semanas antes habían requisado el teatro para convertirlo en registro y zona de tránsito antes de deportar a la gente fuera del país. La primera vez que vi a esa pobre masa informe esperando pacientemente en la puerta, vigilada por soldados y policías, mirando temerosos a los perros que ladraban sin cesar, recordé de nuevo las palabras de mi padre en su lecho de muerte.

Natán Henríquez Pimentel, así se llamaba mi padre, era un hombre avanzado a su tiempo. Me animó a que estudiase y me convirtiera en maestra de jardín de infancia y enfermera. Al principio de los años veinte no era normal que una joven no buscara un buen marido y se pusiera a trabajar, pero yo estaba enamorada de los niños. Por eso, cuando me ofrecieron dirigir la Zuigelingen-Inrichting en Kindertehuis, no lo dudé un momento. El tiempo ha pasado volando y ya no soy la joven apasionada que creía que iba a cambiar el mundo, pero sigo pensando que todo es prestado. Nada merecemos y nada nos llevaremos de este mundo. ¿Qué puede ser mejor que dedicar tu vida a esculpir la mente y los corazones de los niños?

Hace unos días me enteré por el Consejo Judío de que el director del teatro es un alemán llamado Walter Süskind. Lo cierto es que desde la primera vez que le vi me pareció un tipo frío y distante, un alemán al fin y al cabo. El viejo Talmud dice que el que es piadoso con sus enemigos, termina siendo cruel con los piadosos. Los nazis no merecían ningún tipo de compasión y yo pensaba que todos los alemanes eran nazis.

A pesar de mis reticencias, una mañana de finales de julio, gris y de niebla cerrada, algo poco usual en verano, me acerqué hasta el teatro y pedí a uno de los guardias, que solían ser voluntarios del partido nazi holandés o policías, que dijeran a Süskind que quería hablar con él. No tenía mucha esperanza de que me recibiera, pero a los pocos minutos el policía me introdujo en el vestíbulo y después subimos por la escalera lateral hasta lo que habían sido las oficinas del teatro. Llegué un poco fatigada, intenté recomponerme unos instantes y después entré en el despacho. Süskind se puso de pie y me ofreció un asiento.

—Señora Pimentel —dijo, todos me conocían por mi segundo apellido—, disculpe que no haya sido yo el que haya ido a visitarla, estando tan cerca, apenas al otro lado de la calle.

—No tenía por qué.

—Sí, debía hacerlo, he oído hablar de su trabajo en la guardería. Es encomiable lo que hace con esas criaturas.

—Yo no diría tanto, en estos dos años de ocupación he tenido que echar a mis profesores no judíos y a los niños de fuera de nuestra comunidad, con nuestro presupuesto apenas nos alcanza y por más que he pedido al Comité Judío más dinero, no han aumentado los recursos.

—Si me lo permite, intercederé por usted.

—Si es tan amable.

—¿A qué debo su visita? Imagino que no es simple cortesía, una mujer tan ocupada no tiene tiempo para esas formalidades.

—Tiene razón, lo único que deseaba era... —Me quedé callada unos instantes, me sentía mal por haber juzgado a aquel hombre sin conocerlo, simplemente por su origen alemán.

—Por favor, pídame lo que quiera. Si está en mi mano, le prometo que lo haré sin dudar.

Parecía sincero, su cara ancha y frente despejada transmitían confianza; dicen que la cara es el espejo del alma y en cierto modo tienen razón.

—He visto las largas colas y, por lo que me han contado, muchas familias pasan aquí días sentadas en esas butacas. Se me parte el alma solo de imaginarlo. Me preguntaba si podría dejar que cuidara a los niños mientras sus padres completan los trámites y son transportados.

Walter se quedó pensativo, como si se sorprendiera de no haber pensado antes él mismo aquella solución.

—Si le soy sincero me parece una idea estupenda,

pero tengo que pedir permiso al Hauptsturmführer Ferdinand aus der Funten. Aunque no lo crea, es un hombre bastante razonable, al menos para tratarse de un oficial de las SS, nos conocimos en Alemania cuando éramos jóvenes. He tratado en estos años con otros miembros del partido y suelen ser mucho más violentos e irracionales.

Aquel comentario me inquietó un poco, ¿cómo era posible que este hombre tuviera un viejo amigo nazi? Walter debió adivinar mi perplejidad porque me dijo enseguida:

—A veces hay que tener amigos hasta en el infierno, ¿no cree?

Tras su pregunta me sonrió, no era muy común sonreír en aquellos tiempos de confusión y miedo.

—No me importa quiénes son sus amigos, lo único que quiero es facilitar un sitio tranquilo y cómodo a esos niños hasta que salgan de Ámsterdam.

—Espero decirle algo mañana mismo. Mi ayudante Felix Halverstad se encargará del papeleo, a los alemanes les encanta la burocracia, imagino que es una herencia prusiana.

Me puse de pie y el hombre me estrechó la mano.

—También hablaré con el Comité Judío para que aumente la ayuda alimentaria. Le daría de nuestras propias reservas, pero estamos muy ajustados.

—Muchas gracias por su tiempo y comprensión.

Me acompañó a la puerta y me miró directamente a los ojos.

—«El mundo solo se mantiene por el aliento de los

niños». Gracias por su trabajo. —Me sorprendió que me dijera aquella cita.

—No sabía que leyera el Talmud.

—No lo leo, señora Pimentel, pero mi padre era un gran amante de las enseñanzas de los rabinos. Se acostaba conmigo cada noche y me narraba todo tipo de historias antes de dormir. Hago lo mismo con mi hija, no podemos dejar que los jóvenes olviden nuestras tradiciones, ahora menos que nunca.

—Ojalá todos los padres hicieran algo así, estoy segura de que su hija no se olvidará jamás de esos momentos. Yo no soy madre, pero sé que lo que más anhela un niño es pasar tiempo con sus padres.

Salí del despacho, pero aprovechando que el policía ya no estaba me dirigí a una de las puertas que daban al palco principal y me asomé a la platea. El espectáculo que contemplaron mis ojos fue desolador. Varios cientos de personas descansaban en las butacas, otras en el suelo o el escenario. Estaban desaliñados y ascendía hasta mi un pestilente olor a sudor, orín y comida podrida. Me tapé la nariz y me obligué a escudriñar sus rostros, para que no fueran una simple masa humana, deforme e impersonal. Me fijé en una familia en concreto y una niña rubia de menos de un año. La pequeña no dejaba de llorar y la madre parecía desesperada. Seguramente no tenía leche que darle y la pequeña, acalorada y sucia, intentaba desahogarse como podía. El padre se dirigió a un hombre con una bata blanca, pero este se cruzó de brazos. No había leche para los niños. Dejé el palco y me dirigí a la salida. Mis ojos aguantaron sin derramar una sola lágrima hasta que llegué a la calle, allí me apoyé en un árbol y dejé que el llanto limpiara mi alma, debía mantener puro mi ser para ayudar a esos niños. Entonces una sola idea comenzó a obsesionarme. Tenía que sacarlos de ese terrible lugar de inmediato.

4

Una familia

Ámsterdam, 25 de agosto de 1942

La señora Marchena, Sara, me contó su historia unos días más tarde. Ella, su esposo Abraham de Marchena y su pequeña hija Ana habían vivido siempre en La Haya. La pequeña urbe era la capital del país y una ciudad tranquila, cuyo corazón es el lago Hofvijver. La familia Marchena se había dedicado, desde su llegada a los Países Bajos en el siglo XVI, a la fabricación de papel, un negocio muy lucrativo en la ciudad que albergaba la administración estatal del país. Estaban emparentados con el gran rabino Lehmans de La Haya, ya que Sara pertenecía a los askenazí que habían llegado de Alemania a mediados del siglo XVII con la esperanza de vivir en un país mucho más tolerante y abierto a los judíos. Los Marchena habían vivido con el resto de sus vecinos durante generaciones sin ningún tipo de percance por el hecho de ser judíos, hasta la invasión alemana.

El padre de Abraham, Jacob, había muerto un año antes, después de sufrir un ataque al corazón. 1941 había sido el *annus horribilis* de la familia. Primero los alemanes habían prohibido a las autoridades de La Haya que comprasen el papel a una fábrica judía y, al poco tiempo, Jacob había sido atacado en plena calle cuando se dirigía a la sinagoga. Las lesiones no fueron graves, pero la humillación tremenda le había dejado una profunda herida en el alma. Le habían obligado a limpiar de rodillas las aceras de una iglesia cercana, mientras no dejaban de propinarle patadas por todas las partes del cuerpo.

Sara había pedido a su esposo que huyeran a Noruega o Gran Bretaña, pero las fronteras ya se encontraban cerradas a cal y canto. Cuando llegó la orden de que todos los judíos de los Países Bajos tenían que reunirse en Ámsterdam, Abraham intentó una medida desesperada. Compró papeles falsos a unos traficantes de tabaco que conocía por unos negocios algo turbios que había hecho unos años antes y con su familia intentó escapar del país vía Bélgica y Francia, con la intención de llegar a Suiza.

Una mañana de mediados de agosto cargaron todo lo que pudieron en dos maletas. Atrás quedaban la casa de la familia, que tras la muerte de su padre y la huida de su hermano David estaba más vacía que nunca, la fábrica y las tumbas de sus antepasados. Su esposa también dejaba atrás a sus padres y numerosos hermanos. Una vez fuera de los Países Bajos intentarían reclamarlos. La vida en La Haya se había vuelto insoportable.

Ana era demasiado pequeña para entender lo que estaba sucediendo, aún no había cumplido los dos años y ya era la niña más bonita de la ciudad. Siempre sonriente y confiada, sus padres la habían colmado de cariño y felicidad. Después de diez años de casados y cuando habían comenzado a perder la esperanza de tener hijos, Ana había llegado para llenar su vida de luz.

Tomaron el tren que iba a Bruselas, desde allí cogieron otro que atravesaba media Francia, hacía escala en París y en Lyon y, desde allí, a Ginebra. El primer control del ejército alemán fue en la frontera con Bélgica. Un aburrido cabo alemán con aspecto de tabernero de Hamburgo les pidió la documentación, les escrutó unos segundos con sus fríos ojos negros y después les devolvió los pasaportes. Tras casi veinte horas de viaje llegaron a París; nadie les detuvo en la frontera francesa ni les pidió la documentación. Allí tomaron el tren a Lyon, les vendieron los billetes sin hacer preguntas. Esquivaban siempre que podían a los soldados alemanes que vigilaban la estación en grupos de tres. La pareja parecía confusa por la aparente normalidad en la que vivía la mayoría de la gente; si no hubiera sido por las cruces gamadas y los soldados nazis, nadie hubiera pensado que Europa estaba en guerra y que Adolf Hitler era el dueño del continente.

Llegaron a Lyon sin contratiempos, pero cuando tomaron el último tren que los llevaría a Ginebra, un gendarme francés examinó sus papeles y les pidió que se bajaran. Los condujo hasta las oficinas de la estación de Pougny y tuvieron que esperar dos horas antes de que se presentaran los hombres de la Gestapo.

—Señor Marchena, ¿por qué viaja a Ginebra? Está muy lejos de su casa —preguntó un rubicundo y joven agente que parecía recién salido del coro Ratisbona.

—Tenemos familia en la ciudad, nos dedicamos a la compra y venta de papel.

—¿Son de La Haya?

—Sí, señor.

Sara aferraba a su hija como si aquellos dos hombres pudieran arrebatársela en cualquier momento.

—Los ciudadanos holandeses no pueden abandonar territorio ocupado por Alemania. Necesita un visado especial. Le recomiendo que regrese a La Haya de inmediato; si no obedece tendremos que llevarlo junto a su familia a un campo de concentración.

Las palabras del agente de la Gestapo les hicieron palidecer. No podían volver, pero tampoco arriesgarse a ser detenidos. Tal vez era mejor regresar a los Países Bajos y pagar a algún marinero para que los dejara en las costas de Escocia. La ruta directa a Inglaterra se encontraba mucho más vigilada.

—Gracias, agente. Regresaremos a Holanda.

Tomaron el primer tren a París. Pasaron toda la noche viajando, era su segundo día sin bajar de un vagón; después se dirigieron a Bruselas y desde allí a Ámsterdam. Una familia amiga les acogió en la ciudad. Durmieron casi doce horas seguidas, pero al día siguiente comenzaron las redadas.

La familia que los había acogido se llamaba Pinto,

vivían en un palacete al lado de un hermoso canal lleno de patos. El edificio blanco destacaba entre las grises fachadas de alrededor. Isaac Pinto, el antepasado más ilustre, había sido asesor de Guillermo IV de Holanda a finales del siglo XVIII y se decía que eran la familia judía más rica de los Países Bajos. Con ellos estarían seguros.

Unos ruidos en la planta de abajo les despertaron. Sobresaltados, oyeron voces que gritaban en alemán y cómo su amigo Natán les respondía en su idioma. Sus empresas llevaban más de cien años comerciando con Alemania y conocía el idioma a la perfección.

—Nos tienen que acompañar todos al registro, se ha considerado que sus actividades no son esenciales y tendrá que ir con su familia a Alemania.

—Debe de ser un error —dijo el hombre, que ya tenía cincuenta años y su pelo completamente blanco resaltaba aún más su piel algo morena y sus profundos ojos negros. Nunca nadie lo había tratado de aquella manera, pertenecía a la élite comercial de Ámsterdam.

—Tenemos apuntados a cuatro habitantes de la casa y cuatro criados. ¿Es correcto?

El hombre se cruzó de brazos mostrando su desacuerdo con aquel procedimiento.

—Esto es un atropello, poseemos el banco más importante de Holanda y...

Los soldados tomaron al hombre uno por cada brazo justo cuando su mujer y dos hijas bajaban por las escaleras.

—¿Qué sucede? —preguntó la mujer asustada al ver a su marido arrastrado como un perro.

Los soldados nazis las rodearon, mientras un pequeño grupo comenzaba a registrar las habitaciones y algunos se metían disimuladamente joyas y artículos valiosos en los bolsillos. Cuando se pararon delante de la puerta de la habitación que ocupaban los Marchena, una de las criadas se interpuso.

—No entren, aquí duerme una de las primas de las señoritas. Tiene la escarlatina y es muy contagioso.

Los soldados titubearon un momento.

—Yo no pienso entrar —dijo el más joven. El veterano le sonrió y aferrando a la criada por el brazo añadió:

—Será mejor que baje con nosotros.

Pasaron un par de días encerrados en la casa, la despensa estaba llena, nadie sabía que estaban allí y las calles de Ámsterdam eran muy peligrosas para los judíos.

Al final, tras meditarlo mucho, Abraham se arriesgó a ir hasta el puerto para encontrar a algún capitán que estuviera dispuesto a sacarlos del país. Tras visitar muchas embarcaciones toda la mañana, el dueño y capitán de un viajo cascarón que solía salir a pescar por la noche aceptó su oferta.

La noche del 24 de agosto la familia salió de la casa justo antes del toque de queda. Debían llegar al barco lo más rápidamente posible, antes de que los descubriesen. Cruzaron la ciudad casi vacía, evitaban las calles principales para no cruzarse con las patrullas de vigilancia y tras media hora llegaron al barco. El capitán los recibió a bordo, llevaba un farol de aceite en la mano. Abraham sintió un escalofrío, como si presintiera algo malo. Unos segundos más tarde, del interior del barco salieron varios policías y militantes del partido nazi holandés.

—¡Eres un traidor! —gritó Abraham.

El capitán sonrió, la luz del farol iluminó su boca de dientes picados y mellados.

—¡Malditos judíos, pensáis que siempre os vais a salir con la vuestra! ¡Ojalá os lleven a todos a Alemania y no regreséis jamás!

Ana se echó a llorar, Sara intentó calmarla mientras los policías los llevaban hasta un camión. Los subieron a la fuerza, al principio no se dieron cuenta por la oscuridad de que al fondo otras seis personas esperaban en silencio.

—Esta noche la caza ha ido muy bien —dijo uno de los policías. Las autoridades nazis les pagaban por cada judío capturado, como si estuvieran cazando conejos para sus nuevos amos.

Los llevaron a la comisaría y a primera hora de la mañana los trasladaron al teatro.

Ana estaba agotada y hambrienta. Hacía dos horas que estaba de pie frente a la fachada del teatro; no les habían dado nada de comer ni de beber y cuando la niña se echó a llorar ya nada pudo calmarla. Un policía recriminó a Abraham y este, exhausto y furioso, se encaró con él. Entonces un soldado alemán se acercó y le disparó en la cabeza. Cuando Sara vio cómo su marido de desplomaba, soltó a la niña e intentó reanimarlo, no podía creer que estuviera muerto. Se conocían desde los quince años. Era el amor de su vida. Sus lágrimas se mezclaron con la sangre muy roja que le brotaba de la cabeza.

Aquella escena me dejó conmocionada. Hacía un rato que lo observaba todo desde mi ventana y en cuanto vi el altercado corrí hacia la calle. Miré a los dos hombres y justo cuando Abraham cayó al suelo crucé a toda prisa y comencé a hablar en alemán con el soldado.

—¡Deje que me lleve a la niña! Tengo permiso del señor Süskind, yo la calmaré.

—¡Maldita vieja, márchese o la deportaremos con los demás!

—Pregunte al director, en unos días todos los niños menores de doce años estarán en mi guardería hasta que se lleven a sus padres.

Por un instante temí que el hombre me disparara. Tenía a la niña, que no dejaba de llorar, entre mis brazos y en el suelo Sara gritaba desesperada junto al cuerpo de su marido.

Un cabo se acercó e hizo un gesto de aprobación hacia el soldado.

—¡Márchese antes de que me arrepienta! ¡No me importa matar a una rata judía; eso son lo que son, ratas judías!

Mientras cruzaba la calle asegurándome de que no me atropellase un coche o un tranvía, la gente me miraba de reojo, nadie se atrevía a detenerse y todos evitaban la acera del teatro. Casi me choqué con el director Johan van Hulst, un gentil que dirigía la escuela de profesores pegada pared con pared con mi guardería.

Justo antes de entrar en el edificio a la niña se la cayó la muñeca, pero no quise pararme a recogerla, el soldado nazi podía arrepentirse e intentar arrancarla de mis brazos. Cuando cerré la puerta respiré hondo, me encontraba exhausta. La niña estaba callada, con la mirada perdida, como si su pequeña mente no pudiera asimilar lo ocurrido.

—Tranquila, cariño, todo saldrá bien —le mentí. Había perdido a su padre, estaban a punto de deportar a su madre y ella sufriría la misma suerte en unos días.

Oí el timbre y dejé a la niña con una de mis colaboradoras. Cuando abrí la puerta un escalofrío me recorrió la espalda, imaginaba que los nazis habían cambiado de opinión y venían a por la pequeña, incluso que me llevarían a mí con ellos. No tenía miedo a la muerte ni a lo que pudieran hacerme esas bestias, pero ¿quién cuidaría de esos pobres niños?

Johan me miró de arriba abajo, sorprendido al ver mi cara de espanto; cerró la puerta a su espalda y me entregó la muñeca.

—Admiro mucho lo que acaba de hacer —dijo sin rodeos.

—Gracias —acerté a contestar, aunque aún temblaba de pies a cabeza.

El hombre se humedeció los labios con la lengua, como si tuviera la boca seca. Estaba tan asustado como yo.

—Tenemos que hacer algo, he venido a ofrecerle mi ayuda.

No contesté, podía tratarse de una trampa, muchos miembros de la Iglesia Reformada Holandesa eran indiferentes a nuestros sufrimientos. Pero al escrutar por unos instantes su rostro supe que hablaba en serio.

5

Cada mañana

Ámsterdam, 30 de agosto de 1942

Siempre iba al trabajo en bicicleta, al fin y al cabo era el único ejercicio que hacía en todo el día. No me gustaba practicar ningún deporte y, en verdad, tampoco tenía mucho tiempo. El ajedrez ocupaba mi poco tiempo libre. Aquella mañana cuando fui a coger la bicicleta del jardín delantero vi, para mi sorpresa, que la rueda delantera estaba pinchada. No tenía tiempo para arreglarla, así que la coloqué de nuevo junto a la valla y a regañadientes me dirigí hacia la parada del tranvía. Nunca me habían gustado las aglomeraciones, pero desde la llegada de los alemanes se hacía insoportable viajar en transporte público.

El tranvía llegó a la parada, tan atestado como siempre. El calor del verano tampoco ayudaba, y el hedor a sudor y otros olores pestilentes me hicieron dudar, pero al final me puse enfrente de la puerta y dejé que salieran dos o tres personas. Me apretujé contra el grupo de viajeros que taponaba la puerta por completo. Nadie se quejaba, todos permanecían en silencio, como si se hubieran resignado a dejarse humillar y dominar por nuestros invasores. Unos años antes habría sido normal ver a gente leyendo, a bebés jugueteando con sus madres o parejas de ancianos de excursión al campo. Ahora la mayoría se conformaba con sobrevivir, apretar los dientes y esperar que la tormenta pasara lo antes posible.

Encontré un pequeño hueco cerca de la entrada; aquel calor humano me asfixiaba, pues a pesar de haber nacido en Ámsterdam, no era muy amante de las multitudes y el contacto con la gente me fatigaba.

Al principio del vagón había una chica pelirroja de grandes ojos verdes que tenía el ceño fruncido. No estoy seguro de por qué me fijé en ella, no era muy llamativa, parecía una persona corriente, vestida con un traje verde oscuro que se dirigía al trabajo como todos nosotros.

El sol golpeaba el vagón a pesar de ser por la mañana, aquel verano parecía más caluroso de lo normal. Apenas nos llegaban noticias de la guerra, pero la gente que escuchaba la BBC en sus radios clandestinas nos informaba de que los alemanes llevaban semanas estancados en el frente del Este, Stalingrado resistía y las pérdidas humanas en ambos bandos eran enormes. Por primera vez desde que estalló la guerra las cosas no marchaban bien para Hitler y esa era una buena noticia para todos nosotros. Su supuesta buena fortuna parecía darle la espalda. La entrada de Estados Unidos en la contienda había sido otro varapalo para el Eje.

Miré de nuevo a la joven. De pronto abrió la puerta que comunicaba con el vagón exclusivo de los alemanes y, ante la sorpresa de todos nosotros, entró y tomó asiento mientras miraba desafiante a las pocas personas que había en aquel vagón.

El revisor le dijo que volviera al otro lado, pero ella se limitó a seguir mirando por la ventana, como si no oyera al hombre, quien en un momento dado, furioso ante la situación, tiró del brazo de la mujer. Todos en el vagón comenzaron a inquietarse, como si la situación estuviera a punto de estallar.

Las huelgas de febrero del año anterior habían sido muy duras. El Partido Comunista de los Países Bajos había organizado una protesta y el paro de todos los transportes públicos. Los militantes obreros protestaban por la detención de decenas de jóvenes judíos unos días antes. Para sorpresa de los ocupantes, además de secundarla, los miembros de los sindicatos de transporte, más de trescientos mil obreros, se unieron a las protestas. Los nazis atacaron a los manifestantes con todas sus fuerzas, apoyados por la policía y los militantes nazis holandeses y disolvieron violentamente las huelgas y manifestaciones.

Los mismos judíos crearon grupos de autodefensa para luchar contra los nazis del NSB y su brazo armado el WA. La muerte de uno de los fascistas holandeses provocó el asalto al barrio judío y la huelga posterior. Aquella rebelión fue un hecho inaudito en los países ocupados por los nazis. Nunca antes se habían unido cientos de miles de personas para frenar los abusos de los fascistas locales y los invasores alemanes. El 27 de febrero los nazis y sus cómplices habían logrado parar las huelgas y detenido a cientos de sindicalistas. Los estudiantes también se manifestaron en noviembre del año pasado, pero el resultado había sido similar. Aquellos movimientos nos devolvieron en parte la esperanza, los neerlandeses no nos dejábamos someter tan fácilmente, aunque ahora la mayor parte de la gente parecía resignada.

La joven comenzó a gritar al revisor y un soldado alemán se acercó hasta ella y comenzó a amenazarla.

—No voy a levantarme, estoy en mi país y he pagado el billete.

—Tiene que cumplir las normas —dijo el revisor, que comenzaba a sudar, preocupado de la reacción de los nazis si se enteraban del altercado.

—¿Las normas de quién? ¿De los alemanes? Esto no es Alemania, puede que estén ganando la guerra, pero eso no les da ningún derecho a tratarnos como al ganado. En ese vagón hay mujeres embarazadas y ancianos. El otro día vi que una mujer se desmayaba por el calor y los apretujones. No me moveré de aquí.

El soldado alemán tiró de ella con fuerza y logró levantarla de la silla. En ese momento un oficinista corpulento con traje y sombrero pasó al vagón y empujó al soldado. El resto de los pasajeros observábamos expectantes.

—No se meta en líos, amigo —dijo el revisor.

—No se meta usted, lacayo de los nazis. Estamos hartos.

El alemán se levantó del suelo y se dirigió de nuevo hacia el hombre, pero este le propinó un puñetazo que le hizo tambalearse; el segundo, le derrumbó en el suelo. El conductor detuvo el tranvía y abrió las puertas, seguramente con la esperanza de que la mayor parte de la gente huyera despavorida, pero nadie se movió.

Cuando otros dos alemanes fueron a por el hombre corpulento, dos obreros entraron en el vagón y les hicieron frente. Unos minutos más tarde, los nazis escapaban despavoridos y los pasajeros pasaban al otro vagón aclamando a la chica. Entonces una mujer mayor comenzó a cantar el himno nacional y se hizo un silencio angustioso que terminó cuando, poco a poco, todos comenzamos a cantar.

Terminamos el himno cantando todos a pleno pulmón y con los ojos humedecidos por las lágrimas:

Como un príncipe
mi ejército fiel se mantuvo firme valientemente,
aunque mi corazón
se enfrentaba ante la adversidad.
Le oré al Señor
desde lo profundo de mi corazón
que pudiera salvarme de mi contienda
y hacer conocer mi inocencia.

No os preocupéis, mis pobres ovejas
vosotros, que estáis en gran necesidad.
Vuestro pastor no dormirá
aunque ahora estéis dispersos,
pues Dios tendrá misericordia sobre vosotros.
Si leéis sus palabras salvadoras
y vivís como cristianos piadosos,
pronto todo terminará.

Ante Dios deseo jurar,
al frente de su gran poder,
que yo nunca, jamás
odié al rey (de España):
pero que he tenido que obedecer
a Dios, la más alta majestad
en toda la eternidad
y en toda la justicia.

El conductor, sorprendido, puso el tranvía en marcha. La gente nos observaba desde las aceras y muchos se ponían a cantar. Los nazis habían prohibido que entonásemos nuestro himno y que lleváramos la bandera de los Países Bajos, pero la gente parecía haber perdido el miedo.

Siempre habíamos resistido a los ejércitos invasores, éramos un pueblo libre que únicamente añoraba poder elegir su destino. Durante siglos habíamos resistido a muchos imperios, rodeados de enemigos, desde los daneses, los alemanes, los ingleses y los españoles, pero siempre habíamos logrado liberarnos del yugo de esclavitud que los imperios quieren imponer a los demás.

Cuando bajé en mi parada, la gente continuaba en el vagón de los alemanes para sorpresa de todo el mundo. Llegué a la oficina con una sonrisa de oreja a oreja. Me creía capaz de hacer cualquier cosa; aún recordaba mi conversación con la señora Pimentel unos días antes. En contra de lo que pensaba, era una mujer extraordinaria, valiente y amaba a los niños con toda su alma.

6

Ferdinand aus der Funten

Ámsterdam, 21 de julio de 1942

Todos creen que la vida de un Hauptsturmführer de las SS es fácil. Que nos pasamos el tiempo viajando de un lado para otro, de fiesta en fiesta y codeándonos con los altos cargos del partido. No pueden estar más equivocados. Somos verdaderos esclavos de nuestro trabajo, de nuestra misión y de nuestro líder. Nos parecemos a los monjes medievales, pero sin los turbios instrumentos de la religión. Nuestro Reichsführer-SS nos ha encomendado una misión sagrada que muy pocos entienden, incluidos muchos altos cargos del partido y del ejército. Somos la élite de nuestra raza.

Tengo tan poco tiempo que aprovecho los trayectos de La Haya a Ámsterdam para escribir a mi familia. Siempre que les mando una postal o una carta no puedo dejar de pensar en mi casa y los años tranquilos junto a mis tres hermanos. Nadie nos regaló nunca nada. En mi ciudad las únicas empresas prósperas eran las textiles; mi padre logró que comenzase de aprendiz en una y a los pocos años era el comercial más importante del taller. Cuando todos perdimos nuestro trabajo por la crisis de 1929 los únicos que nos apoyaron y ayudaron fueron los nacionalsocialistas, por eso entré en el partido en 1931 y un año más tarde en las SS, donde me ofrecieron un puesto como escritor de la revista local.

Siempre me había gustado escribir, pero el hijo de un obrero no tenía futuro en la Alemania burguesa de la República de Weimar. Para los ricos y sus cómplices los judíos lo único que importaba era el dinero, hasta que Hitler enseñó a su pueblo que lo realmente importante eran la raza y la comunidad.

Muchos no tienen el estómago que hay que tener para desempeñar mi trabajo, son demasiado blandos, prefieren que otros nos ocupemos del trabajo duro mientras ellos acuden a fiestas o se pasan la vida en sus limpios y ordenados despachos.

Mis jefes enseguida vieron mi talento para organizar y dirigir redadas y me mandaron a Colonia, aunque hasta que no comenzó la guerra en el partido no entendieron mi valía. La invasión de Polonia fue una fiesta, no nos recibieron con los brazos abiertos como en Austria, pero apenas pudieron frenar nuestro avance. Una vez más demostramos nuestra superioridad y fuerza.

Adolf Eichmann me introdujo en la Oficina Principal de Seguridad del Reich en el Departamento Judío. Ahora desde mi despacho del BdS puedo ver el Parlamento de La Haya y la alta sociedad neerlandesa me invita a sus fiestas. Aunque lo cierto es que me paso la mayor parte del tiempo en el coche, intentando solucionar los asuntos de la Oficina Central para la Emigración Judía que tenemos en Ámsterdam. La capital comercial de los Países Bajos es para mí una urbe sucia y ruidosa que me recuerda todo lo que va mal en el mundo. El capitalismo lo ha corrompido todo y la única esperanza que le queda a la humanidad es que venzamos a los capitalistas yanquis y a los comunistas soviéticos.

Aquella mañana tenía que supervisar la creación de la oficina en el teatro Hollandsche Schouwburg. No sabía a quién se le había ocurrido ubicarla allí, pero sin duda no era una buena idea. Un teatro tenía muchas entradas y salidas, se encontraba en medio de la ciudad, a la vista de todos, y no es que nuestro trabajo fuera vergonzoso, pero la mayoría de las mentes limitadas, los mojigatos holandeses, aún tenían prejuicios en emplear la única ley que había concedido la providencia a los hombres, la ley del más fuerte, así que era mejor que los ciudadanos no supieran ciertas cosas.

La mayoría de las mentes débiles no ven a una rata judía y su apestosa cría; lo que observan, engañados por sus sentidos, es a un niño y a su madre. Los neerlandeses no se han dado cuenta aún de lo peligrosos que son los judíos, lo sutiles y retorcidos que pueden llegar a comportarse, algunos incluso simulan parecerse a nosotros.

El coche se paró justo enfrente del teatro. Contemplé la fachada con asombro, era un lugar hermoso, aunque al final esbocé una sonrisa. Que se encerrara a los judíos de Ámsterdam allí hasta su posterior deportación a Alemania no dejaba de tener cierta sorna. Al fin y al cabo, la deportación y emigración eran dos de los eufemismos que tanto le gustaban a nuestro jefe. Lo que realmente pretendíamos era limpiar los Países Bajos y exterminar a esas ratas. Unos morían enseguida, los más fuertes poco a poco, ofreciendo su vida para mantener en marcha la economía bélica del Tercer Reich.

Un cabo me llevó hasta las oficinas, aún se estaban instalando los registradores judíos, los actores continuaban en el edificio, en el escenario se encontraba colocado el decorado de la última función y no habían llegado los primeros judíos.

El cabo abrió la puerta del director de la oficina y entré precipitadamente, me encantaba meter miedo a los judíos que nos hacían el trabajo sucio.

Un hombre de rostro redondo, frente despejada y ojos claros se puso de pie como si tuviera un resorte.

—Hauptsturmführer —dijo con un perfecto alemán. Aquel tipo no parecía un judío.

—¿Quién diablos es usted? —le pregunté alzando la voz.

—Walter Süskind, el director de la oficina.

Me quedé unos momentos contemplando su rostro, me era francamente familiar. Estaba seguro de haberlo visto antes en alguna parte.

—Usted es alemán, ¿verdad?

El hombre titubeó antes de responder. No me miraba a los ojos, mantenía la cabeza gacha.

—Nací en Lüdenscheid, aunque mi padre es holandés. Llevo en los Países Bajos desde 1938, dirigía una fábrica de mantequilla.

Entonces, como si hubiera visto un fantasma, caí en la cuenta de quién era aquel hombre.

—Por Dios, Walter, el bueno de Walter. Nos sentamos durante dos años el uno al lado del otro. Aunque es cierto que fue en otro mundo y en otra época muy diferente.

El hombre levantó por primera vez la mirada y reconocí sus ojos expresivos y despiertos, era uno de los alumnos más brillantes de la clase.

—Ferdinand. Nunca pensé verte en unas circunstancias como estas.

Me di cuenta de que el cabo nos observaba con asombro y le ordené que saliera. Cuando nos quedamos solos me acerqué hasta él y le puse la mano en el hombro.

—Estás muy viejo. Dios mío, pareces mi padre.

—La guerra no nos ha tratado a todos igual.

—¿Qué haces aquí? ¿No se te ocurrió irte más lejos? Nosotros vivíamos a un par de horas en coche de la frontera.

—Soy medio neerlandés, pensé que la fiebre antisemita pasaría pronto, y que después podría regresar con mi mujer e hija a casa.

—Te has casado, me lo imaginaba, siempre fuiste

un trozo de pan. Si no hubiera sido por ti jamás habría aprobado un examen.

Walter me miró el uniforme, parecía incrédulo, tal vez no podía ni imaginar que un mal estudiante pudiera llegar a un puesto de responsabilidad como el mío.

—Al fin alguien fue capaz de valorar mi trabajo. Ya sabes que no soy del tipo de hombre que pierde una oportunidad de prosperar. Tu familia era burguesa, te pudieron dar unos estudios, pero la gente como yo nunca sale de la pobreza. Gracias a Hitler estamos cambiando el mundo.

Walter encogió los hombros. Su realidad también estaba cambiando, pero no precisamente para mejor.

—Lo malo es que muchos no encajamos en ese nuevo mundo que estáis creando.

Fruncí el ceño, sabía que aquella era la prueba de fuego. Era muy difícil combatir al enemigo cuando tomaba forma de amigo.

—Los más fuertes tienen que sobrevivir, querido amigo, vuestra hora ha llegado a su fin, es el tiempo de los verdaderos hombres, de nuestra raza. No es bueno para los judíos vivir entre nosotros, os llevaremos a un lugar mejor. No te preocupes.

Le mostré mi mejor sonrisa, sabía perfectamente cuáles eran las órdenes y que lo único que les esperaba era la muerte. El Führer lo había advertido años antes. Si los judíos provocaban una guerra mundial, él mismo se encargaría de raerlos de la faz de la tierra.

7

El plan

Ámsterdam, 26 de agosto de 1942

Felix Halverstad era un tipo excepcional. Me hubiera gustado tenerlo en Alemania y que me hubiera ayudado en el desarrollo de mi empresa, pero Felix siempre había estado a otro nivel. Era el hombre más audaz que he conocido, valeroso como lo entendía el filósofo Scheler, sin resentimiento ni odio. Había nacido en Ámsterdam, conocía perfectamente el terreno que pisaba y era tan despierto que ni toda la oficina de emigración judía hubiera podido descubrir nada.

Aquella mañana me acerqué a él con cautela; a pesar de llevar unas semanas trabajando juntos no habíamos llegado al punto de tratarnos como amigos sinceros. Todos teníamos una especie de desconfianza; uno de los mayores logros de los nazis y de los que ellos mismos participaban era la desconfianza constante, nadie podía fiarse de nadie. Aquel infierno creado por los invasores nos convertía en directores de una especie de infierno a escala pequeña. Intentábamos que las personas en tránsito se encontrasen lo más cómodas posible, pero era imposible, los alemanes nos negaban las más mínimas condiciones de subsistencia y humanidad.

—Felix, ¿dispone de un poco de tiempo? Quería comentarle un asunto.

El hombre levantó la cabeza casi calva y se me quedó mirando fijamente sin contestar.

—Primero, quería felicitarle por su trabajo. No he conocido jamás a nadie tan eficiente. De hecho, le rogaría que no lo fuera tanto.

El hombre me miró con sorpresa.

—No le entiendo, director.

—Muy sencillo, si agilizamos mucho el proceso, los alemanes se llevarán antes a nuestros hermanos.

—Pero aquí no están en buenas condiciones. Al menos en los campos de trabajo tendrán una cama, mejor comida y otras comodidades.

Me conmovió la ingenuidad de mi ayudante.

—No creo que el lugar al que mandan a la gente sea mejor, corren muchos rumores. Los campos en Polonia y Alemania son terribles, al parecer los prisioneros trabajan hasta desfallecer y las condiciones no son buenas.

—No tenía ni idea.

—Es normal, esos informes son secretos, los comités judíos de Viena y Praga tienen cierta relación con el nuestro. Nos han informado de lo que está pasando en los campos.

Felix por primera vez soltó el lápiz y me miró directamente a los ojos.

—No se preocupe, iremos más despacio.

Me senté sobre el escritorio, estábamos solos en el despacho, pero temía que alguien pudiera oírnos. No sabíamos quién podía ser un confidente de los alemanes o de la policía.

—Tengo algo más importante que pedirle.

El hombre se aproximó un poco y nuestras cabezas casi se tocaron.

—Soy todo oídos.

—No queremos que los niños se marchen de Ámsterdam. ¿Lo entiende?

—¿Cómo podríamos impedirlo? —preguntó Felix mostrando cara de sorpresa.

—Hay una forma, estoy seguro.

Mi ayudante se quedó pensativo, comenzó a morder el lápiz y unos segundos más tarde me dijo:

—Los alemanes no supervisan las fichas. Cuando la gente entra, los niños se quedan fuera, no les gusta mezclarse con nosotros; después van a la guardería de la señora Pimentel. Si algunas fichas se perdieran, esos niños no figurarían en ninguna parte. ¿Entiende?

—Me parece una idea genial. De esta forma, si logramos esconderlos en alguna parte los nazis ni se enterarán.

—Aunque hay un problema, director. El Hauptsturmführer aún no ha firmado el permiso para que los niños se alojen en el edificio de la guardería.

Habíamos conseguido llevar a dos o tres niños a

Pimentel provisionalmente, sobre todo los que estaban enfermos, pero sin la autorización de Ferdinand nuestro plan no era posible.

—Le llevaré yo mismo el documento a La Haya.

—Los judíos no podemos viajar —me recordó Felix.

Ferdinand intentaba evitar lo más posible Ámsterdam, no podíamos esperar a que hiciera uno de sus viajes a la ciudad.

—Lo arreglaré —dije a mi ayudante. Después me dirigí a mi despacho y llamé a mi viejo amigo. Me resultaba extraño pensar en lo que se había convertido. Muchas veces tenía la sensación de que las circunstancias eran las que realmente gobernaban nuestras vidas. Ahora que éramos una sociedad de masas, la voluntad humana se diluía aún más.

Me pasaron con el despacho de Ferdinand y la secretaria avisó a su jefe.

—Walter. ¿Qué sucede? No es muy normal que me llames.

—Necesito ir a verte.

—¿Te has vuelto loco? Los miembros del partido nazi neerlandés cazan judíos para nosotros, por no hablar de la policía y las SS. ¿Qué demonios sucede que te haga cometer una imprudencia así?

Pensé la respuesta, mi viejo amigo era muy astuto, se mostraba cordial conmigo, pero un nazi no se fiaba de nadie.

—Se nos acumulan los niños, no hay condiciones para atenderlos y enferman.

—Eso me importa una mierda. Haz tu trabajo y las

cosas te irán bien, pero deja al resto que cumpla con su destino.

Enseguida cambié el tono.

—La oficina así no es operativa, los padres están nerviosos, hay peleas, además de que muchas madres se vuelven histéricas al no poder tranquilizar a sus hijos. Necesitamos hacer algo o esto se volverá caótico muy pronto. Aún no han llegado en masa los judíos de otras zonas del país, pero corremos el peligro de que cuando lleguen se siembre el caos.

Ferdinand refunfuñó, pero al final dijo con voz anodina.

—¡Maldita sea!, iré a Ámsterdam, no puedo arriesgarme a que te metan un tiro, eres demasiado valioso para mí. Pero tengo que ver las instalaciones y la seguridad de la guardería. No me fío de esos sucios judíos.

Me sorprendieron sus palabras, a veces tenía la sensación de que se olvidaba de que yo era uno de ellos. Tras colgar respiré aliviado, aunque antes de que llegara el capitán tenía que advertir a la señora Pimentel. No quería que nuestra visita la pillase por sorpresa.

8

La red

La llamada de Walter me inquietó un poco. Despreciaba a los nazis y mucho más que uno entrara en la guardería, ya que para mí era un lugar sagrado donde la barbarie y la violencia no tenían cabida. Nunca me gustaron los uniformes, siempre los he evitado. Creo que la uniformidad es uno de los grandes males de este siglo. En cierto sentido iguala a todos en lo malo, en lo que nos deshumaniza. El fascismo y el estalinismo no son iguales, el primero pretende liberar a unos para subyugar a otros, mientras que el segundo lo que cree es en la necesidad de liberar a todos, aunque al final termine asesinando a miles que no desean su «libertad». Es curioso que el hombre que siempre ha odiado a la muerte y al dios de la muerte, que no podía soportar desaparecer, convertirse en olvido, ahora quiere sobrevivir en la especie, en la masa sin sentido, aunque eso suponga sofocar el espíritu y el alma individual.

Le pedí a Elly y otras de sus colaboradoras que se quedaran en clase con los niños. Ausder, el cocinero, preparó algunos canapés para la visita y el resto de los empleados simplemente se quedaron en la sala de descanso, no quería que el alemán los viera, algunos no tenían sus papeles en regla y no podía justificar por qué no se registraban como los demás.

Me quedé en el despacho, nerviosa, no me podía concentrar, tenía la cabeza en otro sitio. Desde hacía unos días había logrado rescatar a media docena de niños enfermos del teatro, pero no teníamos la autorización oficial y para colmo Walter no me había vuelto a hablar de su plan para intentar esconder a los niños. Alguien llamó a la puerta y me puse tensa, con la espalda agarrotada. Le dije que pasara.

Para mi sorpresa no se trataba de Walter y el oficial de las SS, era Salomón. Sus padres lo dejaban todas las mañanas, su madre trabajaba en una empresa textil.

—Hola, Salomón. ¿A qué debo tu visita? Dentro de un momento vendrán unos hombres.

—Lo siento, pero como me dijo que podía venir siempre que quisiera.

Le sonreí. Tenía más razón que un santo, decía que los niños eran lo primero, pero muchas veces no tenía tiempo para ellos.

—Pasa, por favor. Podemos hablar hasta que vengan las visitas.

El niño entró en el despacho, cerró la puerta y se

sentó en la silla. Le colgaban los pies y tras apoyar los brazos comenzó a hablar.

—No quiero molestarla, imagino que está muy ocupada, pero ayer me pasó algo... —El niño no terminó la frase, pero noté que se le aguaban los ojos.

—Puedes contarme lo que sea —contesté mientras me ponía de pie y me aproximaba a su silla.

—Tengo un amigo que se llama Arnold, nos conocemos desde que éramos bebés. Nuestros padres eran amigos y solían estar uno en la casa del otro. Me encantaba estar con Arnold, nos gustaban las mismas cosas. Los coches de hojalata, los soldados de plomo, las cartas y, cuando podemos salir a la calle, jugar con la pelota y los tirachinas. Por no hablar de las canicas, Arnold era un verdadero campeón, siempre ganaba al resto de los niños del barrio y tenía una bolsa de terciopelo azul con decenas de ellas. Las coleccionaba de casi todos los tipos, tamaños y colores. Hasta hace un año todavía íbamos a su casa y ellos a la nuestra, pero dejamos de visitarlos. Un día mi padre me contó que como éramos judíos no querían perjudicar a sus amigos. No entiendo por qué la gente nos desprecia por ser judíos. Antes también lo éramos y no nos odiaban. Mi madre me ha comentado que es porque los gentiles piensan que matamos a Jesús.

—¡Qué tontería! —exclamé algo indignada—. Nosotros no hemos matado a nadie. ¿Tú has matado a alguien, Salomón?

—Ni a una hormiga, directora, me dan pena los animales, nunca les haría daño.

—¿Qué sucedió con tu amigo?

El niño se quedó en silencio un momento.

—Lo cierto es que nos vimos a escondidas, cuando bajaba a la calle iba a los jardines de la parte de atrás y allí jugábamos, pero ayer pasó algo.

El semblante del niño cambió de nuevo, parecía como si los recuerdos fueran capaces de empañar su mente infantil.

—¿Qué pasó?

—Bueno, bajé para jugar, llevaba un cochecito y mi amigo estaba con dos de sus compañeros de clase, Arnold es dos años mayor que yo. Al verme se asustó, como si estuviera ante un fantasma.

—Lo siento.

—Entonces comenzó a insultarme, me llamó «perro judío», dijo que somos la peste del mundo. Sus amigos se reían y también me insultaban. Le pedí que dejara de hacerlo, que éramos amigos y él contestó que nunca sería amigo de un judío. Me eché a llorar y me lanzó una piedra que me dio en el brazo.

El niño se remangó la camisa y me enseñó el cardenal.

—Sus amigos comenzaron a hacer lo mismo y me fui corriendo, mientras subía las escaleras del portal no podía dejar de llorar. ¿Por qué ha hecho algo así mi amigo? No lo entiendo.

Me entristeció aquella historia. Sabía que era la misma que la de miles de niños judíos en toda Europa, yo misma había perdido a varios amigos al comenzar la ocupación, por eso muchas veces me preguntaba si lo habían sido de verdad alguna vez.

—¿Puedo contarte una historia? —pregunté a Salomón.

—Me encantan las historias —contestó con una sonrisa mientras las lágrimas le recorrían el rostro. Se las sequé con un pañuelo y comencé a hablar:

—Un judío se encontró con el rabino Josué y, como no lo había visto desde hacía casi un mes, le preguntó qué podía ofrecerle. Este contestó que podía ofrecerle una bendición. El hombre le preguntó de nuevo qué bendición sería la adecuada, él no era un hombre de letras ni conocía tan bien la tradición y la ley como el rabino. «Creo que la mejor es "Bendito sea Aquel que nos mantiene vivos, que nos sostiene y que nos ha llevado a encontrarnos"», dijo el rabino. El hombre se quedó pensativo y después le dijo al rabino: «Es una bendición muy hermosa, pero ¿si no nos hubiéramos visto en un año, qué bendición tendría que decir entonces?». El rabino, que era ya mayor y parecía conocer todas las respuestas, dijo: «Bendito sea aquel que resucita a los muertos». El hombre miró con perplejidad al maestro de la ley. «¿Cómo puede ser eso, rabí? A los muertos no se los olvida, al menos el primer año». «Sí, pero si no te has interesado por un amigo durante un año, podrías contarlo ya entre los muertos».

El niño frunció el ceño, como si no lo entendiera.

—Todos los amigos no perduran para siempre, únicamente unos pocos, los verdaderos, esos que no pueden pasar sin estar a tu lado. Estoy segura de que conocerás a otras personas en la vida que no quieran separarse de ti ni tratarte mal.

El niño se echó a llorar de nuevo y me incliné para abrazarlo. Sentía un nudo en la garganta cuando el conserje se acercó para advertirme de que el oficial alemán acababa de llegar con Walter.

Di un beso al niño en la frente, me sequé las lágrimas con el envés de la mano y salí del despacho a toda prisa, sin poder evitar una fuerte opresión en el pecho.

—Gracias por haberme contado tu historia, ahora veo las cosas de otra manera —dijo el niño mientras salía por el pasillo en dirección a su aula.

Fui al recibidor y el conserje abrió la puerta. Walter estaba al lado de un oficial alemán alto y delgado, su aspecto imponía miedo, pero se mostró sonriente, era la primera vez que veía un gesto amable en uno de esos cuervos negros.

—Señora Pimentel, permítame que le presente. Este es el oficial Ferdinand aus der Funten.

—Señora —dijo el alemán, pero no me dio la mano ni hizo otro tipo de saludo, debía temer que le contagiara algo.

—Caballeros, no se queden en la puerta.

Los dos hombres entraron y les siguieron los dos escoltas. Me interpuse y los dos soldados me miraron desde sus casi dos metros de altura.

—Este edificio está consagrado a la educación y la paz, no permitiré que entren hombres armados.

El oficial nazi miró a Walter y este hizo lo mismo conmigo.

—Está bien, quedaos aquí —dijo el oficial frunciendo el ceño y tensando los labios.

Nos dirigimos a un salón más amplio y luminoso que mi despacho, frente al jardín. El cocinero había preparado el té y algunos tentempiés.

El oficial se sentó en uno de los sillones individuales, Walter en el otro y yo en el centro.

—Habla alemán, por lo que veo —dijo el oficial.

—Aprendí el hermoso idioma de Goethe y Schiller cuando era joven. En aquel momento admiraba mucho la cultura alemana.

Walter intentó reconducir la conversación, yo apenas podía disimular mi antipatía por aquel individuo.

—El capitán quería conocer la guardería antes de firmar la autorización.

—Cumplimos todas las condiciones sanitarias y pedagógicas que exige el Ministerio de Educación de los Países Bajos y el Ayuntamiento de Ámsterdam.

—No lo dudo, pero por lo que veo el jardín da al patio del edificio de al lado.

El nazi había estado casi todo el tiempo observando el jardín, sin prestar mucha atención al té o las pastas.

—Sí, es una escuela de profesores protestantes. Nunca he visto a nadie en su patio —le contesté intentando quitar importancia a la tapia baja que separaba los dos jardines.

El hombre se puso de pie, salió al jardín y se aproximó a la valla. Levantó las manos y después se giró hacia nosotros.

—Es muy baja, cualquiera podría saltarla.

Walter se puso de pie, a su lado era mucho más pequeño.

—¿Por qué querría alguien saltarla?

El oficial frunció el ceño.

—Espero que no traiciones mi confianza. Mis hombres mirarán los registros sin previo aviso, si ven alguna anomalía ustedes dos serán los responsables.

El rostro del hombre se oscureció, como si por fin dejara sacar su verdadera naturaleza. Detrás de su fría amabilidad había un egoísmo exacerbado; los nazis únicamente pensaban en sus intereses, medrar en la carrera política y asegurar su bienestar, pero en cierto modo Walter no parecía entenderlo. De alguna manera seguía viendo en aquel oficial al joven que conoció muchos años antes.

—Aumentaremos la altura —comentó Walter.

—Muy bien, pásame el documento y terminemos con esto.

El director del teatro fue a por la carpeta, sacó el papel y le entregó una pluma.

—Señora Pimentel, mis hombres no entrarán aquí, pero custodiarán la entrada durante el día. No intente ningún truco, esos niños deben viajar con sus padres. ¿Lo ha comprendido?

—Sí, yo jamás separaría a la fuerza a unos padres de su hijo. Se lo aseguro.

Ferdinand me miró fijamente, yo le sostuve la mirada. No quería que creyera que me amedrentaba.

—Debe pensar que soy un monstruo. Nosotros los nacionalsocialistas no somos inhumanos, al revés, constituimos una raza de superhombres, los únicos que pueden garantizar la salvación de la humanidad.

Los comunistas están destruyendo el mundo, al igual que los capitalistas. Apuesto a que su padre vendía joyas o era prestamista. Los valores de gente como él nos han llevado a esta posición.

—¿Usted cree? —pregunté al oficial.

—Antes de nuestra llegada la sociedad neerlandesa se descomponía, como antes la alemana. Los jóvenes deben aprender disciplina, respetar a sus mayores y amar a su patria. Nosotros deberemos su grandeza a los Países Bajos.

Me mordí la lengua, aquel hombre parecía algo más razonable que sus compañeros, pero en el fondo tenía el alma tan podrida como ellos.

—La educación no es un arma, la educación es una herramienta que permite a los hombres y mujeres ser verdaderamente libres. A eso es a lo que me dedico.

El oficial taconeó las botas en forma de saludo y salió del jardín, se despidió de Walter con un gesto y nos dejó a solas. Únicamente cuando desapareció fui consciente de lo tensa que me había sentido.

—¡Está loca! ¡No se puede hablar de esa forma a un oficial de las SS!

—Lo siento, pero no soporto esa actitud petulante, ese aire de superioridad. ¿De qué conoce a ese individuo?

Walter se sentó de nuevo y tomó un poco de té.

—Bueno, estudiamos juntos. Ferdinand quería ser escritor, pero su familia era humilde y se metió a vendedor, la crisis de 1929 le dejó de patitas en la calle y entró en el partido nazi. Imagino que es la misma historia de otros muchos. Entró por unos ideales, los nacionalsocialistas le dieron un puesto, un lugar en el mundo y una misión en la vida. Poco a poco le quitaron cualquier sensibilidad hacia sus enemigos y aprovecharon su odio de clase para que se sometiera a su voluntad.

—Parece que le justifica.

—Intento entenderlo, no para justificarlo, tampoco por nostalgia, es una cuestión de supervivencia. Es más fácil despreciar a nuestros enemigos, pero mucho más sabio ponernos en su lugar.

Observé el jardín, aquel pequeño paraíso me hacía olvidar el horror de la guerra y la ocupación.

—Ya hemos trazado un plan, señora Pimentel, pero antes de que se lo cuente me tiene que prometer que será prudente. No podemos dejarnos guiar por las emociones.

Tomé un canapé y sonreí.

—Está bien. Mi ayudante registrará únicamente a una parte de los niños, antes deberemos pedir el consentimiento a los padres. Traeremos aquí a todos, los elegidos y los que no lo son.

—¿Qué criterio seguirán?

Walter puso cara de circunstancias, sabía que no me iba a gustar su propuesta.

—Los niños tienen que acabar en familias gentiles lejos de Ámsterdam, su aspecto debe ser ario. Por ello elegiremos a rubios, castaños, piel blanca, ojos claros...

Se me demudó el rostro.

—Eso es terrible.

—Es la única forma de salvar a unos pocos. Los niños con rasgos morenos, piel y pelo oscuro son más fácilmente detectables. Si atrapan a uno de ellos, puede que den con toda la red. Ahora el problema es sacar a los niños de la guardería y encontrar las familias.

—No se preocupe —le contesté—, alguien ya se está ocupando de ese asunto.

—Me alegra oír eso. No sé de cuánto tiempo disponemos, calculo que como mucho menos de un año, a no ser que los aliados ganen antes la guerra.

—¿Un año solamente? Eso es muy poco tiempo.

—La oficina de emigración quiere deshacerse de los judíos de los Países Bajos lo antes posible. Piensan asimilar a los neerlandeses y convertirlos en alemanes en menos de una generación.

—Esos nazis están enfermos.

—Es cierto, pero por desgracia hasta ahora han cumplido todo lo que se han propuesto.

Sentí un escalofrío, pensé en una Holanda germanizada, donde todo lo que amaba habría desaparecido para siempre. Esta tierra había acogido a mis antepasados cuando la Inquisición española los persiguió, ahora los nazis se habían convertido en los nuevos inquisidores del mundo, pero la sensación era que no había ningún lugar donde escapar.

9

El amigo alemán

Ámsterdam, 27 de agosto de 1942

Después de mi última experiencia en el tranvía decidí regresar a mi vieja bicicleta. Es herencia de un tío que murió hace poco; siempre que nos veíamos nos decíamos las mismas cosas. Él había perdido la fe hacía algún tiempo para ingresar en el partido comunista, y antes de morir había repudiado también esas ideas. La conversación iba pareja a los mismos derroteros. Parece que le estoy viendo en el jardín alargado de su casa, apenas una tira de tierra en la que poder plantar algunas lechugas, árboles frutales y rosas.

«En el siglo pasado los hombres nos liberamos de la opresión de la religión, pero apenas nos habíamos librado de aquellas cosas que nos cohibían y limitaban y ya nos habíamos lanzado a los brazos de una más intolerable. Asesinamos a la virtud, esa disposición del ser humano por hacer el bien, y nació una nueva moral asfixiante, auspiciada por las ideologías. Para salvar a los hombres ahora se alzan hogueras tan mortíferas como las de la inquisición. Los europeos nos hemos cansado de luchar contra Dios y ahora intentamos aniquilarnos a nosotros mismos».

Sus palabras me parecían misteriosas, pero cargadas de sabiduría. Me detuve unos instantes para dejar pasar varios vehículos, cuando oí a dos miembros del NSB, apenas unos críos a los que no les había salido ni la barba, que gritaban a un niño judío de unos doce años. Tenía el pelo largo y negro, y la cara pálida y de rasgos armónicos hacía que destacaran aún más sus grandes ojos negros.

—Sucio judío, ojalá os lleven a todos a Alemania, no os queremos en nuestra tierra.

El chico miró a los dos jóvenes sin alterarse, después, con una expresión calmada, casi amable, les contestó:

—Gracias por su comentario.

Los dos militantes del NSB se quedaron casi mudos, pero al final uno de ellos soltó una risotada y le golpeó en la cabeza. El niño judío perdió la gorra, que cayó al canal y los dos matones se alejaron, satisfechos de haber humillado a un pobre crío indefenso.

Me acerqué a él, no quería incomodarlo más, pero me había sorprendido su comportamiento.

—¿Te encuentras bien? Siento lo que te ha sucedido —le comenté. Estaba avergonzado de no haber intervenido, pero ya lo he dicho muchas veces, nunca me he sentido un héroe ni tengo sangre de mártir.

—Sí, señor. Ya estoy acostumbrado, aunque no es agradable, se lo aseguro.

El chico parecía calmado.

—¿Por qué les respondiste con un gracias?

—Mi padre me enseñó que la respuesta blanda calma la ira. Ellos esperaban un enfrentamiento, pero es muy aburrido meterse contra alguien que no se va a ofender ni asustar.

Me marché hacia la oficina sorprendido y admirado, mis principios me habían enseñado a poner la otra mejilla y amar a mis enemigos, pero nunca habían sido más que meras ideas abstractas.

Al llegar a la escuela me sorprendió ver que las ayudantes de Pimentel llevaban a varios niños del teatro a la guardería. La mayoría de ellos, sobre todo los más pequeños, lloraban al verse lejos de sus padres. Los mayores parecían más resignados.

Me acerqué a la puerta y vi el rostro amable y sonriente de la señora Pimentel.

—Johan, precisamente quería hablar con usted. Tengo que explicarle algunas cosas.

Me llevó a su despacho y me contó su conversación con Walter y su encuentro con el oficial de las SS. No me extrañaba que la dama se hubiera ofuscado con el nazi, pero yo no me hubiera atrevido a tanto.

—Tiene un valor que admiro, señora Pimentel, yo creo que apenas podría haber abierto la boca.

—Bueno, sin duda no es un cobarde, está aquí dispuesto a arriesgar su vida.

—No me considero cobarde, pero eso no me convierte automáticamente en valiente. Creo que en el fondo me mueve la creencia de que una vida sin principios no merece la pena vivirse. Muchos se adaptan a estos tristes tiempos, otros luchan por sobrevivir y eso es lo único que les importa, yo prefiero morir a vivir de rodillas.

Pimentel se puso de pie, su despacho era pequeño pero los muebles estaban elegidos con gusto. Su familia pertenecía a la élite judía de la ciudad y estaba acostumbrada a vivir entre cosas bellas. Por eso me sorprendía cada día más. Su aspecto podía parecer arrogante, pero era simple elegancia y clase, algo que no era nada común en la actualidad. Otra de las lacras que los nazis extendían rápidamente era su profunda y grotesca vulgaridad.

—El problema surge ahora. ¿Qué haremos cuando los niños estén aquí? ¿Cómo los sacaremos de la guardería y los llevaremos a casas de acogida?

Yo ya había realizado algunas averiguaciones y pensado en lugares de acogida. Otros me los había sugerido un amigo en el que confiaba plenamente.

—He hablado con Joop Woortman, está muy activo en la Resistencia. Él puede proporcionar papeles falsos para los niños, y también conoce algunos lugares donde ocultarlos. Antes de la guerra era acomodador en un cine judío, el Royal, por eso conoce a mucha gente hebrea y sentía que tenía que hacer alguna cosa.

Pimentel me miró algo perpleja, como si le pareciera poco.

—¿De cuántos niños estamos hablando? Yo quiero salvar al mayor número posible, si pudiera lo haría con todos, pero al menos a todos los que logremos ocultar.

—Como mucho unos veinte o treinta. Sus contactos son personales en gran parte. Es difícil preguntar a alguien si está dispuesto a esconder a un fugitivo, poniendo en riesgo su vida y la de toda su familia. Hasta ahora dos grupos están respondiendo a la petición de ayuda, las familias cristianas y los comunistas.

—Eso es muy poco, es apenas un grano de arena —dijo la mujer, ansiosa, como si esperara mucho más.

—Bueno, también he contactado con el Comité de Niños de Utrecht, lo llevan Jan Meulenbelt y Rut Mathijsen. Tengo que ir a verlos, este tipo de cosas no se pueden concretar por teléfono. Les apoyan un grupo de estudiantes, pero es mejor que no conozca todos los detalles. Nadie de la organización sabrá dónde se ocultarán los niños. Si los alemanes nos capturan, nos sacarán la información a palos.

—¿Ellos a cuántos podrían salvar?

—Tengo que reunirme antes con el comité. No sabría decirle. También veré en breve a un grupo de estudiantes de Ámsterdam que quieren hacer algo por los niños. Tal vez consigamos salvar a cien o doscientos.

—No son suficientes —volvió a comentar, mientras ponía aquella expresión de preocupación que ya le había observado en algunas ocasiones.

—Nunca lo serán, cada uno de ellos tiene un valor incalculable, pero al menos salvaremos a unos cuantos.

La mujer pareció hundirse en la mesa. Su rostro se

apagó por un momento y me pareció que su energía desaparecía de repente.

Tuve el impulso de ponerme de pie y tomar su mano.

—Tengamos fe, amiga. Las cosas saldrán, se lo aseguro, pero tenemos que comenzar por algo. Antes debemos pensar cómo sacarlos de aquí. La valla no es muy alta, pero tenemos enfrente a soldados y miembros del partido nazi, por no hablar de la policía. Necesitaremos mucha astucia para darles esquinazo.

—Tengo un amigo alemán —dije a Pimentel.

—¿Un amigo alemán? —pregunté, asombrado.

—Alguien que nos avisará sin hay un intento de redada o los nazis comienzan a investigarnos.

No quiso entrar en detalles.

—¿Se fía de un alemán?

—No todos son nazis. Algunos han sido perseguidos en su propio país.

—¿Cómo podemos distinguir entre el trigo y la cizaña? —pregunté.

—Por el fruto, amigo, por el fruto.

10

Los hijos de Leví

Ámsterdam, 28 de agosto de 1942

Leví aún recordaba las noches de los bombardeos. Vivía con su familia en Harlem; no había muchos judíos en la localidad, pero jamás había tenido problemas con los gentiles. Me lo contó emocionado la noche que nos conocimos. Había llegado con sus dos hijos varones unos días antes; su esposa había fallecido por unas fiebres y desde entonces las desgracias se amontonaban en su vida como la paja en los graneros de invierno.

—Aquella noche fue gloriosa, todos teníamos mucho miedo, sabíamos lo que había sucedido en otras ciudades y cada vez que oíamos un avión nos escondíamos en las casas, como si nuestros endebles tejados fueran capaces de soportar las bombas. Aún vivía mi Ruth, era la mujer más buena y bella de la tierra, una verdadera esposa virtuosa, que había perdido a sus padres de niña y la había criado una tía, pero nunca hubo una madre más dulce que ella. Teníamos una pequeña relojería en el centro de la ciudad. Las autoridades locales hicieron sonar las sirenas de alarma y todos comenzamos a cubrir las ventanas y las vidrieras de los escaparates con paneles de madera. Cuando los aviones se aproximaron, la mayoría de las tiendas estaban tapadas menos la mía. Mi mujer estaba ya enferma y los niños no tenían fuerza suficiente para ayudarme. Los tres se escondieron en nuestro sótano y entonces, el vecino de la tienda de al lado, un carnicero corpulento que algunas veces me había mirado mal por ser judío, al igual que el zapatero y otra media docena de comerciantes, aparecieron con más tableros y sus herramientas. Los miré asombrado con lágrimas en los ojos. Entonces el carnicero me dijo que no le gustaban los judíos, que le habían enseñado a odiarles, pero que después de observarme a mí y a mi familia durante cinco años, creía que éramos un ejemplo para toda la ciudad. Nos abrazamos y vi que bajo su ruda barba resbalaban lágrimas de emoción. Nos apresuramos a cubrir el escaparate y salimos de la calle justo cuando comenzaron a caer las bombas. Afortunadamente ninguna cayó en nuestra casa ni en las inmediaciones.

Lo cierto es que aquel hombre era admirable, saltaba a la vista su gran corazón. Me sorprendía que jamás le había oído quejarse. Si alguien merecía sobrevivir, él era uno de ellos.

—Normalmente yo no hago estas cosas, algún encargado de la guardería es quien suele hablar con los padres, pero estos días hemos conversado mucho.

—Soy todo oídos —contestó con una sonrisa.

—Lo que tengo que proponerte no es fácil. Naturalmente, entenderé que no estés dispuesto, pero por nada del mundo le cuentes a nadie nada de lo que hablemos, ni siquiera a tu mejor amigo.

—Ya no tengo amigos, señor Süskind.

—Por favor, llámame Walter.

El hombre sonrió, estaba tan delgado que las mejillas caídas parecían estirarse hasta casi romperse y su piel era cetrina y apagada.

—Seleccionamos a algunos de los niños para sacarlos clandestinamente de la guardería y refugiarlos en casas seguras. Había pensado en los tuyos.

—¿En los míos en concreto? ¿Por qué ellos y no otros?

—Nos cuesta elegir, te lo aseguro, muchas veces es por su aspecto físico, necesitamos niños que pasen desapercibidos.

—¿Porque son rubios y tienen los ojos claros?

Asentí con la cabeza.

—¿No sería mejor que fueran conmigo a Alemania? No creo que los nazis hagan nada malo a los niños.

—No tenemos todos los datos, pero pensamos que pueden eliminar físicamente a los que no son útiles para el trabajo.

—¡Eso es imposible!

El hombre comenzó a alterarse, estábamos en el palco y algunas cabezas se volvieron para escucharnos.

—Me temo que no. La guerra está muy avanzada y no quieren tantas bocas que alimentar. Además, Hitler nos odia y sus seguidores son capaces de hacer cualquier cosa para complacerlo.

Leví parecía no asimilarlo, su bondadoso corazón era incapaz de imaginar una cosa tan horrible.

—Piénsalo, lograrían sobrevivir.

—No hay nada que pensar. Tienen mi autorización. Mi esposa habría dicho lo mismo.

—Tengo algo más que pedirte. He visto tu honradez y ejemplo, quiero que te quedes en la oficina. No sé hasta cuándo nos permitirán permanecer aquí. Imagino que hasta que terminemos el trabajo. Con un poco de suerte la guerra acabará antes.

Leví agachó la cabeza y después, con una sinceridad que no he vuelto a ver nunca, me contestó:

—No quiero que se moleste, pero no podría hacer este trabajo sabiendo que los estoy enviando a todos al matadero. No le juzgo, está salvando a todos esos niños y hace lo posible para sobrevivir, pero yo sería incapaz.

—Lo entiendo. Nunca he visto a un hombre tan honrado y sincero como tú.

—Si Dios tiene predestinado que muera, ¿por qué he de resistirme? En sus manos están la vida y la muerte.

El hombre me abrazó y yo me quedé tieso, no supe cómo reaccionar. Procuraba no mantener contacto físico ni emocional con las personas que pasaban por la oficina. De hecho, me sentía confortado de no tener que atender a la gente personalmente, cuanto menos pensara en ellos, menos sentiría las ganas de gritar a los cuatro vientos que todo aquello era una gran mentira.

—Lo único que le pido que ore un *kadish* por mí cuando me carguen en los trenes.

Aquellas palabras me dejaron sin aliento. Me dirigí a mi despacho, me senté en la silla y me eché a llorar. Hasta ese momento las personas que habían pasado por la oficina habían sido poco más que números, la excusa que aún me mantenía con vida y me ayudaba a proteger a mi familia. Ahora sentía que les debía a todos ellos una oración.

Incliné la cabeza y, aunque sabía que se necesitan diez varones para recitar el *kadish,* levanté las manos y comencé a orar:

Exaltado y santificado sea Su gran Nombre. En este mundo de Su creación que creó conforme a Su voluntad; llegue Su reino pronto, germine la salvación y se aproxime la llegada del Mesías. En vuestra vida, y en vuestros días y en vida de toda la casa de Israel, pronto y en tiempo cercano. Y decid: Amén.

Bendito sea Su gran Nombre para siempre, por toda la eternidad; sea bendito, elogiado, glorificado, exaltado, magnificado, enaltecido y alabado Su santísimo Nombre; por encima de todas las bendiciones, de los cánticos, de las alabanzas y consuelos que pueden expresarse en al mundo, y decid: Amén.

Que todas las oraciones y súplicas de todo Israel sean aceptadas por su fe en aquel que está en el cielo y decid: Amén.

Por Israel, y por nuestros maestros y sus alumnos, y por todos los alumnos de los alumnos, que se ocupan de la sagrada Torá, tanto en esta tierra como en cada nación y nación. Recibamos nosotros y todos ellos gracia, bondad y misericordia del Amo del cielo y de la tierra, y decid: Amén.

Descienda del cielo una paz grande, vida, abundancia, salvación, consuelo, liberación, salud, redención, perdón, expiación, amplitud y libertad, para nosotros y para todo Su pueblo Israel, y decid: Amén.

El que establece la armonía en Sus alturas, nos dé con sus piedades paz a nosotros y a todo el pueblo de Israel [y a todos los que viven en la tierra] y decid: Amén.

En el mundo que será renovado y donde Él hará volver a los muertos a la vida y levantarse para la vida eterna y reconstruirá la ciudad de Jerusalén y completará Su Templo Aquí y reunirá a los forasteros que lo adoran desde la tierra y restaure la adoración celestial a Su posición y que el Santo bendito sea, reine con Su soberano esplendor.

11

Peter

Nunca pensé que me encerrasen por intentar salvar la
Torá y los libros sagrados de mi pueblo. Mi familia
nunca fue muy religiosa, de hecho no creo que de pequeño hubiera ido más de un par de veces a la sinagoga. Nos habíamos criado en un barrio gentil, mis amigos no eran judíos, desconocía por completo el yidis
y lo único que me unía a la comunidad eran la sangre y
mi apellido. Mis dos hermanos tampoco eran religiosos,
aunque mi padre había sido un conocido rabino. Tras
su muerte, mi madre se apartó de la comunidad, porque no entendía la razón de que a Dios se le hubiera
ocurrido llevarse al hombre más bueno de la tierra. Lo
curioso es que tras dejar el judaísmo abrazó un nuevo
ideario inspirada por mujeres como Rosa Luxemburgo
y se hizo comunista. Asistimos desde muy pequeños a
las reuniones del sindicato y del partido, mamamos

desde niños la ideología y nos convertimos en miembros del movimiento.

Mi hermano Luke fue de los primeros en caer. Le detuvieron en las manifestaciones de febrero y le enviaron a Alemania. El pequeño Matthew se unió a las protestas de los estudiantes en noviembre y terminó asesinado a palos por los nazis holandeses. Mi madre, desesperada por la muerte de sus dos hijos, atacó a un oficial alemán en plena calle y lo dejó gravemente herido; fue fusilada tras un juicio sumarísimo.

Mi madre y mis hermanos murieron por la causa en la que creían, pero yo ahora estoy aquí encerrado por intentar salvar unos libros viejos y absurdos.

Hace unas semanas caminaba por el barrio judío; no solía pasar mucho por allí, pero como un amigo me había ofrecido un barco para que me alojase en él, tenía que cruzarlo para dirigirme hacia el puerto. Al llegar cerca de una sinagoga vi humo y gente que corría despavorida: unos miembros del partido nazi neerlandés estaban quemando el edificio. Me pudo la curiosidad y me asomé a la puerta. En el fondo vi a un hombre mayor de larga barba blanca que estaba en el suelo. Las llamas comenzaban a lamer los bancos y recorrían el suelo de madera cubierto de papeles. No lo pensé dos veces. Entré en el edificio en llamas y corrí hasta el anciano, intenté que se incorporara, pero no quería soltar los pesados rollos a los que se aferraba.

—¡Suelte eso, por Dios! —le supliqué.

—No, hijo, es la ley de Dios.

—Podrá comprar más libros.

—No lo entiende, estos libros son sagrados, en ellos está la memoria de mi pueblo y la ley de Jehová.

—Déjelos en el suelo, le sacaré primero a usted y después volveré a por los libros.

El hombre consintió, logré sacarle antes de que las llamas cubrieran la entrada, pero una vez fuera me pidió que cumpliera mi promesa.

—No voy a entrar en la sinagoga, está a punto de derrumbarse.

—Te conozco. Tu cara es...

Pensé que el pobre viejo desvariaba.

—Eres el hijo del rabino Samuel. Fue uno de los más grandes, de los más sabios de Europa.

Me quedé atónito, no sabía que me parecía tanto a mi padre.

—¿Cómo me ha reconocido?

El hombre se puso de pie con dificultad.

—Porque Samuel era mi hijo y tú eres mi nieto Isaac.

Empalidecí y me quedé mudo, sin palabras. La figura de mi abuelo era difusa, una mancha negra en mi memoria, pero aún recordaba su voz. Nadie me había llamado así desde niño, todos me conocían como Peter.

—¡Dios mío, abuelo!

—Amado nieto, el Altísimo ha escuchado mis oraciones.

Nos abrazamos, pero al instante se giró y miró de nuevo la sinagoga en llamas.

—Toma los rollos antes de que se quemen.

—Pero...

—No podemos dejar que se pierdan, son los más antiguos del país. Nuestros antepasados los trajeron de Alemania hace siglos.

Titubeé, pero me encontraba tan conmocionado por la noticia que decidí entrar. Corrí entre los bancos ardiendo, esquivé varias vigas que comenzaban a desprenderse del techo y caían en medio de la sala y agarré los rollos, pero estaban tan calientes que los solté de nuevo. Busqué un paño, los envolví y salí a toda prisa antes de que el techo se derrumbase.

Mi abuelo estaba expectante, tomó los rollos y comenzó a besarlos.

—Hoy has hecho una gran obra que Nuestro Señor sabrá compensarte.

Me invitó a que fuera a su casa, según me contó era de los pocos rabinos que quedaban en la ciudad. Fueron los primeros a los que los nazis habían deportado.

—Ahora quedo yo, pero he preguntado muchas veces, como el profeta Elías, si estaba solo y el Altísimo me ha contestado que aún hay muchos que no han doblado sus rodillas ante los nazis, como ese mal llamado Consejo Judío.

Tras la cena, mi abuelo me pidió que me quedara. Ya había pasado la hora del toque de queda, por lo que accedí. Me acosté en la habitación que había tenido mi padre de niño. Miraba a mi alrededor sorprendido, como si por fin hubiera encontrado el lugar al que realmente pertenecía.

Por la mañana unos golpes nos despertaron. Me

sobresalté y vi a que mi abuelo tomaba los rollos y me los daba.

—Escapa por el tejado, no permitas que los nazis los destruyan,

Me quedé paralizado unos segundos, después abrí la ventana y subí al tejado. No era fácil hacer equilibrios con los pesados libros, pero logré llegar al otro edificio y bajar corriendo por las escaleras.

Cuando pisé la calle me pregunté cómo iba a correr con unos rollos judíos por las calles de Ámsterdam. Estuve tentado de abandonarlos en el portal, pero los metí debajo de mi chaqueta y caminé despreocupado por las calles. Intentaba llegar hasta el barco de mi amigo. No llegué muy lejos, dos policías me detuvieron y me llevaron al teatro acusado de ser judío prófugo y poseer libros prohibidos.

Ahora lo único que pienso es en escapar de esta pocilga. Intento ver todas las posibilidades, pero de momento no he tenido suerte. Aun así, prometo a mi abuelo y a mi padre, ambos grandes rabinos, y a mi madre, una de las comunistas más convencidas de Ámsterdam, que estos malditos nazis no me mandarán a Alemania.

12

Los primeros

Ámsterdam, 15 de septiembre de 1942

Las utopías han perdido toda su autoridad, al menos para mí. Desde hace unos años he decidido vivir el presente. Creo que todos somos más conscientes que nunca de que nuestra vida puede terminar en cualquier instante. El simple hecho de estar en el momento y el sitio equivocado puede ser suficiente. Por eso, arriesgarme a sacar un niño de la guardería para entregarlo a una familia, en el fondo, me parece un acto heroico, pero ante todo es la única forma de que nos quede a todos un poco de esperanza. Sin esperanza el ser humano no puede vivir, es el combustible que hace que nos levantemos cada mañana y nos arriesguemos a salir a la calle. Tenemos esperanza de que no nos sucederá nada, que nuestros seres queridos volverán a casa sanos y salvos al final del día. Por eso a la vida hay que concebirla como un camino de fe y esperanza; la utopía parece siempre lejana y jamás llegará si no empezamos por cambiarnos a nosotros mismos. Cuando dejamos de mirar aquello que nos mantiene a flote, nos hundimos, nos invade el vacío y el pesimismo. Muchos creen que la felicidad consiste en conseguir logros, acumular bienes o en el placer, pero la verdadera felicidad se encuentra en la paz interior que te proporciona saber que tu vida tiene un propósito y que al cumplir esa misión el mundo se convertirá en un lugar mejor.

Era la última hora de la tarde, los días aún eran largos y la luz se resistía a esconderse. Me acerqué al jardín. En mi escuela las únicas personas que sabían nuestros planes eran el conserje y una de mis colaboradoras; prefería que el resto del personal y el alumnado no estuvieran al tanto. Estaba seguro de que muchos podían ayudar, pero cuantos menos supiéramos el plan, más fácil sería que no se frustrase.

En los patios traseros la oscuridad era algo más densa; me encaramé a una caja de madera y oí una voz al otro lado.

—Johan, le voy a pasar a la niña por arriba, debemos hacerlo rápido o alguien podría observarnos por las ventanas.

Había preparado una mochila de las que solía usar en mis excursiones al campo. Era amplia y cabía un bebé de sobra, aunque mi preocupación era que pudiera respirar y que no llorase cuando subiéramos al tranvía. Quedaba algo más de una hora para el toque de queda y debía dejar a la niña en una casa al sur de la ciudad.

—Ahora —le dije mientras alzaba las manos.

Pimentel dejó con cuidado el bebé en mi poder, no pude evitar observar a la niña unos segundos. Era muy pequeña, tres o cuatro meses, el cabello rubio brillaba en la oscuridad.

—Tenga cuidado —me advirtió en un susurro.

Tenía la mochila colocada por delante, metí al bebé y cerré la cremallera dejando una rendija. La niña dormía plácidamente. Pensé que Pimentel debía haberle administrado algún tipo de somnífero.

Entré de nuevo en el edificio y noté el calor; la humedad y el frío volvían a invadir las calles de Ámsterdam. No me crucé con nadie, se hubieran extrañado de verme con una mochila a aquellas horas. Me dirigí a la puerta y al salir contuve el aliento; cerca de la puerta de la guardería había dos policías vigilando.

—Buenas noches —les deseé, para no levantar sospechas.

Los dos hombres asintieron con la cabeza. Dudé entre irme caminando o tomar el tranvía. Era muy peligroso utilizar el transporte público, pero lo era aún más exponerse a una patrulla alemana en plena calle.

No tardé en decidirme, el tranvía paró justo enfrente y me apresuré a subir. Estaba casi vacío, la gente procuraba llegar pronto a sus casas, temían que un pequeño retraso les costara un disgusto y terminar en una comisaría o, peor aún, en un campamento de tránsito. Por menos, algunos habían desaparecido de la noche a la mañana.

En el vagón había dos mujeres jóvenes sentadas

juntas que parecían hermanas, un señor mayor con aspecto cansado y un joven estudiante. Me senté al fondo, alejado de miradas indiscretas. Unos minutos después, al ver que la niña se encontraba tranquila comencé a relajarme un poco. Había hecho ese trayecto miles de veces, pero se me hizo eterno.

Me quedé observando al resto de los pasajeros, me gustaba imaginar cómo serían sus vidas y sus esperanzas. Los jóvenes siempre parecían alegres, optimistas y vitales. No importaba que estuviéramos en guerra y el país, ocupado, tampoco la represión y control de los nazis. Su primer objetivo era divertirse, conocerse más, salir con sus amigos y pensar que la vida era una larga fiesta. El anciano, por el contrario, parecía agotado, sus ojos saciados de ver el mundo estaban próximos a apagarse. Imaginaba que como la mayoría intentaría desechar la idea de su cercana muerte, aunque esta ya le estuviera rondando desde hacía tiempo. Nuestra conciencia tiene un extraño proceder, nos crea la falsa sensación de que somos inmortales, pero al mismo tiempo nos advierte de la irrevocable sentencia que pende sobre nuestras vidas.

Me quedaban apenas dos paradas cuando subió un revisor. Me puse nervioso, aunque tenía billete y la mochila descansaba en el asiento de al lado sin que nadie pareciera prestarle atención.

—Por favor, billetes —dijo mientras hacía un ruidito con el perforador.

—Buenas noches —respondí mientras se lo alcanzaba. Lo tomó y perforó sin dejar de observarme, estaba a punto de devolvérmelo cuando oyó un leve gemido. El hombre miró la mochila y después a mí de nuevo.

Le sonreí sin saber qué hacer.

—No se pueden transportar animales en el tranvía —advirtió frunciendo el ceño y las arrugas de su frente se contrajeron por encima de sus gafas.

—No llevo ningún animal.

—Entonces ¿qué he oído?

—Yo no he oído nada.

—Se ha oído como un gemido, parecía un gato. Tengo que revisar su mochila.

Sentí como se me tensaba la espalda y respiré hondo. Ya solo quedaba una parada para bajarme.

—Me bajo en la próxima.

—Tiene que enseñar la mochila, si ha cometido una infracción debo ponerle la sanción correspondiente.

El revisor puso una mano sobre la mochila y yo me apuré a cogerla y colocarla sobre mis piernas. Justo en ese momento se oyó otro gemido.

—¿Lo ha oído ahora?

—Señor, no es lo que usted piensa.

Tenía que arriesgarme, debía dejar que viera a la niña y salir corriendo en cuanto se abrieran las puertas. Abrí la cremallera y le mostré el rostro adormecido de aquel ángel.

—¡Por Dios! ¿Por qué la lleva ahí dentro? ¿Se ha vuelto loco?

—Corre peligro.

El hombre miró a su espalda y comprobó que nadie estuviera mirando.

—Cierre eso y bájese de inmediato.

—Gracias —comenté mientras me colocaba la mochila e iba hacia la puerta.

Antes de bajar, puso una mano en mi hombro y me dijo:

—¡Que Dios le guarde!

En cuanto puse un pie sobre los adoquines respiré hondo, el corazón me latía con fuerza. Comencé a caminar hacia la casa, quedaban unos minutos para que finalizase el toque de queda. Como director de la escuela tenía un permiso para llegar a casa una hora más tarde. Tenía que darme prisa o no podría irme del piso.

Joop Woortman me abrió la puerta y cerró tras comprobar que nadie me seguía.

—Ha tardado una eternidad. ¿Por qué llega tarde?

—No quería que la niña se despertara.

El hombre puso la mochila sobre la mesa del comedor y abrió la cremallera. La niña entornó los ojos por la luz y después se echó a llorar.

—Debe tener hambre —le comenté.

El hombre la sacó y la colocó en un moisés. Después le calentó un biberón.

—Bueno, mi trabajo termina aquí. ¿Dónde la acogerán?

—Esa información es confidencial.

—Pero si los padres regresan, ¿cómo sabrán dónde están los niños?

—Hay una lista, pero muy pocos saben dónde la guardamos. Es por la seguridad de los niños. ¿Ha tenido algún inconveniente?

—Es peligroso cuando son tan pequeños, es casi un milagro que no se echara a llorar.

—¿Le ha visto alguien?

Titubeé no sabía si contarle mi pequeño percance.

—Bueno, se puede decir que no. Un revisor me pidió el billete, pero nada más.

No supe por qué le había mentido, yo jamás hacía ese tipo de cosas. Seguramente tuve miedo de que no quisiera ayudarnos con más niños. Me prometí que la próxima vez lo haría mejor.

—La mejor forma de ocultar algo es ponerlo a la vista —dijo Joop y después chasqueó los dedos.

Medité en las palabras de aquel hombre. Había que repensar todo el plan, era mejor comenzar con más calma que arriesgarse a que nos atraparan.

Mientras caminaba hacia mi casa disfruté de la noche fresca y despejada, la humedad ya se sentía, pero todavía no se metía en los huesos hasta hacerte temblar. Pensé que, a pesar de los males que azotaban a mi país y al mundo entero, la humanidad era consciente de que la libertad era su esencia y su bien más preciado, por lo que estaba convencido de que al final no aceptaría otra cosa y se rebelaría contra los tiranos que habían invadido nuestra nación y, lo que es peor, nuestras almas.

13

La familia unida

Ámsterdam, 20 de octubre de 1942

La familia Montera llevaba casi seis meses oculta en una habitación falsa de la casa de un amigo antes de que los descubrieran. Anna y Baruch tienen cuatro hijos de corta edad, María, Esther, Marta y el pequeño David. Mantener a seis personas de más sin levantar sospechas no era sencillo. Los Smith habían accedido a protegerles por la amistad que los unía a su familia. Sabían los riesgos que corrían, pero estaban dispuestos a asumirlos.

Los Smith regentaban una pequeña tienda de ultramarinos en un barrio acomodado de la ciudad. Poseían una casa de tres plantas y buhardilla, a un lado había un edificio de oficinas de una empresa de exportación e importación y al otro, una casa particular de un acaudalado comerciante local.

Juriaam había habilitado una habitación con una

puerta oculta tras un armario, después unas escaleras conducían a una estrecha buhardilla donde dormían sus amigos.

Juriaam y Roos tenían tres hijos que alimentar, lo que añadía un problema más. No era sencillo disimular la cantidad de comida que los Smith compraban cada semana, especialmente leche y mantequilla, pero los inspectores pensaban que era para abastecer su tienda.

Baruch no dormía bien por las noches, el más mínimo ruido le ponía alerta. Se sentía el guardián y protector de toda su familia. Él fue quien le había pedido a su amigo Juriaam que los ocultase. En cuanto comenzaron las primeras redadas y restricciones para los judíos se acordó de lo que le había dicho un tío suyo que vivía en Viena.

Su tío Jeremías era un comerciante próspero que se había trasladado a Austria cuando él era pequeño. No había tenido hijos y había enviudado joven, dirigía una empresa que fabricaba lámparas y cuando se jubiló comenzó a dedicarse a su verdadera pasión, la escritura. Dominaba el alemán y el francés, por lo que enseguida se convirtió en un afamado escritor. Su especialidad eran las biografías de reinas famosas. Cuando los nazis ocuparon el país en 1938, él ya se había exiliado a Suiza, pero al enterarse de que la invasión era inminente regresó para advertir a sus familiares y amigos. Nadie le hizo caso, a pesar de los abusos de los nazis a la población judía en cuanto llegaron al poder. Jeremías regresó a Suiza con lágrimas en los ojos y la sensación de que había fracasado como profeta ante sus amigos y conocidos. Fue en aquella época cuando le escribió a Baruch y le comentó que era mejor que se marchara con su familia a Gran Bretaña o Estados Unidos, pero los Montera no consiguieron visado, la mayoría de los países no querían que emigraran más judíos a su territorio. Hasta Baruch pensó en marcharse a Palestina, pero los británicos también controlaban la emigración a Israel.

La única opción que les quedaba era esconderse en Ámsterdam y esperar que la fortuna estuviera de su lado.

Al principio las cosas fueron bien, pero a partir de 1942 comenzaron a escasear los alimentos y era imposible conseguir comida sin las cartillas de racionamiento.

Juriaam se había hecho con un par de cartillas de racionamiento extra, pero lo cierto era que todos estaban pasando hambre.

Aquel día parecía uno como otro cualquiera, nunca sabemos cuándo llegará el momento en el que nuestra buena suerte se termine. Los niños estaban desayunando mientras los hijos de los Smith se preparaban para ir a la escuela. Entonces oyeron un estruendo. Guardaron silencio y Baruch pegó el oído a la pared. Unos pasos apresurados subieron por la escalera. Algo cayó al suelo y después oyó los gemidos de su amigo.

—Un vecino nos ha dicho que escondes a judíos, que los ha oído cantar sus canciones.

El señor Smith siempre había sospechado del comerciante, pero no podía creer lo sucedido.

—Estamos solo mis hijos y mi mujer. No nos gustan los judíos.

Baruch oyó los golpes de los policías y los gritos ahogados de su amigo. Estuvo a punto de salir para que lo dejaran en paz, pero entonces toda su familia terminaría deportada y la policía probaría que había estado ocultando a los judíos.

El hombre no confesó y los policías no encontraron la habitación secreta. Se llevaron a la familia y acordonaron el edificio. Los Montera no se atrevieron a salir de su escondite en tres días, pero cuando se les agotaron las provisiones fueron a buscar comida a la tienda. Lo hacían de noche para que los vecinos no los oyeran. Al cuarto día, Baruch decidió salir para intentar encontrar papeles falsos, tenía que hacerlo a plena luz del día, ya que por la noche estaba prohibido moverse por la ciudad sin una autorización.

Se dirigió al puerto, en las tabernas cercanas solían reunirse los delincuentes y todo tipo de personas de baja ralea. Un hombre les prometió papeles, pero al día siguiente, cuando acudió a por ellos, un grupo de policías le esperaba. Confesó dónde estaba y los llevó hasta su familia, pues les había prometido que siempre estarían juntos.

La familia Montera terminó en el teatro pocas horas después. Felix vio el registro y señaló a sus hijos como posibles candidatos. Después me llamó para que los convenciera de que nos dejaran a sus hijos.

Me acerqué al escenario. Hacía mucho tiempo que no entraba en el patio de butacas, cada vez la situación de los detenidos era peor, a pesar de mis peticiones a la Agencia de Emigración Judía y al Comité Judío de la ciudad.

—¿Son los Montera?

El hombre asintió con la cabeza. Era de piel morena y pelo negro, pero con expresivos ojos verdes. Su esposa, muy guapa, tenía una piel tan blanca que parecía transparente, los ojos azules y el pelo rizado.

—Queríamos que sus hijos fueran a la guardería que hay enfrente, la dirige la señora Pimentel. Es una mujer amable y cariñosa con los niños, además de una famosa pedagoga y maestra.

—Naturalmente que pueden quedarse en la guardería —dijo la mujer con cierto alivio. Ninguna madre desea separarse de sus hijos, pero cuando no tienes ni un trozo de pan que darles, haces cualquier cosa por ellos, hasta entregárselos a unos desconocidos.

—Estupendo, la llaman «la casa de los niños». Tengo que consultarles algo importante, pero es mejor que sea en privado.

Nos dirigimos detrás del escenario y me vino a la memoria el primer día que pisé aquel teatro. Los actores aún no se habían marchado a pesar de que los primeros prisioneros ya estaban sentados en las butacas. El actor principal, un hombre llamado Pepijn Baas, grande con aspecto de vikingo, con una larga melena rubia y barba entrecana, me pidió que les permitiera hacer una función delante de los detenidos. Accedí, no dije nada a los policías ni a los voluntarios nazis que vigilaban en la entrada. Los actores interpretaron la ópera *El holandés errante,* de Wagner. Por unos instantes vi los rostros de aquellos pobres desgraciados iluminarse con la música. Al final de la actuación salieron los actores y todos los que estaban en el teatro comenzaron a cantar el himno nacional. La policía entró al oír el estruendo, pero no hizo nada para impedirlo.

Los Montera me miraron impacientes, no me había dado cuenta de a dónde me habían llevado mis recuerdos.

—Podemos sacar a sus hijos con vida y ocultarlos con una familia.

La pareja se miró sorprendida.

—Hemos prometido no separarnos —contestó el padre.

—¿Aunque eso pueda suponer la muerte de sus hijos? —le pregunté, sorprendido.

—Nuestra decisión es irrevocable.

La decisión de los Montera me sorprendió, pero lo hizo mucho más lo que sucedió unos días más tarde. Aquel acontecimiento fue un antes y un después en la situación de la gente en el teatro y supuso que las condiciones de los prisioneros empeorasen mucho más de lo que habíamos imaginado.

14

La casa de los niños

Ámsterdam, 24 de octubre de 1942

En unos días me deportarían a Westerbork y no estaba dispuesto a ir allí, sabía lo que me esperaba después. El campamento de tránsito lo había creado el gobierno holandés en el verano de 1939 para acoger a los miles de judíos alemanes y austriacos que escapaban de los nazis. Tras la invasión se había convertido en un campo de concentración y la mayoría de los prisioneros eran judíos. Un amigo mío había logrado escapar de allí y, aunque el tratamiento era más humano que en otros campos, era solo un paso antes de ser enviado a Polonia o Alemania. Los peores, según tenía entendido, eran los de Sobibor y Auschwitz, pero los trenes iban a otros lados.

Había estudiado todas las entradas y salidas del teatro, también los cambios de turno de la policía y los miembros del NSB. No se pasaba lista en el teatro, por lo que tardarían un tiempo en enterarse de mi desaparición.

El plan era escapar por la noche, cruzar al edificio más cercano y por la mañana confundirme con la masa de personas que iban a trabajar. Después saldría de la ciudad e intentaría esconderme en el campo. Cerca de Arnhem vivía un amigo, allí estaría a salvo. Lo difícil sería llegar sin ser localizado por ninguna patrulla, pero esperaba que los viejos camaradas del sindicato de transporte me llevaran hasta allí. Varios trabajaban en la distribución de cerveza por todo el país.

Me acerqué hasta las puertas que daban al amplio vestíbulo y miré por el ojo buey, los policías se encontraban fumando justo en la esquina, les quedaba una hora para ser relevados y para entonces normalmente ya estaban cansados y apenas se movían del sitio. Justo al otro lado, unas escaleras llevaban a las oficinas y, por lo que había descubierto, estas terminaban en el segundo piso en el que había un cuarto de trastos. Allí, disimulada, había una pequeña puerta en el techo que conducía a la azotea. Después tendría que saltar al edificio de al lado y quedarme quieto hasta por la mañana, entrar en el portal y salir por el otro edificio. El único problema que tenía eran mis ropas, estaban sucias y algo raídas. No convenía tener mala pinta en las calles de Ámsterdam, la policía o los soldados alemanes paraban a cualquiera que pudiera parecer sospechoso.

—¿Quiere fugarse?

Me sobresalté al oír la voz a mi espalda, me di la vuelta y vi a un hombre moreno a pocos centímetros de mi cara.

—¿Quién es usted?

—El señor Montera, llegamos hace unos días y he observado que controla los horarios de los guardias y vigila las salidas. Estoy seguro de que quiere escapar.

—Eso no le interesa.

—Es cierto, pero yo también quiero huir con mi familia. Podría darle oro, logré guardar un poco. Lo reservaba para más adelante, pero nosotros también nos vamos en unos días, ya nos lo han confirmado.

Me aparté de la puerta y me dirigí a mi butaca, todos respetábamos los sitios reservados y yo ya comenzaba a ser uno de los veteranos del edificio. Había escapado a los recuentos y las listas, pero ahora ya no había marcha atrás, debía irme de allí.

—Por favor, necesitamos escapar, en cuanto estemos fuera cada uno se irá por su lado. Se lo prometo.

—Es muy difícil que una persona joven lo consiga, no voy a arrastrar a dos viejos.

—Tenemos cuarenta años.

—Estoy seguro de que son incapaces de saltar la valla que separa los dos edificios. Es un riesgo que no estoy dispuesto a correr.

El hombre sacó una foto y me la enseñó.

—Esta es mi familia. Les prometí que los mantendría a salvo, soy su padre y no puedo fallarles.

Miré la foto y después el rostro ojeroso del hombre. Mi padre habría hecho lo mismo por salvarnos a todos si estuviera con vida.

—Está bien, pero tiene que afeitarse la barba, cortarse el pelo y dejarme algo de ropa. No podemos parecer judíos, esos malditos nazis paran a cualquiera que tenga un aspecto sospechoso.

El hombre se tocó el pelo negro de la barbilla y sonrió.

—Eso está hecho.

—¿Dónde están sus hijos?

—Enfrente, en la guardería.

—¿No pretenderá ir a por ellos después de escapar?

—Eso es lo que haré —dijo el hombre tan convencido que no supe que responderle al principio.

—Es una locura.

»Será mejor que los cuiden en la guardería, allí estarán más seguros.

El hombre se quedó pensativo. Después se levantó de la otra butaca y dijo con una sonrisa:

—Tiene razón, tengo que hablar con el director.

—¿Por qué? ¿Es qué se ha vuelto loco de remate?

—No, estoy más cuerdo que nunca.

No volví a verlo hasta la noche. Cuando todos dormían se acercó a mi butaca y me tocó el hombro. Vestían de forma elegante. Ella con un traje de flores precioso que le resaltaba la figura, el pelo rubio y los hermosos ojos. Él llevaba un traje cruzado de rayas, parecía un gánster. La mujer me entregó una bolsa de tela. Dentro había otro traje.

—Espero que le quede bien, mi marido es más corpulento y alto que usted.

Me cambié allí mismo, mientras ella se giraba. Después les expliqué el plan.

—Saldremos de uno en uno, deben correr sin hacer ruido hasta la escalera de la derecha. Tenemos unos quince minutos antes de que cambien la guardia. Normalmente a estas horas los policías están en la puerta fumando. Casi nunca miran hacia el interior, esperan con impaciencia a su relevo.

—Muy bien. ¿Quién irá primero?

—Yo; en el caso de que les detengan intenten ganar tiempo para que logre escapar.

Nos asomamos a la puerta de la derecha. Como imaginaba, los policías fumaban y charlaban de espaldas a la puerta. Nos dirigimos a la otra.

—Usted vigile a los policías. Yo intentaré cruzar primero —dije al hombre.

Abrí con sumo cuidado la puerta, le había echado un poco de aceite unos días antes para que no chirriase. Logré moverla sin el más leve ruido; después, con la espalda inclinada corrí hasta las escaleras y esperé. La mujer volvió a abrir la puerta e hizo lo mismo, pero justo cuando el hombre nos iba a seguir, uno de los policías se giró y tuvo que cerrar la puerta.

—Mierda, espero que no le hayan visto —susurré a la mujer. Su rostro parecía angustiado, los ojos le brillaban bajo la tenue luz de la escalera.

El hombre lo intentó de nuevo y consiguió llegar hasta nosotros. Subimos las escaleras a toda prisa, pero con los zapatos en las manos. Llegamos a la última planta agotados y sudorosos, intentamos abrir la puerta del trastero, pero estaba cerrada con llave.

—No me esperaba esto.

Nos miramos indecisos hasta que el hombre señaló el gran ventanal.

—Cuando llegamos me fijé que había una escalera metálica en la fachada para subir a la azotea.

—Pero estaremos demasiado expuestos —repliqué.

—No se puede tirar la puerta abajo —respondió el señor Montera.

Me acerqué y abrí el ventanal. Fuera llovía, pude respirar el olor a humedad y notar de nuevo el viento en la cara, me había olvidado de lo agradable que era. Salí el primero; la cornisa era muy estrecha, miré abajo y sentí como si perdiera el equilibrio. En la acera de enfrente había dos policías. Intenté agacharme, como si de esa forma me hiciera invisible ante sus ojos y después comencé a escalar. Me siguió la mujer y después su esposo. Llegamos a la azotea sin que nadie se diera cuenta. Nos agachamos y yo me asomé para comprobar que los policías no sospechaban nada.

—Lo hemos conseguido —dijo la mujer eufórica.

—Aún no. Todavía hay que cruzar esa valla con pinchos y forzar la puerta que da a la escalera.

No quería desanimarlos, pero tampoco que se dejaran llevar por el optimismo.

Nos acercamos a la valla, era más alta de lo que pensaba, dos metros de barrotes negros terminados en lanzas.

—Es imposible —dijo la mujer.

—Yo te ayudaré —contestó su esposo al ver la altura.

Lo cierto era que gracias a su tamaño podía elevarla hasta casi el otro lado.

—Lo haré yo primero, desde el otro lado la cogeré.

Escalé la valla sin mucha dificultad, mi vida clandestina me había preparado para ese tipo de cosas. Salté al otro lado y miré a la pareja. Por un momento pensé en dejarlos allí y largarme, pero me dieron pena.

El hombre ayudó a la mujer a encaramarse, pasó las lanzas, pero se quedó paralizada por el miedo a caerse.

—Salte, yo la cogeré.

Al final se lanzó y logré sujetarla, parecía ligera como una pluma.

El hombre comenzó a ascender, al principio lo hizo rápido, pero al pasar al otro lado su corpulencia se convirtió en un problema. Al final se dejó caer, pero se hizo daño en un tobillo.

—¿Estás bien, cariño? —preguntó la mujer a su marido, que se tocaba por encima del zapato.

—Sí, no es nada.

Comenzó a llover de nuevo, nos acercamos a la puerta que daba a las escaleras y por primera vez tuvimos suerte, estaba abierta. Entramos y nos sentamos, ahora teníamos que esperar a que amaneciera.

—¿Te duele? —preguntó de nuevo la mujer con un tono de preocupación.

—Un poco, pero mañana estaré bien.

El hombre sacó del bolsillo una bolsita de terciopelo rojo y me la entregó.

—Esto es por su ayuda.

Me quedé con ella en la palma de la mano. No me venía mal tener un poco de oro. Podría hacerme con una identidad falsa e incluso intentar huir a Suecia.

—No puedo aceptarlo.

—¿Por qué? Es lo que le prometí.

—Mi familia ha muerto por culpa de esos malditos nazis.

—Lo lamento —dijo la mujer, su rostro estaba velado por la oscuridad, pero su voz era dulce.

—Mi padre era rabino, murió cuando yo era niño, no me queda nadie en el mundo. Cuando desaparezca nadie se acordará de mí, será como si nunca hubiera existido, si hago una buena acción ustedes se acordarán de Peter.

—¿Ese es su nombre? —preguntó la mujer.

Afirmé con la cabeza. No me identificaba con mi nombre judío, aunque fuera el verdadero.

—Nunca le olvidaremos. Se lo aseguro.

—¿Qué harán mañana?

—Intenté hablar con el director, pero no pude, recogeré a mis hijos como sea y los llevaremos lejos de aquí.

—No puede hacer eso. En cuanto se acerque lo detendrán.

—Ya le comenté que hice una promesa, estaremos juntos hasta el final.

—Espere un momento.

Se me ocurrió un plan descabellado, pero hasta ahora la suerte nos había acompañado. Salí a la azotea, miré el edificio próximo, era algo más bajo que en el que estábamos, si lográbamos llegar allí podríamos bajar por la parte trasera y después salir por un callejón. Después miré la guardería. Tenía a un lado la escuela y al otro, una puerta. Miré a los policías, que siempre miraban al frente. Había una posibilidad aunque fuera pequeña de entrar sin ser vistos.

15

Todos o ninguno

Las locuras es mejor no pensarlas demasiado. Siempre había vivido la vida de la misma forma, como si tirara una moneda al aire con la esperanza de que saliera justo lo que yo esperaba. Una de las cosas que me hacía verdaderamente libre era el que nadie tuviera que llorar mi muerte o se pusiera en peligro por mis acciones. Los Montera, en cambio, debían cargar el uno con el otro y con todos sus hijos. En el fondo los envidiaba, habían formado un hogar, algo que yo no sería capaz de hacer jamás.

Regresé al portal y les conté mi plan, enseguida se animaron, me siguieron por la azotea hacia el otro edificio y miraron al vacío.

—Es demasiado alto —comentó Anna, que así era como se llamaba la esposa.

—Tengo el tobillo dolorido, pero debemos intentarlo —dijo Baruch mientras se encaramaba.

—Yo lo haré primero, para que vean que no es tan

peligroso. Tienen que tomar carrerilla y lanzarse, al caer déjense rodar, para amortiguar el golpe.

Me lancé sin pensarlo, sentí la sensación de libertad que experimentamos siempre que despegamos los pies del suelo, aunque sabía que tarde o temprano debería caer. Caí sobre la gravilla con un golpe seco y me puse de pie. Los dos me observaron con una mezcla de escepticismo y terror.

—Lo haré yo primero. —Oí decir a la mujer. Me imitó en el salto y vi cómo volaba sobre mi cabeza para aterrizar un poco más lejos.

Baruch tardó unos segundos en lanzarse, su caída fue más rápida y el golpe sonó más fuerte, pero los tres estábamos bien.

Bajamos por la fachada hasta el patio trasero, en el silencio de la noche el más leve sonido se amplificaba. Aterrizamos sobre unas bolsas de basura y después rodeamos la fachada y nos asomamos a la calle. Los policías de la guardería estaban a nuestra izquierda, pero no habíamos caído en que también había policías delante del teatro. Esos estaban justo enfrente.

—Aunque no nos vean los de allí, los de enfrente sí lo harán —les comenté.

—Podríamos ir por los jardines interiores —comentó el hombre.

—Imposible, no hay acceso desde fuera, deberíamos entrar en alguna casa o portal.

Baruch abrazó a su mujer, parecían muy preocupados. Eran libres, pero tenían que dejar atrás a sus hijos. Aquella idea los torturaba.

—Lo único que podemos hacer es esperar a que amanezca, colarnos en el edificio de al lado y después entrar en la guardería —dijo Anna, resuelta a no marcharse de allí sin los niños.

Regresamos al patio trasero, todo estaba empapado por la lluvia, pero justo a un lado un pequeño porche trasero nos sirvió de abrigo. Las horas se nos hicieron interminables, al final la luz mortecina del otoño aclaró aquella mañana de nieblas y un frío congelante.

—Será mejor que nos deje intentarlo, ya ha hecho demasiado por nosotros —dijo Anna.

—Ni hablar, los esperaré. Tengo amigos que podrían facilitarles papeles en regla y una casa en la que quedarse.

—Muchas gracias, ciertamente jamás podremos olvidarle —dijo el hombre poniendo su mano en mi hombro.

Salimos de la callejuela por separado. Ellos caminaban un par de pasos por delante, yo silbaba mientras los seguía de cerca, nos cruzamos con los policías sin que estos ni siquiera se fijaran en nosotros. Me sorprendió lo cerca que estaba la libertad, apenas a unos metros de distancia, mientras que miles de personas sufrían en aquel infierno creado por el hombre. Nos paramos frente a la fachada del edificio cercano a la escuela de profesores y los dos entraron. Yo les esperé en la puerta, para avisarles si llegaba alguien inesperado. Jamás había rezado, pero aquel día lo hice, me encomendé al Dios de mis antepasados, aquel al que habían servido mi padre y mi abuelo.

—No libraste a mi padre de la muerte a pesar de ser tu siervo, dejaste que mi madre y mis hermanos murieran como perros, vi cómo se llevaban a mi abuelo, ahora, lo único que te pido es que permitas a esta familia reunirse de nuevo. Dios de Abraham, de Isaac y de Jacob, escucha mi oración.

SEGUNDA PARTE

La casa de Henriëtte

16

Camino del campo

Ámsterdam, 25 de octubre de 1942

Una idea me rondaba la cabeza, no quería pensar que nuestros enemigos eran casos perdidos, porque reconocer eso sería lo mismo que pensar, como hacían ellos, que había personas superiores e inferiores. Si los nazis habían sido capaces de enseñar a odiar, nosotros podíamos enseñar a las nuevas generaciones a amar. No digo a tolerar, respetar o incluso empatizar, lo que debemos mostrar es el poder del amor. Pero ¿qué es el amor? Algunos dirán que el amor está en el cerebro, en las neuronas, además de compuestos químicos que nos hacen sentirnos bien. No podemos reducir al amor a un mero sentimiento, tampoco a una reacción en cadena de la dopamina, tampoco a que es el producto del instinto. Amamos a nuestros hijos porque queremos protegerlos y dejar que nuestros genes sobrevivan en ellos; amamos a nuestra pareja, para perpetuar la especie y asegurarnos de no estar solos; amamos a nuestros amigos porque son nuestros iguales y necesitamos sentirnos acompañados en el camino de la vida. No y mil veces no. Soy dualista como Platón, como también lo fue Descartes, pienso que los seres humanos estamos compuestos de dos sustancias independientes que no se pueden mezclar, la materia y el espíritu. No somos meras máquinas que un día desaparecerán sin más. Las dos pueden juntarse, pero no se mezclan ni a una la produce la otra. Pienso y siento que somos almas atrapadas en cuerpos. La materia es nuestra prisión material. Para Platón el amor era una mezcla de éxtasis y frustración, ya que aunque percibimos que hay algo más allá de lo físico, por otro lado se niega a mostrarse ante nosotros claramente. Por ello, el amor es la búsqueda de lo verdadero, lo puro, es la misma esencia de la belleza.

No tengo más que contemplar a los niños para saber que la pureza existe, que la inocencia es un don que pierden al crecer. Por eso sé que lo que llevó a los señores Montera a arriesgar sus vidas y las de todos nosotros fue el amor, el puro amor.

Una de las cuidadoras vino a mí gritando mientras miraba unos papeles en mi despacho, tenía el rostro demudado y agitaba los brazos como si estuviera ahogándose en un mar de incertidumbre.

—Una pareja quiere llevarse a sus hijos.

—Por favor, baja la voz. ¿Quieres que entre la policía o los nazis y terminemos todos al otro lado de la calle?

—Señora directora, entraron por el jardín, no sé cómo lo lograron, comenzaron a buscar entre los niños, parecían dos locos.

—Vamos a ver, pero cálmate o asustarás a los críos.

Corrimos por el pasillo, atravesamos el salón y salimos al jardín. Allí, en efecto, había una pareja, iban bien vestidos, pero en sus rostros había tal perplejidad que no me extrañó que mi ayudante los creyera locos.

—Señora Pimentel, perdone que nos presentemos de esta manera. Tenemos que llevarnos a nuestros hijos —dijo la mujer con la voz entrecortada.

—Tranquilos. Ya saben que esta no es una guardería normal. Hay dos policías en la entrada que les impedirán llevarse a los pequeños. Vengan a mi despacho y hablemos tranquilamente.

—Tenemos que irnos de inmediato, no podemos esperar.

—Lo entiendo, mi ayudante buscará a los niños mientras tanto. ¿Cuál es su apellido?

—Somos la familia Montera —dijo la mujer, que parecía más calmada que el hombre.

—Busca a los niños...

—Son María, Esther, Marta y el pequeño David.

La pareja me siguió al despacho, miré por el visillo para comprobar que los policías no se habían enterado de nada.

—¿Cómo han entrado? Pensé que estaban en el teatro.

—Escapamos anoche, pero no podíamos marcharnos sin ellos —comentó el padre.

—No deseo importunarlos, pero si salen con los niños los detendrán a todos.

—Un amigo nos espera en un edificio cercano, conoce a gente que puede ayudarnos a escapar.

—Siete personas, no lograrán salir de Ámsterdam. Dejen que ponga a sus hijos en la lista, les buscaremos una buena familia. Al final de la guerra podrán reunirse de nuevo con ellos.

—Es imposible, señora Pimentel, el director del teatro ya nos contó lo que hacían con los que no podían trabajar. Les he prometido que los cuidaría y estaríamos siempre juntos.

Me parecían tan desesperados y, al mismo tiempo, tan decididos, que dudé unos instantes.

—Tengo una idea. Permítanme que lleve a sus hijos a un lugar seguro, los quitaremos de las listas, cuando nos confirmen dónde se han escondido, se los llevaremos.

Los dos se miraron.

—No, queremos irnos con ellos ahora —contestó el padre y lo hizo de tal manera que supe que no sería fácil que cambiase de opinión.

—Llévense a los dos mayores, a las dos niñas, el pequeño y la hermanita se quedarán. En menos de un mes estarán todos juntos de nuevo.

La mujer agarró el brazo del hombre.

—Tiene razón, una familia grande llamará más la atención, será difícil conseguir papeles para todos. Aquí estarán bien y dentro de un mes nos reuniremos con ellos.

Imaginé lo duro que debía ser para ella tomar una

decisión así. Elegir a cuáles llevarse, separarse de nuevo de sus hijos.

—Si crees que es lo mejor —dijo por fin el hombre; se encogió de hombros y por un momento pareció que todo su ánimo desaparecía de repente.

Los niños entraron en el despacho y al ver a sus padres se quedaron paralizados, como si no se creyeran lo que veían sus ojos. Después se lanzaron a sus brazos y se echaron a llorar, sobre todo los dos pequeños. Pensé lo difícil que sería separarlos de nuevo.

—¡Hijos, Dios mío! —exclamó la mujer entre sollozos. Todos se abrazaron en grupo a sus padres, que estaban de rodillas en el suelo.

—Será mejor que nos demos prisa, a esta hora traen a los niños nuevos. La policía no entra normalmente, pero no podemos arriesgarnos.

Los llevé a todos hasta el salón. Era el momento más difícil.

Anna se puso en cuclillas y comenzó a hablar a los dos más pequeños.

—Vosotros tenéis que quedaros, pero dentro de muy poco la señora Pimentel os traerá con nosotros.

—No, mami —dijo David. Sus ojos color oliva se llenaron de lágrimas. Marta se abrazó a su padre y comenzó a sollozar.

—Nos veremos pronto —dijo el hombre—, os lo prometo.

—Dijiste que no nos separaríamos jamás —contestó David—. Eres un mentiroso, siempre me decías que los hombres no mienten y cumplen su palabra.

Noté cómo el alma del hombre se partía en dos.

—Cumpliré mi palabra, es lo único que poseemos los que ya hemos perdido todo.

Salieron al jardín con las dos niñas mayores, mientras yo retenía a los pequeños, que no dejaban de llorar. Primero saltó la madre, después el padre ayudó a las dos pequeñas, y él saltó el último.

En cuanto desaparecieron de nuestra vista me eché a temblar. Era una locura moverse por la ciudad sin papeles, con dos niñas pequeñas. No esperaba que lo lograsen, por eso les convencí de que los dos pequeños se quedaran.

Consolé a los niños y les di unas galletas, cuando se tranquilizaron, regresé a mi despacho. Miré por la ventana. A lo lejos vi a la pareja con las dos niñas y un hombre que les seguía a pocos pasos.

Una semana más tarde me llegó un mensaje, lo trajo el lechero, era uno de nuestros hombres de confianza. La breve carta me dejó casi sin aliento:

Querida señora Pimentel:

A Dios gracias, conseguimos llegar a salvo a nuestro destino. Estamos en el campo, en un lugar apartado y tranquilo. Hemos podido instalarnos con cierta comodidad, las cosas aquí parecen más tranquilas. Le pedimos que traiga a nuestros hijos a la mayor brevedad posible a la dirección que le escribo abajo. Fue muy duro dejarlos atrás, no he dejado de pensar en ellos ni un solo segundo. No sé si usted es madre, pero desde el mismo momento en que damos a luz un lazo irrompible nos une a nuestros hijos para siempre. Sufrimos cuando ellos lo hacen, nos duelen sus sufrimientos y nos atemorizan sus fracasos, disfrutamos de sus triunfos y no logramos distinguir dónde terminamos nosotras y empiezan ellos. La vida sin mis hijos no tiene sentido, señora Pimentel. A pesar de que amo profundamente a mi esposo, que deseo vivir y ver a mis nietos, mis hijos son lo que me ata a este mundo. Mándelos con bien hasta mí. Se lo ruego.

Un agradecido saludo.

ANNA MONTERA

Apunté la dirección y quemé la carta. Debía enviar a los niños cuanto antes con sus padres, la situación en el teatro empeoraba cada vez más. Sabíamos que cuando el último judío del país saliera por la puerta el tiempo se habría acabado. Aún podíamos salvar a unos pocos, nunca serían suficientes, pero al menos esos pocos podrían algún día guardar la memoria de sus familias, no permitir que se extinguieran en las hogueras en las que los nazis quemaban sus cuerpos ni en los charcos de sangre al lado de los muros donde eran fusilados mis hermanos y hermanas. Respiré hondo y cerré los ojos.

—Dios mío, por favor, danos un poco más de tiempo, solo un poco más.

17

Las órdenes

Ámsterdam, 2 de noviembre de 1942

En muchos sentidos la vida es como una partida de ajedrez. Todos parecemos comenzar con las mismas oportunidades, el mismo número de fichas y un tablero común, pero muy pronto comienzan a producirse las primeras bajas. Algunas, insignificantes, como peones, un fracaso amoroso, el final de una amistad, la muerte de tu mascota y después continúan cayendo figuras importantes. Los alfiles, las torres y los caballos simbolizan la muerte de nuestros seres amados, un fracaso matrimonial, una traición inesperada de tu amigo del alma, hasta que en el tablero únicamente quedan dos piezas, dos caras de la misma moneda, que son la salud y tu propia desaparición. Es entonces cuando la partida comienza a ponerse interesante.

El tablero descansa en el salón, cerca de la ventana que da al jardín; aún recuerdo las partidas bajo el manzano, cuando el mundo parecía seguro y hermoso, antes de que la oscuridad lo invadiera todo por completo. Bertolt era un amigo fiel, un compañero de clase con el que llevaba toda la vida. Además de ir juntos a la escuela nos juntábamos los domingos para ir a la iglesia. Nunca vi a nadie tan bondadoso, siempre dispuesto a ayudar a cualquiera.

¿Cuándo comenzó a oscurecerse su vida? Posiblemente el día que me dijo que no creía que existiera el alma. Dejamos de coincidir en los mismos sitios; más tarde me enteré de que se había afiliado al partido nazi neerlandés. Un día me lo encontré de casualidad en una librería y no le saludé. No fue un acto de desprecio, más bien puro desconcierto. ¿Qué puedes decirle a alguien que ha abandonado todo lo que creía? Tenía la sensación de que éramos de dos mundos distintos, que iban paralelos sin encontrarse en ninguna parte.

—Johan —dijo mi amigo, y yo levanté la mirada con un temor reverente y con una mezcla de apatía e incómoda sorpresa le sonreí.

—Bertolt, no te había visto.

—¿Ya no saludas a los viejos camaradas? —me recriminó; llevaba el uniforme del partido y tenía los brazos apoyados en las caderas.

Continué sonriendo sin saber qué decir ni qué hacer.

—Me han dicho que ahora eres el director de la escuela de profesores protestantes.

—Las noticias vuelan.

—Estás en pleno barrio judío, lo lamento por ti.

—No tengo ningún problema por estar en ese barrio, es uno de los más tranquilos y limpios de Ámsterdam.

—En eso tienes razón, pero la compañía no es agradable.

Me encogí de hombros, no quería caer en su provocación. Mi examigo había entrado en una espiral de no retorno, donde no escuchas nunca al contrincante. Cuando el fanatismo se apodera del corazón de alguien, es muy difícil que vuelva a sentir algo parecido al amor.

—Esos cerdos mataron a Jesucristo, al menos eso nos enseñaba el pastor Martin. ¿No lo recuerdas?

Miré detrás de mis lentes al nazi en el que se había convertido mi amigo y después estuve a punto de hablar, pero volví a sellar mis labios.

—La religión te ha hecho un tipo blando, un besacirios. Pensé que tenías agallas. Los judíos y los extranjeros nos estaban robando el pan, nuestra raza estaba condenada a desaparecer hasta que llegaron...

—Los alemanes —dije, terminando su frase.

—Exacto, los alemanes. Ellos nos han abierto los ojos, aunque haya tenido que ser a la fuerza.

—No te olvides, viejo amigo —le dije—, que en el juego de la historia, son otras reglas las que rigen.

—No entiendo a qué te refieres.

—La historia del jorobado y el muñeco, todos creían que era el último el que movía las piezas del ajedrez, pero no lo era, algunos podían ver los hilos que partían de las manos del muñeco hasta aquel hombre perverso.

Mi examigo se puso muy serio.

—Eres uno de esos que ayuda a los judíos —me acusó.

—No, soy uno de esos que ayuda a las personas. Un peregrino del absoluto. No me malinterpretes, me siento holandés, pero, ante todo, ciudadano del mundo y peregrino en esta tierra.

—Un radical que quiere ayudar a aquellos que destruyen el mundo.

—Bueno, creo que es mejor que dejemos esta conversación.

—Os cazaremos a todos, nuestro país no estará a salvo hasta que no quede ni uno de vosotros con vida.

Salí de la librería con el corazón en un puño; entonces vi que mi examigo hacía una señal y un grupo de miembros del NSB entraban en la librería y espantaban a los clientes, después destrozaban los libros y las mesas. Cuando el librero intentó impedirlo, mi examigo sacó una pequeña porra de goma y le golpeó en la cabeza. Miré todo desde el escaparate. Me sentía horrorizado, y cuando unos policías aparecieron por el fondo de la calle, los llamé.

—Por favor, unos vándalos están destruyendo la librería.

Los policías miraron por el escaparate y al ver que eran miembros del partido se quedaron de brazos cruzados. Cuando el más joven entró en el edificio para jalear a los asaltantes, el otro me dijo.

—Lo siento, tenemos orden de no intervenir en estos casos.

—Ustedes tienen que mantener la ley y el orden —le contesté, sorprendido.

—Ahora esta es la ley y el orden.

Comenzó a llover y la multitud que contemplaba la escena se disolvió rápidamente. Me alejé de allí con un profundo dolor, como si me hubieran clavado algo en el pecho. No podía creer en qué se había convertido mi pueblo y aquella ciudad que tanto amaba.

Me preguntaba si había una forma de vivir en el mundo en estos tiempos de odio y descreimiento, como si el crepúsculo fuera creciendo en el corazón de la vieja Europa y nadie quisiera darse cuenta.

Me sentí solo, muy solo, aquel tablero de ajedrez permanecería abandonado para siempre, mi compañero de juegos ya no existía, había permitido que el adulto que llevaba dentro le devorara el alma.

18

La granja

Terlet, 7 de noviembre de 1942

Mientras contemplo los prados y bosques cercanos siempre pienso lo mismo, el verdadero asunto es el ser humano. Aquí no hay violencia, tampoco soldados que te impongan su forma de ver el mundo. Estamos escondidos, intentando sobrevivir a esta guerra interminable, pero en medio de la nada, los asuntos de los hombres parecen ridículos, casi infantiles.

La familia Montera espera con impaciencia que sus hijos pequeños vengan, yo, en cambio, no encuentro sentido en quedarme aquí con ellos. Necesito pasar a la acción.

La huida de Ámsterdam fue desesperada. Logré dar con uno de mis camaradas. Llegamos de milagro sanos y salvos a su casa. El hombre era un camionero rudo que se pasaba la mayor parte del tiempo en la carretera. Me decía que los camioneros habían visto tantas cosas que terminaban por no sentirse de ninguna parte.

Oliver había estado casado, pero tras regresar de uno de sus largos viajes se enteró de que su esposa se había escapado con un contable de Amberes. Tenía tres hijos. El mayor era depresivo y no quería salir a la calle; la mediana, con sus largas trenzas de pelo negro, se encargaba de la casa y se sentía culpable de que su madre se hubiera marchado, creía que si la hubiera ayudado más no se habría cansado de ellos; el pequeño parecía un querubín, demasiado delicado y refinado para una familia obrera, siempre con sus libros y sus lentes redondas.

—Sois demasiados —me dijo mientras observaba a los Montera.

—Mis amigos necesitan ayuda, podemos pagarte.

—¿Pagarme, camarada? Ya no crees en la revolución socialista.

—Ya no sé en lo que creo, mi familia lo ha dado todo por la revolución.

Oliver frunció el ceño, pero nos dejó pasar.

—Podéis quedaros una noche, mañana saldremos con el camión, tengo que llevar cerveza cerca de Apeldoorn.

—Podrías dejarnos en la granja de los padres de Harry. Él se marchó de Ámsterdam cuando llegaron los nazis, me dijo que si alguna vez necesitaba ayuda no dudara en pedírsela.

—Me gustaría ver su cara cuando te presentes con cuatro bocas más. ¿Son judíos? —preguntó por lo bajini.

—Sí, ¿hay algún problema?

—No me fío mucho de ellos. El traidor Trotski era judío.

—No seas burro —le contesté.

Cenamos un poco de pan y salchichas, cerveza y judías verdes. Mis amigos no tocaron las salchichas, pero comieron lo demás aunque no era *kosher*. Lo hicieron sin rechistar y con la cabeza gacha. Después de dos cervezas Oliver comenzó a relajarse y relatarnos sus viajes. Anna acostó a los niños y los de mi amigo también se fueron a la cama. Los tres nos quedamos a solas y compartió una historia que le había impactado mucho.

—En la carretera se ven cosas terribles. Hace poco, era por la noche, viajaba bajo un aguacero cuando me pareció ver a gente caminando por el filo del camino, paré y les dije que subieran. Se me quedaron mirando bajo la lluvia, sus ojos reflejaban verdadero pánico. Eran una pareja con un bebé, lo llevaban en un carrito medio destartalado, al parecer venían de una ciudad belga cercana e intentaban ir a Luxemburgo, creían que allí estarían a salvo. Yo me dirigía cerca de Lieja, llegamos a las afueras de la ciudad y me pidieron que no les dejase dentro. Decían que las ciudades eran peligrosas para ellos. Sospeché que eran judíos, aunque eran más rubios que tú.

—Yo soy judío, Oliver.

—No lo sabía —contestó, sorprendido—. Nunca nos dijiste nada.

—Nunca me consideré judío.

—Bueno, el caso es que se bajaron a las afueras de la ciudad para ir por caminos secundarios, yo repartí mi cargamento y estaba de regreso cuando vi una larga fila de prisioneros judíos. Caminaban por un lado del camino, los soldados de las SS los escoltaban y mientras pasaban la gente los escupía, insultaba y tiraban piedras. Había hombres, mujeres y niños, ancianos y personas en sillas de ruedas. Los soldados se reían cuando una pedrada alcanzaba a un anciano, si alguien caía al suelo lo molían a patadas. Entonces vi a la pareja, el hombre levantó la mirada, había tanta desolación en sus ojos grises. La madre empujaba el carrito, pero entonces un hombre de la multitud arrojó una piedra y cayó dentro. La mujer gritó. Sacó a su bebé ensangrentado y lo estrechó entre sus brazos. Le sangraba la cabeza y el padre se volvió medio loco, salió de la fila para atacar al hombre, pero un soldado le disparó y se derrumbó entre la carretera y la acera. Pensé que la gente escaparía horrorizada, pero comenzaron a aplaudir. Por Dios, es la escena más terrible que he visto en mi vida y ya os digo que he visto muchas cosas.

—Malditos bastardos —dijo el señor Montera.

—Era un niño, un bebé inocente —comenté, horrorizado.

—La gente ha perdido el sentido sagrado de la vida. Antes, hasta en las novelas, había una conciencia del bien y del mal —dijo Baruch—. La idea del superhombre y las teorías nazis han convertido a los seres humanos en animales, unos superiores y otros inferiores, pero sin sentido de la trascendencia. Aún recuerdo cuando leí la obra de Dostoyevski, *Crimen y castigo* en la que Raskólnikov asesina a una prestamista avara y también a su sobrina, que se presenta de improviso. El protagonista intenta ignorar la culpa y confiesa que la conciencia es un invento del hombre y la religión, pero su subconsciente comete actos delatores, como si en el fondo quisiera ser capturado y pagar sus culpas. Sonia, una prostituta, se enamora de él y recupera de nuevo la ilusión por la vida; la mujer le regala un pequeño relato sobre la historia de Lázaro y él se siente liberado de la culpa. Esos hombres abominables en el fondo están buscando redención.

Me indignaron las palabras de Baruch, lo que aquellos cerdos merecían era un final difícil y doloroso.

—Me parece una locura, cómo van a merecer redención, lo que merecen es la muerte —le contesté indignado—. No diría lo mismo si la persona asesinada fuera una de sus hijas o su pequeño.

—Puede ser, pero si no existen el bien y el mal, el azar y la suerte tienen la última palabra. Estamos representando una comedia inútil y sin sentido.

Oliver nos miraba fascinado, como si su mente estuviera abriéndose a una realidad que hasta ese momento ignoraba.

—Yo creo que no hay bien ni mal, que estamos solos en el universo, que tu moral depende de ti. Si cometes un crimen y puedes vivir con ello, eso únicamente te concierne a ti —comenté mientras bebía el último trago de cerveza.

—Si el mundo es como piensa, es mejor no haber nacido —dijo Baruch encogiéndose de hombros.

—Pero está la esperanza de la Revolución y la formación de un hombre nuevo, todos esos son valores burgueses. El camino de la liberación del hombre es el marxismo.

Los dos miramos a Oliver, Baruch negó con la cabeza y después contestó.

—Si no hay absolutos ni tampoco bien y mal, ¿por qué está bien el marxismo y mal el capitalismo?

—Porque daña a mucha gente, el interés está por encima de las personas —dijo Oliver.

—¿Qué tiene de malo? Si no hay bien ni mal como decía Peter, no puede haber hechos morales si no hay inmoralidad.

Oliver miró su reloj y después recogió las jarras de cerveza. Parecía desconcertado por las palabras del señor Montera.

—Tenemos que irnos a dormir, mañana será un día largo.

Salimos a primera hora, la familia se escondió entre las cajas y yo me senté al lado de Oliver. Me había entregado unos papeles falsos y, por lo que me había dicho, conocía a todos los miembros de los retenes y los controles. Les daba cerveza de vez en cuando para que lo dejaran pasar sin problemas.

En cuanto salimos de la ciudad respiré aliviado, sentía que los edificios me asfixiaban, el color verde de las praderas, los bosque con sus colores otoñales me infundieron una paz que no había sentido desde hacía muchos años. Aquel paisaje nada tenía que ver con los barrios sucios y pobres en los que me había criado.

—Miras las cosas como si nunca hubieras salido de Ámsterdam.

—Esta es la segunda vez en mi vida que me marcho de la ciudad; la primera fue cuando fuimos a la playa con mi padre, apenas lo recuerdo, era muy pequeño.

—El mundo es muy grande —contestó Oliver.

—Ya veo. Anoche estuve pensando en lo que hablamos. En este mundo solo podemos escoger dos opciones, vivir como si no hubiera nadie más en el mundo e intentar salvar el pellejo o pensar que todos estamos en un bote salvavidas y que en el fondo estamos aquí para ayudarnos los unos a los otros. Gracias por ayudarnos.

Oliver sonrió, su boca mellada nunca me había parecido tan hermosa, mostraba una mezcla de satisfacción y paz, como si a pesar del riesgo, hubiera logrado transformar todo el dolor que sentía; el miedo que había experimentado al quedarse solo con sus hijos y ahora quisiera ser un hombre nuevo.

Cuando llegamos a la granja de los padres de mi amigo Harry, Oliver paró a la entrada del sendero.

—¿No vienes?

—El camión es demasiado pesado para este camino; además, mis hijos me esperan en casa.

—Gracias por todo —le dije mientras nos abrazábamos.

—¿Regresarás a Ámsterdam?

Me lo pensé antes de contestar. Por primera vez en

mucho tiempo me sentía feliz, como si la libertad comenzara a devolverme en parte lo que quedaba del niño que fui. La familia Montera me recordaba a la mía, cuando todavía el destino no había venido a arrasarlo todo.

—Por ahora no, pero en cuanto recupere fuerzas lo haré, hay mucha más gente que salvar. No podemos quedarnos de brazos cruzados.

La familia descendió del camión y se despidió de mi amigo con la mano. Caminamos despacio, como si temiéramos llegar, cabía la posibilidad de que los padres de mi amigo no quisieran ayudarnos, entonces no tendríamos a donde ir y eso podía significar la muerte.

Sin embargo, quería irme de nuevo a Ámsterdam y sentir que podía hacer algo por salvar a mi país y ayudar a que la guerra terminase de una maldita vez.

19

La suerte

Ámsterdam, 30 de octubre de 1942

La fuga de los Montera pudo costarnos la vida a todos. Nadie se dio cuenta los primeros días, la existencia transcurrió igual de cruel y despiadada que siempre, incluso más que en las últimas semanas. El número de prisioneros aumentaba de día en día, el campamento de Westerbork estaba saturado y no nos permitían enviar a más gente allí. Había personas durmiendo en los pasillos, las butacas, el escenario y había tenido que habilitar los camerinos y los sótanos además del palco. No teníamos comida suficiente para todos, tampoco era fácil facilitarles algo tan básico como el agua o un poco de jabón. Se extendían enfermedades de todo tipo, plagas de piojos, pulgas y otros parásitos. Los enfermos eran transportados al hospital judío, aunque cuando llegaban allí era casi para morir. No tenían medicinas ni condiciones sanitarias, faltaban médicos y enfermeras y el caos se estaba apoderando de la institución.

A veces me preguntaba por qué los prisioneros no se rebelaban. En el exterior había como mucho seis vigilantes; cuando los camiones traían nuevos prisioneros el número se triplicaba, aunque eso sucedía únicamente por las mañanas. Los nazis habían abierto otras oficinas secundarias y se estaban llevando a algunos prisioneros a otras partes. No hubiera sido difícil someter a los guardias y escapar.

A estas alturas ya no tenía dudas de lo que les sucedía a las personas que enviábamos a Alemania y Polonia, unos pocos trabajarían hasta la extenuación, mientras que la mayoría era exterminada. Era algo que me costaba concebir, no podía creer que esas mentes enfermas fueran capaces de una cosa tan infame.

Entiendo que haya algo en el mal que seduzca, que provoque, pero hasta ese punto no puedo ni imaginarlo.

Aquel día los soldados hicieron el recuento para llevarse su carga y faltaban dos personas, los señores Montera. El sargento repitió varias veces los nombres, después comentó la situación al teniente de las SS y el despreciable Becker subió las escaleras sacudiendo los peldaños con sus botas. Entró sin llamar y me señaló con el índice.

—¡Maldito bastardo!

Me eché a temblar, pero él siguió avanzando, me tomó de la pechera y me arrastró fuera de la mesa. Yo no sabía lo que sucedía, simplemente suplicaba y temblaba de miedo.

—¿Qué ha sucedido? Perdón, ¿qué he hecho?

—¡Maldito judío! ¿Acaso no lo sabes? ¿Dónde está esa pareja de ratas?

Felix se acercó y se asomó por la puerta, me pareció un verdadero acto de heroísmo.

—Her teniente, debe tratarse de un error. A veces esas cosas suceden.

El oficial se dio la vuelta sin soltarme del pecho y sacó el arma, la puso en mi sien y dijo:

—Yo no soy como Ferdinand, un amigo de los judíos, hace tiempo que os anda vigilando. Trae los registros de la familia Montera.

Felix corrió hacia su escritorio, buscó los libros y no tardó mucho más de un minuto en regresar con el registro abierto.

—Aquí está la fecha de entrada —dijo mi colaborador.

—¡Pues si entraron tienen que estar aquí! —bramó el alemán.

—En las últimas semanas ha habido muchas muertes y personas enfermas, puede que los Montera estén en el hospital o en el cementerio.

El oficial me soltó y se dirigió a Felix, que comenzó a sudar.

—No me tomes el pelo. También se registran las defunciones y los traslados al hospital. Esos dos se han fugado y han tenido ayuda desde dentro.

—Si hubiéramos hecho eso, no los hubiéramos dejado en el registro —comentó Felix sin dejar de sudar copiosamente.

—Eso quiere decir que manipuláis los registros —concluyó el oficial.

—No, por Dios, claro que no. Solo era una deducción lógica.

Tomó a Felix por el pecho, lo estampó contra la pared y lo levantó como si fuera un muñeco de trapo.

—Voy a mandar un informe a mis superiores y vosotros dos vendréis conmigo a la prisión de la Gestapo.

Sabíamos lo que suponía una amenaza como aquella, rara vez alguien salía vivo de allí.

—Lléveme a mí, si Felix sale de la oficina, todo se convertirá en un caos.

El nazi dudó unos instantes, después soltó a mi colaborador y me agarró del brazo. Me lanzó por las escaleras y rodé golpeando en todas partes hasta llegar a la otra planta.

—Arresten al señor Walter Süskind.

Los soldados no esperaron a que me incorporara, me cogieron por los brazos y me arrastraron hacia el coche que tenían afuera. Me metieron dentro y unos quince minutos después entramos en el garaje del edificio más temido de la ciudad. Me llevaron a una celda y me dejaron allí.

Me dolían todos los huesos, me había orinado encima y creía que me iba a dar un ataque cardiaco.

Una hora más tarde, oí que se acercaban pasos por el pasillo. Eran las botas de aquel teniente sádico, no tenía la menor duda. Sonaron los cerrojos de la puerta y en el umbral, cortando la claridad del pasillo, estaba el nazi con los brazos en jarras.

—Aún no he recibido órdenes, pero como soy tan diligente en mi trabajo, comenzaré a sacarte la información.

Comenzó a pegarme, el dolor al principio fue insoportable, pero poco a poco, tras sobrepasar cierto punto, mi mente desconectó, por alguna extraña razón me acordé de mi infancia. Me vi jugando en el jardín de mi abuela, disfrutando de una tarde de merienda y la siesta. Los pequeños placeres que tienen los niños antes de enfrentarse a los placeres de la vida.

Al despertar me encontraba tumbado sobre un charco de sangre, tenía hambre y frío, miedo y resignación. Por un lado quería acabar con todo, pero me preocupaba qué podía sucederle a mi familia.

Por primera vez desde hacía meses estaba completamente solo, ya no podía entretener mi mente con el trabajo, me encontraba enfrentado a mi destino. Pensé en el hombre que está frente al pelotón de fusilamiento, doce hombres se preparan para disparar y hacer cumplir la sentencia. ¿Cómo puede salir vivo alguien de algo como esto? No es posible, lo único que cabe esperar es un milagro y Dios no se prodiga en cosas así. Entonces, el reo mira de frente a los soldados, simples campesinos atemorizados, esclavos convertidos en verdugos por el poder y se pregunta quién está muerto de verdad. Los soldados disparan, el hombre espera su muerte, sentir los disparos y notar cómo la vida se le escapa por cada uno de los agujeros, pero no experimenta nada. Ni un rasguño, apenas el silbido de las balas que le deja sordo, el miedo que le nubla la vista, la alucinación de no entender lo que pasa. ¿Cómo es posible? Ha sucedido el milagro, ninguno de esos soldados ha acertado en el blanco, es una señal del cielo y el oficial que manda el pelotón de fusilamiento debe impedir que muera. Deseamos pensar que todo tiene un sentido, que el malvado no queda ileso y que la víctima es resarcida y se le hace justicia.

Ante este dilema, la única razón lógica parece ser que el reo estuviera compinchado con los soldados o que han reconocido en él a un vecino, pero saben que desobedecer una orden es terminar como ese hombre. No podemos aceptar los milagros, que en el fondo nuestro destino esté en manos de alguien superior a nosotros.

¿Estaba allí encerrado por la mala suerte? ¿Cuándo nació mi mala suerte? ¿Al nacer judío o ser hijo de este siglo infame? ¿Tuvo más suerte el que murió al nacer?

Oí la puerta, el verdugo iba a entrar de nuevo; no había contado nada. Cerré los ojos y entonces oí una voz.

20

El funcionario

Ámsterdam, 30 de octubre de 1942

Mientras caminaba por el pasillo no podía dejar de sentirme como en medio de una comedia, como si paseara por un escenario delante de mi público. En la vida me ha tocado el papel de oficial de las SS, pero cuántas veces me he preguntado qué hubiera pasado si el destino me hubiera puesto en una familia judía. Estos pensamientos me asaltan en muchas ocasiones, aunque me hayan enseñado que somos únicos, que los arios no podemos compararnos con otros pueblos y que nuestra raza tiene un destino manifiesto. La voluntad de poder de la que habla el Führer, sus teorías sobre las razas, no dejan lugar a dudas. Todos nosotros debemos gobernar el mundo, es nuestra misión limpiarlo de bolcheviques y judíos, asociales, gitanos y mestizos. Únicamente los más aptos deben sobrevivir.

Siempre se me atragantaban los libros sobre estos

temas y las tesis del darwinismo social, todo ese complicado compendio de ideas sobre los genes, la pureza racial y cómo nuestro pueblo necesita un espacio vital para expandirse. Durante mi servicio en Polonia pude ver muchas de estas ideas puestas en práctica, por eso me pregunto: «¿Son realmente subhumanos los polacos y los rusos, los ucranianos y los pueblos africanos?». Cuando los veo, me repugnan sus rasgos mestizos, pero detrás de sus ojos oscuros y piel morena veo las mismas virtudes y defectos humanos que en el resto de los hombres. Experimentan dolor y alegría, miedo y valor.

El soldado se paró frente a la puerta y yo me quité la gorra de plato y esperé a que abriera la puerta.

Walter estaba en unas condiciones deplorables, tenía la ropa hecha jirones, el rostro amoratado por los golpes, los ojos hinchados, el labio partido del que brotaba la sangre y los brazos llenos de cortes.

—Ferdinand —dijo cuando me reconoció y una vez que se hubo marchado el soldado.

—¡Maldita sea! ¿Qué pensabas cuando dejaste escapar a esa pareja?

—No he hecho nada, creemos que se trata de un lamentable error.

Me paré justo enfrente, mi viejo compañero estaba sentado en una silla, pero tenía el cuerpo vencido hacia un lado como si no pudiera soportarlo.

—He confiado en ti y me has traicionado. Me pediste mejores condiciones para los detenidos y te las di, me comentaste que los niños no podían estar en el teatro y di permiso para que los trasladasen a la guardería, pero ahora me traicionas.

—El fallo ha sido de seguridad, esa no es mi responsabilidad, es de la policía y las SS —contestó, como si comenzara a recuperar las fuerzas.

—El sargento Becker ya ha informado a mi superior; si se hubiera quedado el asunto entre nosotros no tendríamos tantos problemas.

—Por favor, si no puedes hacer nada por mí, al menos permite que mi familia se ponga a salvo.

—No has entendido nada, Walter. Sois judíos y vuestro destino ya está escrito, es absurdo luchar contra él, como yo tampoco puedo impedir que el mío se cumpla. En esta tragedia a ti te ha tocado un papel y a mí otro, si dejamos de representarlo, el caos se apoderará del mundo. Ya no somos compañeros de aula, dos jóvenes alemanes con sueños y proyectos. Nuestras razas son enemigas y de las dos únicamente debe sobrevivir una.

Walter parecía hundido, intenté que no me provocara lástima, pero era muy difícil. Ese es el peligro de relacionarte con los judíos, de repente toman de nuevo rostro y no son un mero número, una estadística en la Oficina Central para la Emigración Judía.

—Si tú no pagas las consecuencias, otro tendrá que pagarlas en tu lugar.

Me miró con el ojo que no tenía tan hinchado.

—No puedo culpar a nadie. No sé quién ha podido ser.

—Elige a uno al azar, ¿qué más da? Todos van a terminar igual.

—No puedo, lo siento.

Me quedé confuso y furioso, cómo era capaz de no pensar en sí mismo y su familia. Por eso los judíos son tan débiles, lo primero es conservar la descendencia y la raza.

—Por eso estáis abocados a desaparecer, no sois fuertes, la compasión y los escrúpulos son vuestra debilidad.

Llamé a la puerta con fuerza, golpeé con el puño y el sonido metálico recorrió el pasillo. Salí y al llegar a la oficina de la planta baja, ordené al oficial al mando que liberara a Walter.

—Pero necesitamos averiguar quién ha ayudado a los judíos fugados.

—Ya ha confesado, esta misma tarde detendremos a otra persona.

Decía el filósofo Kant que el tiempo únicamente podía llenarse con acciones. Hitler aprendió esa lección pronto y la enseñó al pueblo alemán. Todos intentamos evitar el silencio y la soledad, no deseamos reencontrarnos con nuestras conciencias. Somos como puras máquinas que no deben detenerse, partes de un engranaje que debe funcionar a la perfección. No hay principio ni fin, cada día se repite de manera casi exacta.

Me dirigí al coche y el chófer me abrió la puerta. Había pensado llevar a Walter a su casa, pero me sentía furioso, una ira irrefrenable me recorrió la espalda y los brazos hasta los puños cerrados. Lo necesitaba para controlar la oficina, si no hubiera sido por eso lo habría dejado que se pudriera en ese calabozo.

Observé el paisaje por la ventana, no sentía nada, hacía tiempo que la vida me parecía algo insípido, lo único que me mantenía cuerdo era precisamente ese vaciamiento. Me gustaría desasirme de todo, no ser nada, que mi espíritu permaneciera inmóvil e impasible ante las cosas que me rodean. No puedo hacerlo. Cuando llegamos a nuestro destino me detuve frente a mi despacho en La Haya, pero no subí; dije a mis escoltas que prefería dar un paseo por el lago. Me senté en un banco y contemplé la tarde, dejé que el sol me calentara el rostro con los ojos cerrados. Walter no podrá disfrutar del mismo sol, en cuanto lo saquen de la celda y lo arrojen a la calle, se dirigirá a su casa, le curarán y ayudarán a asearse, después se echará en la cama e intentará olvidarse del infierno de las últimas horas. Me pregunto si realmente merece la pena seguir en esta tragedia de locos. En el fondo envidio a mi viejo amigo, él al menos tiene una familia y colabora por obligación, por el deseo de protegerles. ¿Por qué hago yo lo que hago? Le debo todo al partido, me acogió cuando no era nadie y me permitió convertirme en parte de la élite del Tercer Reich. Por ahora no me queda otra que seguir representando mi papel hasta que el telón se cierre y termine la función.

El cielo azul se reflejaba en el agua, como si su intenso azul quisiera pintarlo todo de una belleza liberadora. Por primera vez sentí algo de paz, como cuando el aire se detiene tras un vendaval y los árboles dejan de moverse sacudidos por el viento.

21

El problema

Terlet, 7 de noviembre de 1942

Es difícil recordar los lugares en los que fuiste feliz cuando la desdicha parece ser la única opción. La guerra lo arrasa todo, hasta el corazón más alegre y el espíritu más optimista son quebrantados. El tiempo hace el resto, el amor termina por negarse a los amantes, las muchachas casaderas ya no miran a los hombres mayores que van perdiendo el derecho a amarlas y ellas, por el injusto paso del tiempo, ya no tienen poder para recibir ese amor.

Mi esposo Baruch ha perdido la frescura de la juventud, su cuerpo comienza a doblegarse por el tiempo y los sinsabores de la vida, pero aún sigue siendo un luchador. Yo soy madre y es algo que solo las que lo son lo entenderán. Mis cuatro hijos y su supervivencia son lo único que me importa en la vida. Peter nos ha prometido que si no llegan pronto él irá hasta

Ámsterdam, pero soy consciente de que mi esposo no se lo permitirá.

La familia de Harry hasta ahora se ha portado amablemente con nosotros. Su padre, Manfred, fue el único que no estaba de acuerdo, decía que éramos demasiadas bocas para alimentar. Su madre, Margaret, una encantadora señora de pelo gris siempre peinado en un apretado moño, se deshizo en palabras amables. Nos pidió que nos sentáramos a la mesa y nos ofreció algo para comer. Al parecer sus nietos y su hija Alice habían muerto en un bombardeo al comenzar la guerra, por eso nuestros hijos le recordaron tanto a sus pequeños desaparecidos.

Harry indicó a los hombres un viejo granero donde dormiríamos. No había camas, únicamente paja, cubos con agua, unas mantas y el calor que producían los animales en la planta baja. A mí me pareció un palacio después de viajar en el camión y estar tantas semanas en el teatro, esperando la deportación inevitable a Alemania.

—¿Cómo se llaman los niños? —preguntó Margaret.

—Estas son mis hijas María y Esther, las dos más mayores. Marta y el pequeño David vendrán pronto —le contesté con una sonrisa; creo que era la primera vez que lograba sonreír desde nuestra captura.

—Tiene también un varón, por el amor de Dios. No se puede pedir más en la vida.

La mujer puso un poco de leche fresca y pan con mantequilla y las dos niñas lo comieron todo enseguida.

—Despacio, os va a sentar mal —les dije, algo

avergonzada. Yo misma me lo habría comido todo con gusto, pero no quería que parecieran dos maleducadas.

—No le he ofrecido nada a usted, discúlpeme.

La mujer cortó unas rebanadas de pan y las untó con mantequilla, después me dio un café con leche. Tenía mucha hambre y todo lo que tenía Margaret en su casa era fresco, con el antiguo sabor que tenía el mundo antes de que llegasen los nazis.

—Me recuerdan tanto a mis nietos —dijo la señora, y una nube de tristeza le ennegreció el rostro.

—Lo lamento mucho.

—Cuántas veces le he pedido a Dios explicaciones; me ha quitado lo que más quería en este mundo.

Margaret se secó las lágrimas con la punta del mandil, que destacaba sobre su traje negro.

—Todos hemos perdido a alguien querido en esta guerra, pero algún día los volveremos a ver.

La mujer se quedó algo confusa con mi respuesta.

—No sabía que los judíos creyeran en la vida después de la muerte —me contestó, como si su mente se abriera de repente.

Cuando regresaron los hombres, Harry le dio algo de comer a su amigo y a mi esposo. Manfred nos miró con el ceño fruncido y salió de la casa.

Al hacerse de noche y tras preparar a las niñas, nos fuimos al pajar. Peter se quedó a dormir en la casa, en la misma habitación que su amigo.

El silencio se apoderó enseguida de la casa y las inmediaciones, nos encontrábamos alejados de todo, únicamente el canto de una lechuza rompía la quietud. Me desperté a las tres de la madrugada, me entraron ganas de orinar y salí del granero. Oí voces que procedían de la casa y no pude evitar escuchar.

—No pueden quedarse —decía el padre.

—Son mis amigos.

—No, Harry, Peter es tu amigo, los otros son unos judíos que nos pueden buscar la ruina. Ya sabes que no me gusta esa raza.

—Padre, no pertenecen a ninguna raza, son tan humanos como nosotros.

—Un judío le quitó las tierras a tu tío.

—Eso no es cierto, las perdió porque era un borracho y pidió dinero prestado que no quiso devolver.

—Me da igual, pero en un par de días tienes que llevártelos de aquí. Ya verás cómo lo haces.

Regresé al granero con la mente confusa y un fuerte dolor en el pecho. Mis hijos pequeños tenían que venir, me lo había prometido la señora Pimentel, pero ¿cómo nos iban a encontrar si no estábamos aquí?

Por la mañana los hombres se fueron a realizar algunas tareas del campo y yo ayudé a la madre a hacer la comida.

—Siento mucho causarles tantas molestias —le comenté mientras preparaba las acelgas.

—¿Por qué dice eso? No haga mucho caso a mi marido, ya sabe cómo son los hombres. No se acuerdan de cuando eran jóvenes y otros les ayudaron a ellos. Su orgullo les nubla la mente.

Las palabras de la mujer me tranquilizaron en parte, pero lo que había escuchado la noche anterior seguía rondándome por la cabeza.

Pasó una semana y las cosas se calmaron, no volví a escuchar nada sobre que nos fuéramos y la familia se acostumbró a nosotros. Harry tocaba el acordeón y muchas noches cantábamos canciones populares y nos reíamos, otras veces llorábamos recordando los buenos tiempos.

Una mañana Peter nos dijo que se marchaba. Quería unirse a la Resistencia y luchar contra los nazis. Había conseguido un uniforme de la policía, así se podría mover con facilidad y ayudar a otros refugiados. Quería ver a Johan van Hulst y pedirle que lo ayudara a integrarse al grupo de resistencia de la Universidad de Ámsterdam. Nos costó despedirnos de él, gracias a su ayuda la familia había sobrevivido.

Aquella mañana fría de noviembre fuimos con él hasta el camino y le pedimos que hablara con la señora Pimentel, esperábamos la llegada de mis pequeños desde hacía semanas; además, no respondía a nuestras cartas. Sabíamos que las cosas en la ciudad se estaban poniendo peor.

—En cuanto sepa algo les informaré, si puedo les traeré yo mismo a los niños. Con este uniforme nadie desconfiará de mí.

Mientras Peter se alejaba por el camino las niñas se echaron a llorar. Las abracé y nos fuimos hacia la casa. Tenía miedo de que tras la partida de su amigo, Harry comenzara a cansarse de nosotros, aunque sabía que eran temores infundados.

Aquella tarde nos reunimos alrededor de la radio para escuchar la BBC, la familia había hecho un agujero en la pared para esconderla, aunque muy rara vez se veían alemanes por la zona. Desde que los norteamericanos habían entrado en la guerra y los rusos habían frenado la invasión teníamos la impresión de que podíamos ganar.

Pasaron varias semanas antes de que tuviéramos noticias de Peter y de mis hijos, a medida que los días eran más cortos y fríos sentía que la angustia y la desesperación terminaban por robarme la poca paz que había logrado tener desde la llegada a la granja. Ni las sonrisas de mis hijas eran capaces de apaciguarme el alma.

22

Gestapo

No sé si es cierto el refrán de que el hombre propone y Dios dispone, pero nada sucedió como había planeado. Logré llegar hasta la localidad de Arnhem en una hora. Un granjero me llevó en su carro, parecía extrañado de ver a un policía tan lejos de la ciudad, aunque la historia que le conté sobre que había ido a ver a mi familia le convenció. En Arnhem tomé el primer tren que salía hacia Utrecht y después viajaría a Ámsterdam. Había pensado alojarme de nuevo en casa de Oliver, pero las cosas se torcieron al poco tiempo de tomar el tren. El compartimento en el que me monté estaba medio vacío. Además de un pastor, una mujer con un niño y un anciano, el resto de los asientos estaban libres. Salimos de la estación a la hora prevista, me quedé adormilado en mi asiento al lado de la ventana. El trayecto no era muy largo, apenas una hora. Cuando desperté la gente ya estaba bajando, miré al andén, unos soldados alemanes revisaban los papeles. Me puse de pie y busqué la documentación, sabía que al ver mi uniforme no me molestarían, pero era mejor asegurarse.

Mientras caminaba por el pasillo vi de nuevo a la mujer con el niño pequeño, parecía nerviosa y dejaba pasar a las demás personas, como si no tuviera mucha prisa en pasar el control.

—¿Se encuentra bien?

La mujer me miró, sus ojos verdes eran brillantes como los de un gato, frunció los labios, como si estuviera intentando buscar las palabras.

—Sí, pero no quiero bajar ahora, esperaré a que el andén se despeje.

Miré al niño, parecía tranquilo, pero tuve una intuición. Me agaché y le pregunté.

—¿Cómo te llamas?

—Judá.

La mujer tiró del brazo para que se callara.

—¿Son judíos? ¿Verdad?

Me había olvidado por completo que llevaba puesto el uniforme de policía. La mujer se quedó pálida y se echó a llorar.

—Por favor no me detenga. Mi hermano pequeño y yo somos los únicos que hemos logrado escapar.

Nos apartamos un poco, apenas quedaba gente en el tren y los revisores no iban a tardar mucho, si nos encontraban en el tren nos denunciarían de inmediato.

—Tiene que hacer lo que yo diga —le comenté. La joven asintió con la cabeza.

Bajamos del tren, agarré a la mujer del brazo y me acerqué al control. Saludé al cabo que pedía los documentos y le enseñé los míos. El soldado me escrutó unos segundos y después hizo un gesto con la barbilla señalando a la mujer y al pequeño.

—Son mis prisioneros, los llevo a Ámsterdam.

—¿Qué han hecho?

—Son judíos, señor.

El cabo me entregó los papeles y con un gesto nos dejó pasar.

Caminamos despacio, aunque los dos estábamos ansiosos por alejarnos de los alemanes. Nos dirigimos hacia donde estaban parados los taxis, después nos apartamos un poco y me quité la gorra. Tenía la cabeza empapada en sudor.

—Muchas gracias —dijo la mujer. Se le formaron dos hoyuelos en las mejillas, su pelo ondulado castaño le salía en parte de su elegante sombrero, era la mujer más guapa que había visto en mi vida.

—¿Adónde se dirigía?

—Escapábamos de Nimega, quería llegar a Amberes e intentar tomar un barco hasta Islandia o Suecia.

La inocencia de la joven me conmovió.

—Es imposible salir de los Países Bajos, se lo aseguro.

Su sonrisa desapareció de repente, apretó la mano de su hermano pequeño y se dispuso a marcharse.

—Es más seguro que se refugie en la casa de algún amigo hasta que termine la guerra.

—¿Amigo? Se llevaron a todos, nosotros escapamos porque había llevado a mi hermano a un famoso médico en Eindhoven; cuando regresamos ya no quedaba nadie de nuestro barrio.

La mujer se echó a llorar, me preocupaba que alguien se fijara en nosotros. Nos metimos al fondo del callejón.

—La policía se los llevó a todos a Ámsterdam. A mis padres y hermanos, a los tíos y a todos los amigos. Mis padres tenían una tienda de ropa, la mejor de la ciudad, hace casi trescientos años que vivimos allí, pero eso no parece importar.

—¿Qué le sucede a su hermano?

—Tiene diabetes, una clínica ha descubierto un tratamiento más efectivo. Lleva desde esta mañana sin comer; si no toma algo, puede desmayarse.

Sabía que no podía dejarlos a su suerte, al fin y al cabo me dirigía a Ámsterdam a unirme a la Resistencia para ayudar a gente como aquella mujer.

—¿Cuál es su nombre?

—Catherine Rodrigues-Lopes y este es mi hermano Marcel Judá, pero como ya sabrá todos le llamamos Judá.

—Intentaré que un amigo nos lleve hasta Ámsterdam en su camión, tengo que buscar un teléfono público.

—Muchas gracias —dijo la joven, aunque su rostro continuaba contrariado, como el de un animal que se siente asustado y sin salida.

Saqué una chocolatina y se la entregué al niño.

—No puede comer dulces, tiene diabetes.

—Esto le mantendrá el azúcar —le contesté—. No se muevan de aquí.

Entré de nuevo en la estación y llamé a mi amigo; me prometió venir por la tarde a recogernos, estaba repartiendo cerveza en Woerden. Cuando regresé al callejón dos hombres vestidos con gabardinas negras estaban hablando con la mujer.

—Caballeros. ¿Necesitan algo?

En cuanto se dieron la vuelta no tuve la menor duda, eran dos miembros de la Gestapo. No solían ir por las calles de las ciudades de los Países Bajos, pero para nuestra desgracia terminaban de llegar a la ciudad y les chocó que la mujer estuviera sola en el callejón con un niño.

Me enseñaron sus identificaciones y me cuadré.

—La mujer no tiene identificación.

—Es cierto, por eso la llevaba a Ámsterdam.

Uno de los agentes de finos labios y gafas redondas miró al niño y le tocó el pelo.

—¿Este policía os iba a llevar a Ámsterdam?

El niño me miró e iba a responder cuando me adelanté.

—No entiendo que pregunte al niño, acaso no cree a un policía neerlandés.

El otro agente, mucho más joven, de pelo rubio rapado y aspecto inquietante, sacó un arma y me la pegó a las costillas.

—¿Quiere que le diga lo que pienso de la policía de su país?

Su cerrado acento alemán sonó como una sierra, que pretendía partirnos en dos a todos nosotros.

—Solo cumplo órdenes —le contesté.

—Será mejor que nos acompañen a nuestras oficinas.

No tenía muchas opciones, un arma me apuntaba al pecho. Les seguimos hasta un coche negro que el conductor puso en marcha en cuanto estuvimos dentro del vehículo. Sabía que no nos esperaba nada bueno, pero no me arrepentía de haber socorrido a Catherine y a su hermano Marcel, al menos no estaban solos. El coche avanzó por el centro de Utrecht hasta llegar enfrente de un hermoso edificio neoclásico, un soldado abrió la verja y aparcamos debajo de un porche de piedra.

—Bienvenidos a nuestra casa —ironizó el agente de la Gestapo más mayor, nos sentíamos como si de repente nos hubieran llevado a la misma guarida del lobo.

23

Westerbork

Westerbork, 13 de noviembre de 1942

Durante mi vida me ha tocado sufrir interrogatorios en diferentes cuerpos de seguridad de mi país y también alemanes, pero jamás había experimentado tanto terror como los cuatro días que estuve en las mazmorras de la Gestapo. A diferencia de las SS o la policía neerlandesa, los agentes de la Gestapo utilizaban más presión psicológica que desgaste físico. En los anteriores interrogatorios tenía la ventaja de que ya nadie realmente importante para mí continuaba con vida. Mis hermanos y mi madre habían fallecido, mi padre no vivía desde hacía mucho tiempo y no tenía ninguna amistad significativa. El primer día comenzaron los interrogatorios de una forma suave, se sentaban conmigo y me hacían hablar durante horas de cosas en apariencia sin importancia. Yo no era consciente de que luego iban a usar esa información para presionarme más aún. El segundo día, tras pasar cuarenta y ocho horas sin comer ni beber, empezaron a tomar unos emparedados y café mientras me hablaban. Resistí bien, pero al tercer día aumentaron la presión. Al hambre y la sed se unió la presión psicológica. Llevaron a Catherine a la habitación de al lado y comenzaron a golpearla. Oí un llanto de niño que sin duda era de su hermano, me martirizó la idea de que aquel pobre inocente estuviera viendo sufrir a su hermana.

—Todo parará si nos confiesas a qué organización perteneces y nos das unos nombres.

—No sé nada, no actúo con nadie. Mi familia ha muerto por vuestra culpa y por eso he comenzado mi lucha, pero soy un lobo solitario —les contesté, aunque sabía que no podría convencerlos. Al menos intentaba ganar un poco de tiempo, en mi mente no dejaba de pensar qué nombres revelar. Si denunciaba a Oliver, temía que su familia quedara desvalida por completo, Harry y su familia estaban ayudando a los Montera, además se había portado extraordinariamente bien con nosotros. Me quedaba el grupo que estaba ayudando a los niños del teatro, pero eso habría sido una canallada.

—Te prometo que la despellejaremos delante de su hermano. Es una mujer muy hermosa, pero no nos dejas más remedio. Su muerte recaerá sobre tu cabeza —dijo el más viejo de los agentes.

—No la conozco, la encontré por casualidad en el tren y quería llevarla a Ámsterdam.

Sabía que la verdad era el mejor antídoto, pero ellos querían nombres.

—Danos los nombres. ¿Quién te iba a ayudar en Ámsterdam, a quién llamaste?

—No llamé a nadie.

El hombre me dio una bofetada y después sacó un papel con un número.

—Es el teléfono de una empresa de transporte por carretera. No queremos interrogar a dos centenares de conductores, por eso es mejor que nos informes cuanto antes de a quién te dirigías.

Cerré los ojos y pensé si podría vivir conmigo mismo tras denunciar a un compañero. Sin duda me iban a matar y a la mujer también, pero si me enviaban a algún campo tendría la oportunidad de escapar de allí.

—No sé su apellido, es un hombre grande que se llama Oliver.

Los dos agentes sonrieron y observé tanta maldad en sus ojos que me estremecí.

—Bueno, eso es otra cosa.

El hombre me lanzó al suelo un poco de pan y me arrastré para comerlo. Lo devoré en un segundo y después noté que cuchicheaban entre ellos. Salieron de la sala de interrogatorios, la voz de la mujer y el llanto del niño dejaron de oírse.

Me llevaron a mi celda y me dieron algo de agua y comida. Por primera vez desde mi detención dormí varias horas seguidas. Me despertaron de madrugada dos soldados, me llevaron hasta la calle y me empujaron dentro de un camión cerrado, dentro estaban Catherine y su hermano. La mujer tenía varios moratones en la cara, pero estaba viva y el pequeño se aferraba a su brazo.

—Lamento todas las preocupaciones que le he ocasionado.

—Era mi obligación ayudarla, no podemos permitir que los nazis se salgan con la suya, lo importante es que todavía estamos vivos.

Después de tres horas de viaje paramos, pasamos varios controles, se oían las voces de los conductores mostrando los permisos a los guardas; al final el camión se detuvo, abrieron las puertas y la claridad de la mañana nos cegó. Ayudamos a Marcel a bajar primero, después descendí yo y Catherine se apoyó en mí. Esperábamos pastores alemanes ladrando, soldados empujándonos, pero nos recibieron dos personas judías, una de ellas era una mujer de pelo negro y rizado. Los prisioneros vestían ropa de calle y los barracones parecían limpios y ordenados.

—Tranquilos —dijo la mujer—, están a salvo.

—Gracias —comentó Catherine.

—Me llamo Etty Hillesum, pertenezco al Consejo Judío y estoy aquí para ayudarles y orientarles.

Nos quedamos sin palabras, no imaginaba que un miembro del Consejo Judío nos recibiera en el campo de tránsito. Sabía que mi hermano había pasado por aquí en algún momento antes de que lo enviaran a Alemania.

—Por favor, síganos —comentó el hombre.

Nos dirigimos al barracón que servía de oficina y

donde se inscribía a los prisioneros. Unas secretarias tomaron nuestros datos y nos asignaron los barracones correspondientes.

—Lamento lo hacinados que estamos, pero en los últimos meses no paran de llegar trenes y camiones con más refugiados —dijo Etty con una sonrisa, parecía un ángel en aquel lugar tenebroso.

El hombre se llamaba Thomas y había sido actor antes de convertirse en un prisionero del campo. Me acompañó a mi barracón mientras la mujer se llevaba a Catherine y a su hermano.

—¿Es usted judío? Aunque he visto que su detención ha sido por sedición.

Al principio no supe qué contestar. Me quedé mirándole y después entré en la barraca.

—Han tenido suerte de que sea lunes, los martes llegan los trenes y esto es mucho menos tranquilo.

Miré el camastro que quedaba libre. Coloqué mis pocas posesiones y las mudas que me habían entregado en la entrada.

—Imagino que está hambriento, iremos a uno de los restaurantes y podrá comer algo.

—¿Tienen restaurantes? —le pregunté extrañado.

—Westerbork es un lugar extraño. Ya sabrá que lo abrió nuestro gobierno para atender las oleadas de emigrantes judíos desde Alemania, Austria y Checoslovaquia. Lo inauguraron justo en el verano de 1939, antes de que comenzara la guerra, hace pocos meses que los nazis tomaron el control y ahora nos hemos convertido en prisioneros. Yo ya llevo dos años aquí.

—¿Usted lleva dos años aquí?

—Sí, mi madre era holandesa, por eso me dejaron entrar en 1939, había vivido toda mi vida en Múnich, la cuna del nacionalsocialismo y la persecución a los judíos; como era medio judío me dejaron en paz al principio. Era un comediante conocido de cabaret, pero poco a poco fueron cerrando todos hasta que me quedé sin trabajo. Decidí ir a Berlín en 1936, en la época de las Olimpiadas las cosas se calmaron un poco, pero al final me marché en el verano de 1939, ya había rumores de guerra, creía que si mi país se metía en un conflicto perderíamos y Hitler sería expulsado del poder.

—Antes me preguntó si era judío —le dije mientras nos sentábamos en una mesa larga de madera, una mujer me sirvió unas patatas cocidas y judías verdes.

—Sí, se lo comenté por el apellido.

—Sí lo era, aunque dejé de ir a la sinagoga de niño, cuando mi padre murió, por eso no me siento judío.

Thomas hizo una mueca, tenía un aspecto extraño, era difícil calificarlo.

—Eso no les importa a nuestros enemigos, yo ni siquiera estoy circuncidado, soy ateo, pero ya ve la estrella en el pecho.

—Eso es algo que no soy capaz de comprender —le comenté algo desanimado.

—Para ellos somos una raza inferior, no nos persiguen por nuestra religión. De hecho, son capaces de afirmar que Jesucristo no era judío.

—¿Cómo son las cosas en el campo?

—¿Quiere la verdad?

—Sí, claro —le contesté—. Mi hermano estuvo aquí y lo enviaron a Alemania o Polonia.

—Tenemos doscientas cabañas y barracones con baños femeninos y masculinos, aquí no se separa a las familias como en otros sitios, no se mata a nadie, a no ser que intente saltar la alambrada. Hasta julio de este año teníamos una vida tranquila, teníamos la impresión de que el mundo se había olvidado de nosotros. Los alemanes no quieren soliviantar a la población de los Países Bajos, de hecho aspiran a convertirlos a su credo y depurar su sangre, como ya han hecho con otros pueblos germanos. Desde hace unos meses se envían los trenes a Polonia y Alemania. Sabemos que se dirigen a un lugar llamado Auschwitz, también a Sobibor, el gueto de Theresienstadt y al campo de Bergen-Belsen. Nadie ha regresado de allí, pero sabemos que son campos de trabajo forzoso muy duros y que posiblemente eliminen a las personas que no pueden trabajar.

Le miré asombrado, contaba aquello como si fuera la cosa más normal del mundo.

—Lo que quiere decir es que están asesinando a gente en masa.

El hombre asintió con la cabeza.

—Sí, a miles o cientos de miles. Desde aquí ya han salido muchos trenes, pero imagino que algo parecido está sucediendo desde todos los países ocupados y algunos aliados, si a eso suma los judíos alemanes y polacos, la cifra puede ser de millones de personas.

—Eso es terrible. ¿Por qué no hacen nada?

El hombre se encogió de hombros.

—¿Qué se puede hacer? No tenemos armas, somos civiles desorganizados y la mayoría son mujeres, ancianos y niños. Aquí intentan tratarnos bien para que no nos rebelemos. Yo pertenezco a los dos mil privilegiados que tenían tareas designadas y que no van a enviar a ninguna parte, al menos hasta que los Países Bajos estén libres de judíos. Los nazis nos permiten hacer actos culturales, obras de teatro, comer en restaurantes y nos dejan que organicemos el campo por nosotros mismos.

—Tengo la sensación de que se comportan como la orquesta del Titanic que seguía tocando mientras se hundía. Todos prefieren pensar que no les llegará a ellos y que vivirán un día más.

—¿Acaso no es así la vida, Peter? Desde que nacemos estamos sentenciados a muerte, nuestros cuerpos se van pudriendo poco a poco, tienen fecha de caducidad, después desaparecemos y nos convertimos en polvo. ¿Tienen más esperanza que nosotros los soldados que luchan en el frente? No lo creo, estamos aquí de paso.

—No es lo mismo. Esto es la antesala de un matadero y no me voy a quedar de brazos cruzados mientras espero mi destino, se lo aseguro. Ya he escapado de otros lugares.

—Los nazis no han controlado el campo directamente hasta el 1 de julio de este año. La mayoría de nosotros no se hace a la idea de que las cosas han cambiado y ellos han intentado que apenas notemos el cambio. Aunque hace poco tiempo sucedió algo que nos dejó a todos conmocionados.

Después de comer me sentí satisfecho por primera vez en días. El estómago lleno me hizo sentirme más optimista. Apenas podía creerme todo lo que me estaba contando Thomas y la pasividad de los prisioneros a pesar de conocer perfectamente su destino.

—El 2 y 3 de octubre se deportó a mucha gente a Alemania y desde entonces los transportes se han multiplicado. El primero sucedió el 15 de julio. Les obligaron a caminar hasta la estación de Hooghalen, que dista unos siete kilómetros. Al principio se los llevaban en trenes de pasajeros, pero ya se utilizan también de mercancías.

Mientras hablábamos se acercó un hombre de frente despejada, pelo oscuro y rizado, ojos oscuros y una nariz prominente.

—Hola, mi nombre es Philip Mechanic.

—Peter —le contesté.

—Encantado. Thomas, quería decirte que están aumentando los casos de poliomielitis, difteria e ictericia, los niños están mal alimentados y la comida es cada vez más escasa; deberíamos escribir al Consejo de Judíos de Ámsterdam.

—No creo que puedan enviar más ayuda.

—Pues al menos que detengan la llegada de más gente, los alemanes se están enfrentando a los holandeses. Llevan más tiempo y no quieren perder sus privilegios.

—Ya sabes que los nazis han rechazado las propuestas del doctor Spanier.

Thomas se encogió de hombros, parecía que esa era su actitud ante todo, simplemente dejar que las cosas pasaran.

—Al menos esta noche hay una nueva revista y la gente se olvidará de sus problemas.

Philip frunció el ceño y se alejó mientras murmuraba algo.

—Era un periodista muy conocido en Ámsterdam, siempre es crítico con todo. No se da cuenta de que esto es el fin, la suerte de los judíos de toda Europa ya está echada.

24

El horror

Terlet, 15 de noviembre de 1942

Al final recibimos la carta. Llevábamos esperándola semanas y nos reunimos los cuatro para saborearla todos juntos. La señora Pimentel nos pedía disculpas, no había conseguido a nadie que se comprometiese a llevar a los niños de forma segura. Cada vez era más difícil sacarlos de la guardería y transportarlos fuera de la ciudad.

Estimada familia:

Espero que a la llegada de la presente todos se encuentren en perfecto estado. Las cosas aquí van de mal en peor, parece que llega el momento en que todos se quitan las caretas y muestran su verdadero rostro. Por nuestra parte, seguiremos luchando por los niños hasta el final. Queremos sembrar en ellos todo lo puro, todo lo justo y bueno que tiene el ser humano.

Sus hijos tienen un comportamiento ejemplar. Su hija cuida del hermanito como si fuera una madre, le ayuda a comer, duermen juntos y le defiende de cualquier problema.

Dentro de un par de días, un gentil caballero les llevará a los niños. Lamento que no haya podido ser antes. Para cualquier padre y madre, un día sin sus hijos es un día perdido.

Ojalá puedan vivir muchos años juntos y recordar todo lo sucedido como un mal sueño.

Con aprecio.

HENRIËTTE HENRÍQUEZ PIMENTEL

Me abracé a Baruch y las niñas no tardaron en unirse. Tras varios días melancólicos, en los que la lluvia no paraba de caer sobre el viejo granero, un rayo de sol brilló en nuestros corazones.

Harry se acercó hasta la puerta de madera y llamó a mi esposo. Baruch bajó por la escalera de madera y abrió la puerta.

—Baruch, hoy voy a vender el cerdo. El transporte tiene que ser de noche, ya sabes que debíamos haber entregado todos los animales hace unos meses.

—Sí, ya está muy grande, estoy seguro que te darán una buena suma.

—Los alemanes cada vez se llevan más alimentos, no sé cómo vamos a pasar el invierno, pero con ese dinero podremos comprar más trigo, lentejas, judías y algunas latas. Al menos no nos han quitado la vaca.

Cuando lleguen tus otros hijos las cosas se pondrán aún más difíciles.

—Lamento mucho ocasionaros tantos problemas, si pudiéramos irnos a otro lugar lo haríamos.

—No te preocupes. El dinero que nos diste nos ha ayudado durante este tiempo, pero la mayor parte de la comida hay que conseguirla en el mercado negro y su precio es carísimo.

—Esta noche iremos a vender el cerdo.

—Espero que no nos crucemos con ninguna patrulla. Te recogeré a la una.

En cuanto Harry se marchó bajé y abracé a mi esposo.

—¿Piensas que lograremos pasar el invierno?

—Sí, además las noticias cada vez son mejores, los alemanes comienzan a perder batallas en el norte de África y en el frente ruso.

—Los nazis me producen terror, no se rendirán con facilidad.

—Confiemos en que Dios nos siga cuidando como hasta ahora, lo importante es que pronto estaremos todos juntos de nuevo.

Nos abrazamos y después Baruch sonrió y dijo:

—¿Por qué no vamos a patinar al lago? Ya está helado, el frío de los últimos días lo ha congelado por completo. Llevo días trabajando en los patines de madera.

—Me da miedo que se desquebraje.

—Lo comprobé ayer, no hay peligro.

En cuanto se lo conté a las niñas corrieron entusiasmadas a por sus gorros y abrigos, después nos dirigimos al lago y Baruch fue el primero en entrar. En cuanto comprobó que no había peligro las tres corrimos patinando. Aquella sensación de libertad nos hizo por unos minutos recuperar la alegría perdida mucho antes. Miré el rostro de mis hijas, volvían a ser niñas de nuevo, despreocupadas y con la ligereza que siempre nos produce la felicidad. Parecía que todo comenzaba a marchar bien de nuevo.

Apenas llevábamos una hora cuando vimos que un convoy militar se acercaba por el camino. El coche se detuvo y un oficial tomó sus prismáticos. Nos quedamos paralizados de miedo, pero al final las niñas comenzaron a saludar con la mano. No podía ver los gestos del oficial a tanta distancia, pero terminó por devolvernos el saludo y los coches se alejaron.

No habíamos visto nunca soldados cerca, pero imaginamos que los alemanes estaban movilizando más tropas para Rusia. Llegamos al granero con el susto en el cuerpo y las manos heladas. Mientras yo se las frotaba a mis hijas para que entrasen en calor, la madre de Harry nos preparó la cena.

Nos sentamos todos alrededor de la mesa. Comimos en silencio, Baruch no le contó el incidente a nadie para que no se preocuparan.

—¿Vais a llevar el cerdo esta noche? —preguntó al fin el padre.

—Sí —contestó Harry—. No podemos arriesgarnos a que nos descubran; además, ya está suficientemente grande.

—Espero que Dios os guarde —dijo la madre algo angustiada. Vivía atemorizada, lo único que le reportaba algo de alegría eran las niñas.

—Lo tendremos, madre. No hay soldados por aquí, y los guardias están dormidos a esa hora.

Me estremecí cuando habló de los soldados, pero no dije nada.

Nos acostamos una hora más tarde, el sol se ponía pronto y cuando las niñas dormían, hablábamos y planeábamos las cosas que haríamos después de la guerra. A veces pensaba que éramos dos ilusos o dos locos, pero me recordaba a cuando éramos novios y nos quedaba toda la vida por delante. Siempre nos había gustado soñar despiertos, porque la única forma de arrancar a la vida lo mejor que puede darnos es saber lo que queremos de ella.

Aquella noche nos sentíamos diferentes. La carta, la salida al lago y el encuentro con los alemanes nos provocaban todo tipo de sentimientos contradictorios. Me aferré a Baruch, le besé e hicimos el amor mientras intentaba no llorar; necesitábamos vivir intensamente y olvidar que ya estábamos muertos.

Unas horas más tarde oí como se marchaba, la angustia me despertó y me quedé tumbada con los ojos clavados en la oscuridad, rogando a Dios que los dos regresaran con vida.

No fui consciente de cuándo me dormí, pero al despertar ya comenzaban a entrar por las rendijas de la madera los primeros rayos de sol. Aquella mañana era brillante y luminosa. Me vestí y bajé hasta la cuadra, ordeñé a la vaca y me dirigí a la casa. En la cocina se encontraba la madre de Harry.

—Buenos días.

La mujer no me contestó, tenía el rostro demudado.

—¿Se encuentra bien? —pregunté sabiendo la respuesta.

—No han regresado. Les ha sucedido algo, estoy convencida.

—Dios no lo permita —le contesté.

Me dirigía a despertar a las niñas cuando vi la columna de polvo; me quedé paralizada, no sabía si correr y sacarlas del granero o avisar en la casa. Hiciera lo que hiciera, todo era inútil.

—¡Dios mío! —exclamé. Las manchas del horizonte se convirtieron en un coche y dos camiones. Corrí hasta el granero y subí las escaleras. Vestí a las niñas medio adormiladas y les puse el abrigo. No pretendía huir, mi única intención era prepararlas. Cuando salimos a la entrada, los coches ya estaban aparcados frente a la casa y una docena de soldados la rodeaban. Un oficial bajó del coche y gritó algo en alemán. Sacaron a dos personas del camión, eran Baruch y Harry.

—¿El cerdo es de esta granja?

Harry afirmó con la cabeza, tenía la cara llena de moratones.

Los padres de nuestro amigo salieron y la mujer se limpió las manos en el mandil.

—Ya saben que ocultar animales reclamados por Alemania es un delito que se paga con la muerte.

Todos nos quedamos petrificados ante las palabras del oficial. Hizo un gesto y un soldado nos acercó hasta el resto del grupo.

—¿Se creen con derecho de engañarnos?

—Lo sentimos, señor, tenemos muchas bocas que alimentar. Mi hermano y su familia también viven con nosotros.

El oficial me miró por primera vez.

—¿Viven en el granero?

No supe que responder, las niñas tenían paja en la ropa y el pelo. El oficial se aproximó y le quitó una pajita del pelo a una de las niñas.

—¿Son judíos?

Negamos con la cabeza.

—Apestan a judíos. Además de vender un cerdo en el mercado negro, tienen a una familia de ratas aquí.

El oficial tomó su arma y apuntó a la cabeza de Harry.

—No es cierto.

»Son mi hermano y su familia —mintió de nuevo.

El oficial dio un paso hacia sus padres y disparó al hombre, que se desplomó y comenzó a gritar. Su esposa se inclinó sobre él e intentó levantarle la cabeza.

—¿Son judíos?

Harry afirmó con la cabeza.

El oficial hizo un gesto de desprecio y disparó a la mujer. La anciana se derrumbó sobre su marido. Harry corrió hacia ellos, pero antes de que llegara recibió otro disparo.

—¡Quémenlo todo!

Los soldados echaron a correr de un lado al otro. Baruch me hincó la mirada como si estuviera despidiéndose. Sabíamos que todo había terminado.

—Estos, al camión.

Dos soldados nos subieron a empujones, cuando me giré vi cómo ardían el tejado de la casa y el granero. Me sentí culpable. Por nuestra culpa aquella familia había desaparecido para siempre.

Unos minutos más tarde los alemanes salieron de las tierras de Harry, su familia yacía enfrente de la casa como ejemplo de lo que sucedía a todos los que se atrevían a oponerse a sus órdenes. Nos abrazamos los cuatro, mientras el camión nos zarandeaba en el interior. Miré al soldado alemán que tenía enfrente, no debía tener más de dieciocho años. Su mirada reflejó un atisbo de humanidad. Después agachó la cabeza avergonzado. Pensé hasta qué punto todos nosotros nos encontrábamos atrapados por aquella maldita guerra, como si unos hilos invisibles nos convirtieran en marionetas del poder del mal. El odio que durante años se había sembrado en Europa ahora daba sus amargos frutos y no pararía hasta que todo el continente estuviera ahogado en la sangre de millones de inocentes, cuya única falta había sido nacer en el tiempo y el momento equivocados.

25

La huida

Westerbork, 16 de noviembre de 1942

Nunca había estado enamorado antes. No sabía relacionarme con las mujeres y desde joven me había centrado en la lucha política. Había tenido algunos escarceos con compañeras del partido, pero nada serio. Mis hermanos tampoco habían sido muy enamoradizos, tal vez porque siempre habíamos arrastrado todo el amargor que desprendía mi madre tras la pérdida de nuestro padre. En el fondo veíamos al amor como una debilidad y un peligro, teníamos la misión de realizar la revolución y no teníamos tiempo para frivolidades. Desde el primer momento que vi a Catherine sentí algo por ella. No era solo su belleza, la delicadeza que desprendía, su sonrisa o lo vulnerable que me parecía. Adoraba cómo trataba a los demás, esa facilidad para ponerse del lado de los débiles.

Las cosas comenzaron a empeorar poco a poco en

el campo, a medida que traían más prisioneros todo se hacía más pesado e incómodo, aparecieron los piojos y cada vez había más enfermedades. Escaseaba la comida y los enfrentamientos entre los neerlandeses y los alemanes se multiplicaban. Los segundos eran los recién llegados y estaban en su país; los primeros, aunque llevaban dos años varados en aquella última parada de sus vidas, se aferraban a sus privilegios, eran conscientes de que la otra opción era la deportación y la muerte.

El barro lo inundaba todo, pues no paraba de llover. Un judío nicaragüense, el vicecónsul de la embajada, se derrumbó en el fango tras ir a hablar con el coronel. Catherine siempre decía que era el hombre más guapo que había conocido. A pesar de su inmunidad diplomática, los nazis no querían soltarlo, tal vez pensaban que sabía demasiado. Fue ella quien lo encontró y lo llevó a la enfermería, pero fue inútil, le había dado un ataque cardiaco a pesar de que no debía de tener mucho más de cuarenta años. Una víctima más de la locura que nos rodeaba.

Llevábamos dos días intentando ocultarnos de los guardias y los registradores, ya que iba a salir un nuevo tren. Estaban exentos los judíos convertidos al cristianismo, los de doble nacionalidad y los que habían comprado un pase sobornando a los funcionarios judíos o alemanes.

Las filas de desafortunados se situaron cerca de las vías, tenían la cabeza gacha y la espalda encorvada, como si soportasen un gran peso. Por un lado sentí envidia de ellos, dejarían de sufrir, pero por el otro, sabía que aún no había llegado mi hora. Prefería llevarme a un par de guardias por delante antes de dejarme matar como un animal.

Las filas entraron ordenadas en el tren de ganado. Yo no conocía a casi nadie, pero Thomas tuvo que despedirse de muchos amigos. Por la tarde me pidió que jugáramos un poco al ajedrez. Me había enseñado él mismo unos días antes. Yo movía las fichas sin saber lo que hacía, pero él parecía disfrutar comiendo mis piezas y olvidando todo lo que había alrededor.

—Esta mañana un sargento pegó una paliza a Philip, le dijo que tenía demasiada cara de judío.

Fruncí el ceño y apreté la torre entre los dedos.

—A ese cerdo ario le daría una lección. Todos tienen cara de cerdo, a estos sanguinarios lo único que les gusta es beber, comer y matar.

—Ayer conocí a una mujer aria que han traído con su esposo. Su hijo era uno de los trabajadores obligatorios que han llevado a Alemania; como se quejaba en una carta de lo que estaba pasando, los detuvieron por «resentimiento hacia el pueblo alemán». También hay arios que no están de acuerdo con lo que sucede. Yo tenía muchos amigos en Alemania que odiaban a Hitler.

Levanté la vista y le pedí un cigarrillo.

—Tus amigos son unos cobardes, no es suficiente con disentir, si todos se levantaran contra ese cabo loco terminaría la guerra.

—No hables tan alto, dentro del campo hay muchos confidentes. ¿Sabes que ya no se permite enviar cartas a familiares? Ni tampoco confirmación de haber recibido un paquete. Ayer se llevaron a mil personas, nunca antes se habían ido tantos de una vez; si continúan a ese ritmo en dos meses estamos todos liquidados.

—Pero también se está reuniendo un grupo para mandarlo a Palestina, al parecer los nazis lo quieren hacer para demostrar que no nos están masacrando —le contesté.

—Los alemanes son unos mentirosos, nos dan esperanzas para que estemos confiados y tranquilos.

—Tú siempre estás confiado y tranquilo —comenté a Thomas. Jamás le había visto que se alterara por nada.

—Llevo escapando de los nazis desde 1933, comienzo a estar cansado.

—Peor es sucumbir, rendirse, al fin y al cabo es lo que ellos quieren.

—Bueno, Peter, vosotros lleváis poco más dos años de lucha y están vaciando los Países Bajos, tengo la sensación de que los alemanes sienten que se les acaba el tiempo y quieren acabar con nosotros cuanto antes.

Terminamos la partida y salí del barracón, había parado de llover y quería encontrarme con Marcel y Catherine, que a aquella hora solían estar jugando en una de las guarderías.

Caminé con unos zuecos prestados, ya que el barro era espeso y negro. Logré llegar al barracón, pero en ese momento vi que Etty venía con unos pocos prisioneros. Los miré con indiferencia, para mí no eran más que desconocidos que tenían que pasar por su última parada antes de ser enviados al matadero. Entonces me di cuenta de que uno de ellos era Baruch. Grité su nombre y me miró.

—¿Qué hacéis aquí?

Corrí por el barro y me detuve enfrente del hombre. Su mujer se acercó y me abrazó.

—Lo siento mucho.

Baruch agachó la cabeza.

—Nos atraparon intentando vender un cerdo en el mercado negro, al llegar a la granja se dieron cuenta de que éramos judíos y...

—¿Qué le pasó a Harry y a su familia?

Anna negó con la cabeza.

—Los mataron allí mismo, pensamos que nos harían lo mismo, pero un transporte nos ha traído aquí. Justo ahora que nos íbamos a reunir con nuestros hijos, ya no los volveremos a ver jamás.

Me quedé sin palabras, noté que algo me apretaba la garganta y comencé a llorar. No lo había hecho ni al perder a mi madre, como si las lágrimas se me hubieran agotado cuando era niño. Baruch me abrazó y lloró conmigo.

—Todo es culpa nuestra, deberías habernos dejado en el teatro y ahora tus amigos estarían vivos —dijo Anna con la voz entrecortada.

—¡No es vuestra culpa, son estos malditos nazis! —grité mientras miraba a los soldados de las garitas que nos observaban desde fuera.

—Tranquilo —comentó Etty.

Caminé hacia la alambrada con el puño en alto. El soldado levantó su fusil y me apuntó. No tenía miedo de morir, casi lo deseaba. Catherine se acercó de pronto, debía haber estado observando lo que ocurría y se colocó delante. El soldado continuó con el rifle en alto.

—No lo hagas, por favor.

—¿Por qué? Ya no puedo más.

De repente me besó, sentí como sus labios me soplaban vida y mientras nuestras lágrimas se mezclaban me pregunté si estos huesos secos volverían a tener carne de nuevo, tendones y piel, que si en medio de aquel valle de huesos secos, alguien soplaría de nuevo aliento de vida y nos devolvería la esperanza que habíamos perdido y a todos los seres queridos que habíamos amado. En ese instante decidí que teníamos que escapar de allí.

26

Buscando a los niños

Ámsterdam, 17 de noviembre de 1942

El infierno siempre puede ponerse aún peor. Cuando era joven, leí *La Divina Comedia* de Dante y me planteé muchas veces hasta qué punto aquel paso por el Purgatorio, el Infierno y el Cielo eran reales. El autor italiano, a diferencia de otros escritores, definía el infierno como la eterna repetición de tus propios miedos y pecados. En los distintos círculos los penitentes sufren el castigo a su maldad, pero sobre todo repiten sus desvaríos toda la eternidad. Los lujuriosos, que no se han dejado gobernar por la razón, son sacudidos por un viento impetuoso que los daña, ya que ellos mismos se han dejado gobernar por los vientos de sus pasiones; los avaros y derrochadores tienen que hacer mover grandes pesos y al encontrarse en el camino se reprochan unos a otros su actitud tan diferente hacia el dinero. Dante, de alguna manera, quería mostrarnos las consecuencias eternas de nuestros actos. El cielo y el infierno eran un freno y un acicate para tener una vida moral y justa, ya que en la otra vida debías pagar o recibir la recompensa por tus actos. Los nazis, por el contrario, al igual que otros hombres amorales, únicamente quieren convertirse en amos y señores de este mundo, pues no creen en la trascendencia. Aborrecen a los dioses, ya que ellos mismos se suben al altar de los superhombres y desean que todos se inclinen ante ellos.

Mientras me dirigía al despacho de la señora Pimentel contemplé a dos guardias pavoneándose en la puerta. Sus hermanos alemanes morían desangrados ante las puertas de Stalingrado o en los desiertos de África, mientras ellos continuaban comportándose como si no fueran a morir jamás. Al otro lado, las filas de deportados, aquellos que habían logrado ocultarse por más tiempo, se resignaban a perder el juego del gato y el ratón que los nazis y fascistas neerlandeses llevaban jugando todos estos años. Todavía me parecía increíble que por el simple hecho de haber nacido en una familia holandesa cristiana fuera libre, mientras que mis conciudadanos habían perdido el derecho a ser tratados como seres humanos.

Me abrió la puerta Rebecca Boas, la mano derecha de Pimentel desde que habían echado a todo el personal no judío.

—Johan, Henriëtte le está esperando.

Entré en el despacho, la mujer acariciaba a su perro Brunie, una de las pocas alegrías que le quedaban de antes de la guerra.

—Pase, espero que no le importune lo que le he pedido. Es peligroso, un riesgo, si los nazis lo atrapan puede que se venga abajo todo lo que hemos creado.

—No se preocupe, estoy deseoso de asumir ese riesgo. Desde hace meses me dedico a organizar las adopciones y maquinar la forma de sacar a los niños; el último se lo llevó Frank, el tendero, en un saco de patatas.

—Esa idea fue muy buena —bromeó Pimentel con su sonrisa irónica, se veía que le hacía feliz poder engañar a los nazis.

—Ya tenemos los papeles del niño y la niña, también he pensado en cómo sacarlos del edificio, aunque lo que realmente me preocupa es llevarlos hasta la granja. Lo más sencillo sería en coche, pero no hay un galón de gasolina en todos los Países Bajos, por no hablar de los controles en muchos pueblos y ciudades. Viajar en transporte público tampoco es muy seguro, pero si ven una pareja con dos niños pequeños, imagino que la policía no sospechará.

Le mujer me observó intrigada.

—¿Quién le acompañará?

—Mi prometida, ella sabe bien cómo cuidar a unos niños pequeños.

Pimentel llamó a Rebecca y le pidió que trajera a los niños. Los pequeños no tardaron mucho en aparecer por la puerta, el pequeño David me miró con sus ojos azules mientras su hermana le abrazaba con fuerza.

—El señor Johan van Hulst os llevará con vuestros

padres. Tenéis que obedecerle en todo lo que os diga, no habléis si no es necesario. Es muy importante que no llaméis la atención y os portéis bien.

Marta frunció el ceño y mirándome directamente me preguntó.

—¿Nos va a llevar con nuestros padres? Hace muchas semanas que me prometieron que iría con ellos.

Me acuclillé y coloqué mis manos sobre sus hombros.

—Te prometo que los verás muy pronto.

—Los adultos siempre dicen que harán las cosas, pero luego no cumplen su palabra.

—En eso tienes razón, pero yo no miento nunca.

Rebecca se llevó a los niños hacia el jardín, mientras yo me dirigía de nuevo a la escuela. Abrí la puerta y me encontré con mi prometida. Parecía nerviosa, tenía los ojos muy abiertos y se frotaba las manos.

—¿Cuándo nos iremos? Es mejor que no perdamos el tren que sale al mediodía. No podemos llegar de noche a la granja o tendremos que dormir allí.

Nos dirigimos a la parte trasera de la escuela. Mientras ella vigilaba que ningún vecino nos observara desde las ventanas, yo alcé los brazos y esperé a que me entregaran al niño pequeño. En cuanto noté su cuerpo entre mis dedos, tiré de él para pasarlo por encima de la valla. Se lo di a mi prometida y me giré para ayudar a la niña a cruzar al otro lado. Por un segundo vi por un hueco de la valla a la señora Pimentel que, con el rostro compungido, nos miraba. Para ella los niños eran la única razón por la que seguir adelante. Siempre había sido una mujer alegre, llena de ideas novedosas, una luchadora nata que no se conformaba con que las cosas siguieran igual. Aquella guardería se había convertido en un lugar de esperanza y en una isla de amor en medio de tanto odio.

Metimos a los dos niños en un carro de la compra con ruedas y lo empujé pesadamente hasta la salida. Mi prometida abrió la puerta y miró a ambos lados antes de qué comenzáramos a caminar por la calle. A aquella hora no había demasiados viandantes, pero eso hacía que llamáramos más la atención. Nos acercamos a un callejón, sacamos a los niños del carro y lo dejamos a un lado. Los tomamos a cada uno de la mano y nos dirigimos a la estación como si de una familia feliz se tratara. David se cansó al poco rato, llevaba meses encerrado entre las cuatro paredes de la guardería, su hermana Marta miraba embelesada las fachadas de las casas, las calles y los árboles, todo le parecía fascinante y nuevo.

Tras media hora de caminata llegamos a la estación. Nos dirigimos a nuestro andén, un control de policía solicitaba a todos los viajeros sus billetes, documentación y permiso de viaje. Un miembro destacado de nuestra organización los había falsificado. Sus copias eran muy buenas, pero en algunas ocasiones los policías desconfiaban y te enviaban a la comisaría sin razón alguna.

El oficial era un señor mayor que debería estar jubilado, llevaba un largo bigote estilo prusiano y sus pequeños ojos verdes brillaban cada vez que paraba a alguien, parecía disfrutar atemorizando a los pobres viajeros. Cuando nos tocó el turno mi prometida parecía a punto de perder los nervios, afortunadamente los niños mantenían la calma.

—¡Documentos, rápido! No tengo todo el día.

Le entregué los papeles al policía. Los miró unos segundos y después escudriñó nuestros rostros.

—¿Adónde se dirigen?

—Al campo, la vida en la ciudad cada vez es más dura, queremos que los niños se queden con la madre de mi esposa.

—¿Viven en Arnhem?

—No, en un pueblo cercano —le contesté.

El hombre nos entregó los papeles, pero se quedó mirando a los niños.

—Son muy guapos, pero no se parecen a usted —dijo para nuestra sorpresa.

—Son igualitos que mi padre —dijo de repente mi prometida—. Gracias a Dios.

Al policía le hizo gracia la broma y nos dejó pasar.

Caminamos a paso ligero hacia nuestro compartimento, David tropezó y cayó al suelo, se hizo una herida en la rodilla y se echó a llorar. Le cogí en brazos y entramos. Llegamos hasta nuestros asientos, éramos los primeros, por lo que mi prometida le limpió un poco la herida con agua y le dio un caramelo. El pequeño se calló de inmediato y al poco rato se había quedado profundamente dormido. La niña miraba por la ventana, como si su mente estuviera desconectada de la realidad.

Unos minutos más tarde entraron en el compartimento una pareja de personas mayores y después unos jóvenes del partido nazi neerlandés. Mi prometida me aferró de la mano, era mala suerte que les hubiera tocado justo a nuestro lado.

El tren comenzó a moverse lentamente, los vapores y el humo no nos permitían ver mucho hasta que salió del túnel y el paisaje de los alrededores de Ámsterdam nos inundó los sentidos. Marta parecía fascinada observando los campos de cultivo, los árboles y animales.

—Unos molinos —dijo señalando con el dedo.

La pareja de ancianos le sonrió y la mujer le preguntó a la niña:

—¿Vais de viaje?

Ella asintió con la cabeza y después nos miró a nosotros.

—Está deseosa de ver a su tía y a sus primos. ¿Verdad, cariño?

El pequeño David abrió los ojos y sin saber dónde se encontraba comenzó a llorar y pedir que viniera su madre. Lo tomé en brazos y se lo pasé a mi prometida.

—Estoy aquí, cariño —dijo mientras lo abrazaba. El niño continuó llorando un rato, pero al final volvió a quedarse dormido.

—Se notan que son verdaderos niños arios —comentó uno de los jóvenes.

Les sonreí, para que no sospecharan nada, pero estaba deseando bajar del tren y terminar con todo aquello.

—Se necesitan nuevas generaciones que continúen

la lucha, nosotros en unas semanas entraremos en la división panzer holandesa para ir al frente ruso.

La señora mayor dijo a los jóvenes:

—Tengan cuidado, los rusos son unos salvajes que no respetan nada. He oído que la guerra es allí feroz.

—No sea derrotista —le dijo uno de los chicos.

El anciano hizo un gesto a su esposa para que se callase.

El resto del viaje estuvimos en silencio. Cuando nos aproximábamos a nuestra parada nos pusimos de pie y tomamos el ligero equipaje, la mayor parte ropa de los niños.

Bajamos al andén y vimos el nuevo control. Nos pararon dos soldados alemanes y comenzaron a interrogarnos de nuevo. Los dos jóvenes que habían viajado en nuestro compartimento se acercaron a ellos y les dijeron.

—Camaradas, son una familia aria modélica, ojalá haya muchos más como ellos en nuestro amado país.

Los soldados nos entregaron los papeles y nos dejaron pasar. A continuación teníamos que encontrar un transporte que nos acercara a la granja. No queríamos tomar un taxi, muchos eran confidentes de la policía. Entonces vimos a un hombre que llevaba un carro tirado por dos mulas.

—Señor, ¿sería tan amable de llevarnos hasta Terlet?

El campesino nos miró de arriba abajo y después hizo un gesto con la barbilla para que subiéramos.

—No se va muy cómodo ahí detrás, pero al menos por ahora no llueve.

Los niños y mi prometida se sentaron sobre unos sacos y yo, junto al conductor. En cuanto nos alejamos de la ciudad comenzamos a relajarnos.

—¿Adónde se dirigen? ¿Van a ver a algún familiar?

—A unos amigos —le contesté.

—Los alemanes están un poco revueltos últimamente, no dejan de ir por las granjas en busca de más comida. No sé cómo vamos a pasar el invierno. He comprado unos sacos de maíz, debo tener algo para alimentar a las gallinas y los patos, ya no tenemos cerdos ni vacas.

—Lo siento.

—Al principio nos dijeron que la vida bajo el dominio de Alemania sería mejor, que la reina y el gobierno estaban pervirtiendo al pueblo, pero yo no me creí esas patrañas. Los ideales están bien para los jóvenes, yo peleé en la Gran Guerra y sé que los poderosos únicamente velan por sus intereses.

—Pero los Países Bajos eran neutrales —le dije sorprendido.

—Me alisté voluntario en Alemania, creía que el káiser tenía razón, los franceses y los ingleses estaban pervirtiendo el mundo. Después perdimos y todo se desmoronó. Me alegro de vivir en el campo, muchas veces tengo la sensación de que los seres humanos lo único que sabemos hacer es destruirnos unos a otros. Mi filosofía es vive y deja vivir. No soy un hombre religioso, pero en la iglesia te enseñan a ser un poco mejor cada día, un buen vecino y esposo. Todo lo demás son zarandajas. ¿No cree?

—Sin duda.

—Tiene pinta de profesor.

—No anda desencaminado —le contesté algo nervioso, no me fiaba demasiado de aquel hombre.

—Tengo buen ojo para la gente. Deberían quedarse por aquí y no volver a la ciudad, las cosas se van a poner aún peor. Tengo una pequeña radio y he escuchado que los aliados están bombardeando Berlín. No tardarán demasiado en desembarcar en el continente y darle una tunda a los nazis.

Intentaba seguirle la corriente, no me fiaba de nadie y mucho menos de un desconocido, pero era cierto que muchos holandeses tenían la sensación de que los alemanes comenzaban a perder la guerra.

Al llegar al pueblo el hombre se detuvo y miró a los niños.

—¿A qué granja se dirigen? Aquí nos conocemos todos.

Le susurré el apellido de los dueños y el hombre se quedó lívido.

—¿No lo saben?

Le miré extrañado.

—Hace unos días los alemanes asaltaron la granja, se ve que la familia había vendido un cerdo en el mercado negro, y al llegar descubrieron que ayudaban a una familia judía. Los mataron a todos.

Mi prometida me agarró del brazo, estaba temblando.

—¿A todos?

—Bueno, a la familia completa, al parecer a los judíos se los llevaron a algún campo. Es una verdadera desgracia, eran buenas personas. Harry, el hijo, simpatizaba con los comunistas, algo que no me hacía mucha gracia, pero sus padres eran trabajadores y honrados. Perdieron a su hija y nietos en un bombardeo, ahora todos descansan en paz.

—¿Qué vamos a hacer? —me preguntó mi prometida. Me encogí de hombros.

—No les da tiempo a regresar, vengan a dormir a casa, ya pensarán mañana qué hacen.

La niña se echó a llorar, se había enterado de todo. Cuando llegamos a la casa del granjero, nos invitó a entrar; era un edificio de dos plantas típico holandés. Su esposa estaba calentando la comida y al vernos frunció el ceño, pero cuando los niños entraron cambió el gesto.

—Todos a lavarse las manos —dijo la mujer mientras nos indicaba un cubo de agua helada.

Marta me pidió que me inclinase y me dijo al oído:

—Sabía que no cumplirías tu palabra, todos los adultos son unos mentirosos.

Me quedé petrificado, no supe qué contestar. No sabíamos dónde se encontraba la familia, debíamos regresar a Ámsterdam cuanto antes o encontrar un lugar en el que esconder a los niños.

27

En el camino

Westerbork, 20 de noviembre de 1942

Estaba desolada. No podía dejar de pensar en mis pobres niños y lo que sentirían al ver que no nos encontrábamos en la granja. La muerte de la familia de Harry también me torturaba; apenas cerraba los ojos por la noche, los veía tendidos en el suelo mientras la casa comenzaba a arder. No entendía por qué Dios permitía que unos viviéramos y otros muriéramos. Mi esposo intentaba animarme un poco, pero no quería levantarme de la cama. Me había rendido.

Etty Hillesum entró en nuestra cabaña, nos había conseguido un lugar tranquilo en medio del bullicio del campo. Los árboles ya amarilleaban y desde el ventanal podía contemplar el melancólico paisaje.

—Anna, no quiero importunarte.

—No, por favor, estaba intentando descansar un poco, por las noches no consigo dormir.

Etty era seria por naturaleza, pero su mirada dulce me tranquilizaba. Tenía la sensación de encontrarme ante una mujer diferente a las que había conocido hasta ese momento. Siempre parecía contenta, sosegada y no solía alterarse por nada.

—Soy de Middelburg, una bonita ciudad de Zelanda, donde la gente es de mente estrecha, como si la muralla que rodea la urbe representara en parte su forma de pensar.

—Te entiendo, yo siempre he vivido con esa sensación. Me educaron de una determinada manera y jamás tuve el valor de cuestionarlo.

—Yo en cambio siempre he sido una rebelde y me ha gustado provocar a la gente. Mostrar la hipocresía y las contradicciones con las que todos vivimos. Los seres humanos estamos llenos de prejuicios, ¿no crees?

Me sentía como una tonta, apenas había estudiado en la escuela, pero sí sabía qué eran los prejuicios.

—Es inevitable, debemos tener una idea y una opinión de las cosas, lo malo es cuando esas ideas preconcebidas no nos permiten cambiar de opinión.

—Pues yo, que me consideraba por encima del bien y del mal, también estaba llena de prejuicios. Estudié derecho y lenguas eslavas en Ámsterdam, me enamoré de Han Wegerf, creamos una comuna de estudiantes y nos sentíamos libres, por encima de los prejuicios de la sociedad burguesa. Justo tras la llegada de los nazis conocí a Julius Spier, que me inició en el psicoanálisis y la quiromancia; al final nos convertimos en amantes. Estaba buscándome a mí misma, por eso comencé una serie de diálogos interiores, creo que los occidentales llevamos siglos descuidando nuestra espiritualidad. Cuando comenzaron a traer aquí a los prisioneros me ofrecí voluntaria para venir a ayudar. Desde entonces he encontrado una gran paz interior que me permite abrirme a los demás.

Sus palabras me dejaron sorprendida.

—Pero ¿acaso no tiene Dios la culpa de todo lo que sucede? ¿Por qué no hace nada para cambiar las cosas?

Etty me sonrió por primera vez.

—Esa pregunta me la he hecho miles de veces, pero la respuesta que he encontrado es que Él necesita nuestra ayuda, todos podemos convertirnos en agentes del bien y luchar contra el mal que nos rodea y hay en nuestro interior.

—¿Acaso Dios no puede hacer nada por sí mismo?

La pregunta flotó en el aire unos instantes, como si la mujer intentara que antes de darme su respuesta me tranquilizara en parte.

—Lo que muchos ven malo a veces se torna en bueno. La guerra y el sufrimiento tiene una lección que enseñarnos como seres humanos. Lo que vivimos es producto de nuestra soberbia como sociedad, las consecuencias de nuestros delirios de grandeza. Ahora es el momento de dejar el egoísmo a un lado y dar nuestra vida por los demás. No lamentes más tus penas, ponte manos a la obra y ayuda a los que tienes alrededor. Eso marcará la diferencia.

Las palabras de Etty me sacaron de mi ensimismamiento, me di cuenta de que podemos ver las cosas desde nuestro pequeño mundo de circunstancias y situaciones personales o abrirnos a un mundo sufriente que nos necesita.

—Tienes razón —dije mientras me levantaba de la cama y le daba un abrazo.

Etty me llevó hasta la guardería y me presentó a Catherine, la novia de Peter. La situación de muchos de los niños que llegaban era muy delicada. Además de arrastrar todo tipo de enfermedades infecciosas, la mayoría de ellos se sentían deprimidos y asustados. Catherine y yo creamos un programa para devolverles la ilusión. No contábamos con muchos recursos, pero normalmente los pequeños lo único que necesitan es evadirse de los problemas a través de la imaginación. Conseguimos hacer varias representaciones de teatro, que los niños de los alemanes y los neerlandeses trabajaran codo con codo, algo que sus padres no hacían.

Una semana más tarde estábamos listas para realizar nuestra primera representación oficial, habíamos elegido la historia de Esther y Mardoqueo, sabíamos que los niños y sobre todo sus padres identificarían a Amán, el visir de Artajerjes, el rey persa, que intentó destruir al pueblo judío.

El salón de actos se encontraba a rebosar. Mi hija mayor hacía el papel de Esther y el hermano de Catherine, el de Mardoqueo.

La historia comenzaba en Susa. Mardoqueo adoptó a su sobrina huérfana, Esther. Cuando esta era joven, el rey de Persia mandó a sus hombres para que buscaran entre todas las mujeres vírgenes del reino quién iba a ser su nueva esposa. Mardoqueo iba a visitar a su sobrina cada semana y se quedaba junto al muro que separaba la zona de las mujeres, pero una tarde escuchó un plan secreto: algunos de los ministros querían asesinar al rey. Cuando Mardoqueo descubrió el complot, Artajerjes le nombró uno de sus consejeros. Amán ascendió al cargo más alto de la corte y pidió a todos que se inclinasen ante él. Mardoqueo se negó a hacerlo y este decidió exterminar a todos los judíos de Persia. El rey preguntó a Amán cómo debería recompensar a uno de sus ministros que había hecho un gran servicio. Amán, creyendo que se refería a él, le dijo al rey que dándole la más alta dignidad. Esther informó al rey de los planes de Amán, Artajerjes entró en cólera y mandó ahorcar al visir, dándola a Mardoqueo el puesto de este.

Al finalizar la obra el público aplaudió con entusiasmo. En cuanto los niños hubieron salido mi esposo se acercó para decirme algo.

—Ha sido un espectáculo increíble, creo que los niños no lo olvidarán jamás. Además, a todos nos ha devuelto la esperanza de que Dios termine con nuestros enemigos y nos salve como hizo con Mardoqueo y todos los judíos de Persia.

—Dios te escuche —le respondí.

—Peter me ha contado que tiene un plan.

Le miré extrañada, ahora que me había conformado con mi destino, Baruch intentaba que volviera a recuperar la esperanza de ver a mis hijos.

—Nos quedaremos aquí y ayudaremos a esta gente, si tenemos que morir lo haremos con dignidad, no como perros vagabundos.

Mi esposo frunció el ceño, sabía que era muy tozudo y que no daría su brazo a torcer.

—Acabamos de llegar y si no es en el próximo transporte será en el siguiente, pero un día nos enviarán a Alemania o Polonia para morir. ¿Es eso lo que quieres para los niños? Les prometí que estaríamos juntos y siempre cumplo mis promesas.

—Hay cosas que no dependen de nosotros.

Baruch se cruzó de brazos.

—¿Quién te ha metido esas cosas en la cabeza? ¿No habrá sido Etty? Ella no tiene hijos y no sabe la responsabilidad que uno adquiere cuando se convierte en padre. Nuestro deber es cuidarlos y protegerlos, permitir que sobrevivan y sean felices.

Lo agarré de un brazo, no me gustaba sentirme distante de él.

—Sabes que mis padres murieron cuando yo era muy joven, casi una niña, fue todo muy rápido. Primero enfermó mi padre y falleció, unos meses más tarde murió mi madre. Me dejaron sola en este mundo demasiado pronto, todos los otoños me acuerdo de ellos, me pongo triste y me pregunto por qué las cosas tuvieron que suceder de aquella forma. Ahora entiendo que todos debemos cumplir con el propósito de nuestra vida. Para Peter puede que sea escapar e intentar hacer algo bueno por los refugiados, pero nosotros tenemos que quedarnos y ayudar. Algún día esto terminará y, si perecemos, será que Dios lo quiere así.

—Eso no tiene sentido, Dios ayuda a quien se ayuda. Mira la obra que han representado los niños. Mardoqueo sobrevivió por su astucia.

—No, querido esposo, Mardoqueo sobrevivió por su bondad y la voluntad divina. Nosotros debemos tener la fe de Esther y su tío.

Mi marido negaba con la cabeza.

—El plan es sencillo, nadie controla a los camiones que salen para quemar la basura, es fácil meterse en uno y después lanzarse en marcha antes de que llegue a los quemaderos. Los alemanes no quieren acercarse por el mal olor y por miedo a contraer algunas de las enfermedades del campo.

—No puedo retenerte con nosotras. Haz lo que pienses que es mejor. Las niñas están bien aquí, por primera vez las veo sonreír y ser niñas de nuevo.

Baruch me abrazó, era consciente de que no se iría a ninguna parte sin mí, en cierto sentido le estaba condenando a muerte, pero nos habíamos unido para estar juntos hasta el último suspiro y eso era exactamente lo que íbamos a hacer.

28

Invernadero

Terlet, 18 de noviembre de 1942

Me sentía como en un cuento de Dickens. Me había pasado la mayor parte de mi vida como un espectador, siempre con miedo a involucrarme, y ahora estaba en una granja en medio de la nada con mi prometida y dos niños prófugos de la justicia. No había pegado ojo en toda la noche. Me hubiera gustado llamar a la señora Pimentel y preguntarle qué podíamos hacer, aunque sabía cuál iba a ser su respuesta. Regresar de inmediato y llevar a los niños a un lugar seguro. No habría querido que devolviera a los niños de nuevo a Ámsterdam. Cada día que pasaba todos éramos más conscientes de que cuando la deportación de judíos terminase, los nazis cerrarían el teatro y después la guardería. La casa de los niños se convertiría en una especie de espejismo, un recuerdo, un grano de arena que no cambiaría demasiado el resultado final. Era cierto que ya habíamos ayudado a casi un centenar de niños. Algunos de los alumnos los sacaban en bolsas de la compra, en carritos, amontonados entre la leña del camión que nos suministraba el carbón o tapados entre basura y trapos. Los conductores de tranvía sabían a qué nos dedicábamos, hasta muchos pasajeros nos encubrían para que los nazis o sus colaboradores no se enteraran de lo que sucedía.

Ahora que el invierno estaba a la vuelta de la esquina y la comida comenzaba a escasear incluso para los neerlandeses arios, muchos judíos no lograrían pasar las noches heladas en el teatro, sin apenas comida ni agua. En muchos momentos tenía la sensación de que luchábamos contra un gigante demasiado poderoso y siniestro, con las sencillas armas de la fe. Teníamos fe en la bondad humana, en el amor y la capacidad de sacrificio, pero ellos tenían de su parte las armas, el terror y el poder. Lo único que veía positivo era que muchos neerlandeses comenzaban a desengañarse del nacionalsocialismo. Habían visto que los nazis no querían hacer más grande a los Países Bajos, su único deseo era someternos y tratarnos como sus esclavos. Obligaban a muchas jóvenes a acostarse con soldados y oficiales alemanes para dar hijos a Alemania y se llevaban a nuestros jóvenes al frente ruso o a hacer trabajos forzados en su país. Nos estaban matando de hambre y, a medida que la guerra avanzaba, la situación no hacía más que empeorar.

Me levanté de la cama y me puse una pequeña manta sobre los hombros, me dirigí al salón y vi que el granjero estaba frente a la chimenea.

—¿Ya se ha despertado?

—No he pegado ojo —le contesté. Me dolía la cabeza y el resto del cuerpo.

—Es joven e inteligente, ¿por qué se ha metido en todo este lío? Ya ha visto qué le ha sucedido a mis vecinos. Yo también tengo conciencia, pero deseo sobrevivir, creo que esa es la labor de todo ser humano. Mantenerse vivo el mayor tiempo posible. Dios no nos dio descendencia, algún día esta casa se vendrá abajo, los campos se perderán y los animales pasarán a otras manos. Lo único que tengo es esta vida. Aunque a veces me pregunto: ¿De qué me ha servido luchar toda la vida?

—Decía Epicuro que con cuatro reglas sencillas el hombre podía ser feliz.

El granjero sonrió por mi atrevimiento.

—No temas a Dios, no te preocupes por la muerte, lo bueno es fácil de conseguir, lo espantoso es fácil de soportar.

—Ese Epicuro era muy listo.

—Él creía que el mayor mal del hombre era el temor. La certeza de que todos vamos a morir termina por empañar nuestra felicidad. El filósofo nos anima a vivir el momento.

El granjero se levantó y preparó algo parecido a café, después me ofreció un poco.

—No sé cómo era la vida de ese filósofo, imagino que si tenía tanto tiempo para pensar debía de ser rico. La mayoría de los mortales no disfrutan del presente. El presente es madrugar, levantarse antes de que salga el sol, tener el estómago vacío la mayor parte del día, desgastar el cuerpo en un trabajo agotador, apenas ganar un sueldo mísero y descansar en un lecho duro e incómodo.

Después de que se levantaran las mujeres nos sentamos a desayunar. El granjero nos miró y después observó el tiempo por la ventana.

—¿Al final regresarán a Ámsterdam?

—No estoy seguro, lo pensaré mientras nos dirigimos a Arnhem.

—Hace muy mal tiempo, los llevaré en el carro. Colocaré el toldo para que no lleguen calados hasta los huesos.

El hombre salió hasta cerca del granero y comenzó a colocar una capota gris, pero el viento la sacudía y tenía que volver a empezar. Salí para ayudarlo y entre los dos la colocamos. Cuando regresamos a la casa estábamos helados y empapados, el viento del norte soplaba con fuerza.

—Será mejor que nos marchemos de inmediato —comentó el anciano, pero estaba llegando a la puerta cuando vio que se aproximaba un coche.

—¡Cielos! En nuestro pueblo no hay coches, esto no me gusta nada. Mujer, recoge la mesa; ustedes, síganme por aquí.

Nos llevó detrás de la casa, entró en un invernadero y corrimos hasta el fondo, allí disimulada en el suelo había una portezuela, la levantó. Se veía una escalera que llevaba hacia la oscuridad.

—¡Entren, rápido!

Sin ninguna lámpara entramos en aquel sótano húmedo y oscuro. David se asustó un poco, pero mi prometida logró calmarlo.

—¿Por qué nos metemos aquí? —preguntó la niña algo nerviosa.

—Tenemos que escondernos, como si estuviéramos jugando al escondite. Ahora tenéis que estar muy callados.

Nos quedamos en silencio escuchando nuestra propia respiración. Pasaron cinco o diez minutos hasta que oímos pasos y unas voces en el invernadero.

—Entonces ¿los llevó a la granja quemada?

—Sí, oficial —respondió el viejo a aquella voz que tenía un fuerte acento alemán.

—¿Por qué no avisó a las autoridades?

—No vi nada sospechoso.

—Estúpido granjero. ¿No le pareció sospechoso que una familia fuera a la granja de unos campesinos acusados de acoger a judíos?

—Me dijeron que eran familia, no parecían judíos.

—A un judío se le distingue en una sola mirada, los holandeses no están acostumbrados, pero nosotros los alemanes ya somos zorros viejos en ese asunto.

—Lo siento, oficial.

—¿Hacia dónde se marcharon?

—Los llevé hasta el pueblo, y allí debieron buscar algún transporte para regresar. No los he vuelto a ver.

Los pasos se detuvieron justo sobre nuestras cabezas y David comenzó a llorar; mi prometida le tapó la boca suavemente con la mano.

—¿Qué ha sido ese ruido? ¿No tendrá cerdos escondidos?

—No, oficial, ya he aprendido la lección.

El alemán golpeó el suelo con la bota, aunque no lo hizo en la portezuela.

—No suena hueco, pero le estaremos observando. No olvide que los que son amigos de los judíos son enemigos nuestros.

Los pasos se alejaron de nuevo, el anciano tardó casi media hora en abrirnos, debía de temer que los nazis se presentaran de nuevo en la granja.

—Salgan, tienen que marcharse.

Nos ayudó a subir, la luz nos molestó a los ojos, especialmente a los niños.

—El pueblo debe de estar vigilado —le contesté.

—Deja que los niños se queden aquí —dijo la anciana, que casi nunca hablaba.

—¿Sabes lo que eso puede suponer?

—Somos viejos y ya hemos vivido suficiente. Al menos tendremos alguna buena obra que presentarle a Dios cuando vayamos al otro mundo.

—A Dios, si existe, no le interesan esas tonterías. Si tanto le preocuparan no dejaría que los hombres pasáramos por calamidades y penas.

—No seas necio, marido, esta gente necesita nuestra ayuda.

El hombre se rascó la calva y un minuto más tarde contestó:

—Está bien, los niños se quedarán, pero ustedes se marchan mañana. Los llevaré hasta Arnhem de noche, para evitar los controles. Lo que hagan después dependerá de su suerte.

—Gracias, no olvidaremos este gesto —le dijo mi prometida.

—Somos campesinos sencillos, no nos gusta meternos en problemas y menos para ayudar a forasteros, agradézcaselo a mi mujer, les debe haber caído en gracia.

Mi prometida agarró las manos de la anciana y comenzó a besarlas.

—Por Dios, no haga eso y tómese un café conmigo.

La niña se acercó y me tiró de la pernera.

—¿Por qué nos dejáis con esta gente?

—Aquí estaréis seguros por ahora, diremos a vuestros padres que os vengan a recoger.

—Preferimos regresar con la señora Pimentel —contestó la niña.

—Yo también —dijo el pequeño.

—Allí no pueden ir a recogeros. Estas personas cuidarán bien de vosotros y dentro de poco os reuniréis con vuestros padres.

El anciano me puso una mano en el hombro y me susurró al oído.

—Es mejor no prometer lo que no se puede cumplir.

Sabía que tenía razón, pero intentaba que los niños guardaran al menos un rayo de esperanza. Nos sentamos de nuevo junto a la chimenea, la visión del fuego me relajó. Los destellos anaranjados y amarillentos, el crepitar de la madera me hizo pensar en la casa de mis abuelos donde había pasado tantas Navidades. El árbol junto a la chimenea, los paquetes con papeles de colores y la ilusión de que a la mañana siguiente se habrían cumplido todos tus sueños. Esperaba que el único deseo que tenía aquel día se cumpliera: que los niños estuvieran a salvo y que nosotros regresáramos a Ámsterdam sin ningún percance.

29

La dama

Ámsterdam, 20 de noviembre de 1942

Gezina Hermina Johanna van der Molen era lo más parecido a una mujer moderna que yo había visto nunca. A su lado me sentía como la más conservadora y convencional de las mujeres de los Países Bajos. Sabía lo que quería en la vida o al menos aparentaba saberlo. Por eso cuando oí las voces en la puerta de la guardería y me asomé a la ventana, no me sorprendió que estuviera gritando a los dos soldados que escoltaban la entrada.

—¡Déjenme pasar de inmediato! Conozco mis derechos y no me voy a quedar esperando en la puerta.

—No está permitido que entren arios, señora.

—Pues tendrá que detenerme.

Salí a la puerta y pedí a los soldados que la dejaran pasar. Nos conocíamos desde hacía meses y como nunca dábamos problemas hicieron la vista gorda.

—Está bien, pero solo media hora, si llega el oficial y se entera nos manda al frente ruso.

Gezina entró con su elegante vestido en el pasillo y se dirigió directamente a mi despacho.

—Hester quiere que hagamos un periódico clandestino, pero no sé si será una buena idea. Ya sabes que yo he trabajado en varios medios, pero tengo miedo de que si descubren la redacción del periódico terminen dando con nuestra agencia de adopción.

Así era como a ella le gustaba denominar al rescate de niños judíos.

—No puedo opinar en ese asunto, cada uno lucha contra los nazis como puede.

—Ya conoces el poder de la palabra, pero los niños son más importantes. Cada vez que salvamos a uno tengo la sensación de que merece la pena aguantar un poco más. Espero que los aliados desembarquen pronto en Europa y terminen con esa peste nazi.

—Hester y su amiga Pauline van Waasdijk están haciendo un gran trabajo.

—No me cabe la menor duda —le comenté.

—Yo conservo la lista de hogares de acogida. Espero que cuando termine la guerra esos niños puedan regresar con sus padres.

Yo tenía serias dudas, los informes que llegaban de otros consejos judíos no eran nada halagüeños.

—¿Te has enterado de la última muerte de soldados alemanes? Todo el mundo está sorprendido con la noticia.

—Aquí estamos completamente aislados del mundo exterior. Es increíble que nos encontremos en el corazón de Europa, Ámsterdam siempre era para mí símbolo de modernidad y libertad, pero ahora es una provincia de Alemania.

Gezina se cruzó de piernas, las tenía largas y esbeltas, podía haber sido modelo.

—Una muchacha llamada Truus Oversteegen vio que un oficial nazi mataba a golpes a un bebé delante de sus padres judíos y decidió vengarlos. Convenció a su hermana Freddie y a su amiga Hannie. Las tres tenían una apariencia bastante inocente, nadie hubiera imaginado que destruyeron vías de tren para evitar deportaciones o que llegaron a asesinar a soldados nazis.

Aquel comentario me heló la sangre. Todos estábamos deseosos de que los nazis se marcharan, pero me costaba aceptar la violencia, tenía la sensación de que si actuábamos como los alemanes nos convertiríamos en la misma cosa.

—Las tres jóvenes comenzaron a visitar las tabernas en las que bebían los nazis. Se vestían de forma provocativa y los convencían de que se marchasen con ellas. Cuando estaban a solas con ellos los mataban.

—Esta guerra se está convirtiendo en la más salvaje de la historia —le comenté.

—Pero, bueno, no he venido aquí para hablar de estos temas. He conseguido veinte familias más, llevo días intentando hablar con Johan, pero no se pone al teléfono.

—Fue con su prometida a dejar a unos niños en una granja, pero ya debería haber regresado, estoy algo preocupada.

No se lo había dicho a nadie, pero Johan me había comentado que regresarían en el mismo día para no levantar sospechas; sin duda algo había salido mal.

—Pues preguntaré a mis contactos, espero que no los hayan detenido, sería un varapalo para toda la organización. ¿Cómo van las deportaciones?

—Cada vez hay menos judíos en la ciudad y en el resto del país —le contesté.

Aquella carrera contrarreloj comenzaba a preocuparme, no temía tanto por mi vida como por la de los niños que no habíamos logrado rescatar.

—Tengo el permiso de veinte familias, debemos sacar a los niños de inmediato —comenté a mi amiga.

—Mientras Johan regresa intentaré hacer algunas evacuaciones por mi cuenta.

—Muchas gracias por todo. Ojalá todos los arios fueran como tú.

—Yo no soy aria, soy una persona como tú. Tenemos que parar toda esta locura cuanto antes.

Gezina se puso de pie y me tendió la mano, yo no era muy dada a abrazar, pero al final la apreté entre mis brazos, necesitaba sentir a alguien cerca.

—No soporto ver sus caras cuando tienen que regresar al teatro para otro transporte. Los pobres se alegran de volver a ver sus padres, se sienten a salvo junto a ellos, pero ambos van directos al matadero. Jamás pensé que viviríamos algo parecido.

—Esto terminará antes o después —me aseguró mi amiga.

—Lo malo es que será demasiado tarde para la mayoría de ellos. Los judíos vivimos en los Países Bajos desde hace cientos de años, hemos ayudado a levantar este país, pero nos eliminan como a ratas, a nadie les importa lo que hagan con nosotros.

—No estáis solos, muchos neerlandeses sabemos que si os dejamos morir sin hacer nada, ya no podremos volver a mirarnos en un espejo. Sois parte de nosotros, no pararemos hasta que se salve el último niño. Te lo garantizo.

—Gracias —le contesté reprimiendo las lágrimas. Casi nunca me permitía expresar mis sentimientos, debía mantenerme fuerte frente a los niños y mis colaboradores; el único que me había visto llorar era mi perro. Las noches eran más duras que el día agotador, pensar era lo último que deseaba.

Acompañé a mi amiga a la salida y me puso las manos en los hombros otra vez.

—Tal vez deberíamos pensar en sacarte de aquí, no podemos permitir que mueras.

—Mi vida no vale más que la de los demás.

—Eres una de las mujeres más valiosas del país.

—El día que dejemos de valorar a las personas por lo que hacen y las apreciemos por lo que son, el mundo cambiará por completo.

Gezina dio un largo suspiro, sabía que ese momento jamás llegaría, para la sociedad la gente tiene más valor por su origen, educación o dinero, la vida de cada uno de nosotros es intercambiable por la de otro. Los nazis habían llevado esas ideas a su más deplorable expresión, si todos no éramos iguales, si un ser humano no era más que un conjunto de músculos y huesos, de órganos y células, ¿qué le convertía en especial? Lo podían eliminar como una plaga, mientras se marchaban tranquilamente a sus camas. El problema no era que fuéramos humanos, llenos de imperfecciones e incongruencias, lo más triste es que la guerra nos estaba deshumanizando a todos. La compasión, la misericordia, el perdón y la tolerancia se habían convertido en palabras proscritas, lo único que nos quedaba al fondo de aquella caja de Pandora que había desatado todos los males de la humanidad era la esperanza, aunque en ocasiones tuviera la sensación de que me engañaba. Dentro de poco todos estaríamos muertos, únicamente seremos olvido, como si jamás hubiéramos existido.

30

De regreso

Arnhem, 20 de noviembre de 1942

Salimos de noche en el carro, nosotros dos íbamos detrás y el granjero gobernaba a sus mulas bajo la lluvia. Una hora más tarde estábamos a las afueras de la ciudad. Habíamos evitado todos los controles, aunque nos preguntábamos cómo podríamos regresar a casa.

—Muchas gracias por todo. En especial por quedarse con los niños.

—No soy ningún héroe, se lo aseguro, pero a veces hay que hacer lo correcto.

Nos estrechamos la mano y nos dirigimos a la pequeña estación de autobuses, pensamos que levantaríamos menos sospechas si escapábamos por carretera. Nos sentamos en la parada y mi prometida se quedó dormida sobre mi hombro. A las seis de la mañana llegó el primer autobús que iba directo a Ámsterdam, hacía mucho tiempo que no tenía tantas ganas de regresar a la ciudad. En muchas ocasiones había aborrecido su ajetreo, el ruido y la prisa de sus canales y calles, pero no hay más que alejarse del lugar que odias, para echarlo de menos. Aunque lo realmente importante es que allí tenía una extraña sensación de seguridad y pertenencia. Eso me hizo pensar en los pobres deportados judíos, tenían que guardar toda su vida en una maleta mientras se dirigían hacia un destino incierto, como si no hubieran echado raíces en ninguna parte; pronto su memoria sería raída hasta del barrio judío. Aquellas canciones desgarradoras que los sefardíes escuchaban las noches de sábado recordando su amada España, el aroma de las comidas *kosher*, el correteo de los niños hacia las sinagogas, dejarían de sonar para siempre.

En los Países Bajos habíamos jugado al terrible juego de las medias verdades y habíamos apartado la mirada durante demasiado tiempo. No nos había importado que se llevaran a aquellas personas tan distintas a nosotros, a los marginados y asociales, a los que parecían no encajar. Llegaría un día en que nos tocaría a nosotros, de hecho, ya había sucedido, los que se creían intocables comenzaban a caer en las mismas trampas de intolerancia que los judíos, los gitanos y los débiles mentales.

El autobús salió de la estación medio lleno, mi prometida se recostó sobre mi hombro mientras yo observaba el paisaje desde la ventana. El trayecto se me hizo interminable, cada vez que veía un control me echaba a temblar, pero como llovía mucho, todos nos dejaron pasar.

El conductor hizo una parada a medio camino en

una taberna y comimos algo. Aquel tentempié nos animó un poco. Seguimos trayecto y a medio día el autobús estaba aparcando en la estación de autobuses. Bajamos eufóricos, como si hubiéramos sobrevivido a un naufragio y regresáramos a casa.

Cruzamos la estación, pero a la salida se encontraba la policía pidiendo papeles.

—Señores, ¿de dónde vienen?

—De Arnhem.

Le entregué los billetes y el policía miró a mi prometida.

—¿Están casados?

Negué con la cabeza.

—Les parece bonito, esto no pasaba en mis tiempos —comentó el policía.

Un soldado alemán se acercó y preguntó qué sucedía. El policía les hizo una broma.

—Los tortolitos —dijo el alemán—. Sus permisos de viaje.

Les enseñamos los falsos, el soldado frunció el ceño y llamó a su oficial. El hombre vino con desgana.

—Tienen los permisos caducados.

—Ya sabes el protocolo, es un delito y tendrán que ir al juzgado de las SS.

—Lo siento, nos tuvimos que quedar, habían fallecido unos familiares.

El soldado me abofeteó sin pensárselo. Después nos llevaron hasta un cuarto y nos hicieron esperar todo el día. Cuando tuvieron a diez personas detenidas nos llevaron ante el tribunal.

Nunca había entrado en el edificio, pero había oído cosas terribles de él. Los juicios relacionados con la seguridad se dirimían allí y era raro que alguien saliera absuelto. No me importaba ir a la cárcel, pero temía por mi prometida. Su rostro reflejaba el miedo y el cansancio de los últimos días.

Esperamos fuera del juzgado y tras otra hora nos hicieron entrar a los dos. Tres jueces vestidos con uniforme alemán nos esperaban sentados a una mesa. No había abogado defensor, únicamente acusador.

—Los dos acusados han infringido las leyes marciales del Reich al viajar sin sus permisos en guerra. Pido para ellos la condena máxima de seis meses en trabajos forzados.

Me sorprendió darme cuenta de que los tres jueces tenían jarras de cerveza sobre la mesa. El presidente de la corte levantó la cara, tenía los ojos vidriosos y desprendía un fuerte olor a alcohol.

—¿Por qué no regresaron en la fecha prevista?

—Falleció un familiar...

—No me venga con milongas y cuente la verdad, la verdad les hará libres.

Nos miramos unos segundos, entonces ella dijo.

—Somos novios, queríamos pasar un día en el campo, nuestras familias son muy conservadoras y...

—¡Ahora lo entiendo! —vociferó el juez alemán. Después golpeó con la palma de la mano la mesa de madera.

—Estos dos enamorados buscaban un nido de amor —dijo el otro juez.

—Pues no podemos poner freno al amor —comentó el tercero.

El fiscal se dispuso a protestar, pero el juez firmó la sentencia absolutoria.

—Márchense antes de que me arrepienta.

Salimos de la sala a toda prisa, estaba convencido de que la borrachera de los tres jueces nos había salvado la vida. Cuando llegamos a la calle tomamos un taxi y dejé a mi prometida en su casa, y mientras me dirigía a la mía respiré hondo. Sentía que había fracasado, hasta que comprendí que el mismo hecho de sobrevivir ya era una victoria.

TERCERA PARTE

Un mundo que se acaba

31

Salvar a la familia

Ámsterdam, 10 de diciembre de 1942

Una de las cosas que he aprendido en la vida es que los seres humanos tememos más el pensamiento que cualquier otra cosa, incluso que la propia muerte. El pensamiento es el que nos anima a cuestionarlo todo, discutirlo todo y puede ser destructivo. El poder y la autoridad siempre han despreciado y temido al pensamiento, porque saben que un pueblo que piensa no es fácilmente manipulable, por eso me cuesta imaginar cómo hemos llegado a esta época de intolerancia y totalitarismo. A veces creo que tener buenas intenciones no es suficiente. Seguramente, cuando Marx escribió *El Capital* o su teoría del materialismo histórico, la lucha de clases y la necesidad de una revolución obrera, le movían altos ideales, aunque por medio, aquellos que obedecieron sus dictados hayan sembrado tanta muerte y miedo. La reacción contra un totalitarismo marxista fue la creación del peor movimiento político de la historia, el fascismo. Muchos se rieron de Benito Mussolini, creían que era un payaso al servicio de los empresarios italianos, pero en el fondo era una bestia parda ávida de poder y llena de maldad. Adolf Hitler siguió sus pasos y logró que la gente dejara de pensar, que solo reaccionara a sus proclamas y saboreara el odio que destilaban sus ideas políticas. Esto pasa cuando el pensamiento es un privilegio de unos pocos y no de todo el pueblo. Entonces, la gente, movida por el miedo, es capaz de hacer cualquier cosa.

Cuando el miedo se apoderó de Europa, los fascistas crearon un objeto para enfocar ese miedo, el que más tenían a mano era mi pueblo, los judíos, siempre los judíos. Éramos demasiado cultos, demasiado ricos, demasiado imprevisibles para ellos. Según ellos habíamos creado el capitalismo y el comunismo a la vez, como si esa idea no fuera una contradicción. Éramos ateos y materialistas, pero a la vez demasiado religiosos. Lo que desconocían era que el miedo no soluciona nada, que lo que realmente había perdido era la esperanza. El sueño de una Europa de progreso y prosperidad se había esfumado. Por eso buscaron a los judíos, para acusar a alguien de lo que habían perdido y no enfrentarse a su propia culpa.

El barrio judío de Ámsterdam no era un nido de conspiradores y revolucionarios, tampoco una cueva de ladrones buscando cómo aprovecharse de los arios. Simplemente era una comunidad con sus carencias, sus aromas y colores, era vida en estado puro. Todo eso desaparecerá pronto. De hecho ya ha desaparecido y nadie parece haberse dado cuenta o importarle demasiado.

Aún recuerdo los romances en español que escuchaba cuando era niña, aquellas melancólicas canciones que hablaban de amor y nuestra lejana patria. Jamás he visitado España y ya está claro que nunca iré, pero siempre tendremos Málaga en el alma. Qué cosa más misteriosa es la nostalgia.

Las cánticas siempre estarán en mi memoria. Cierro los ojos y puedo oír la letra y la música.

> *Morenica a mí me llaman, yo blanca nací:*
> *el sol del enverano m'hizo a mí ansí.*
> *Morenica, graciosica sos.*
> *Morenica y graciosica y mavra matiamu.*
> *Morena me llaman, yo blanca nací,*
> *de pasear galana mi color pedrí.*
> *Dizime galana si querés venir.*
> *Los velos tengo fuertes, no puedo venir.*
> *Morena me llama, el hijo del rey.*
> *Si otra vez me llama me vo yo con él.*

Sieny Kattenburg, una profesora de la guardería, llamó a la puerta y al verme con la cabeza hacia arriba y los ojos cerrados se asustó.

—Señora Pimentel, ¿se encuentra bien?

—¿Tengo que responder a esa pregunta?

La joven me miró con sus ojos negros enormes, apenas tenía diecinueve años, pero no conocía a personas tan maduras como ella.

—Me refería si le dolía algo.

—A mi edad a uno le duele todo, pero el peor dolor es el del alma. Todavía hay muchos niños aquí, nos faltan familias, además no podemos sacar a todos porque los nazis nos descubrirían y eso echaría al traste con todo.

—A veces pienso qué hubiera sido de mí y mi familia si nos hubiéramos ido como nos aconsejó el amigo alemán de mi padre. Luego lo intentamos en un bote, pero todo lo que flotaba ya había salido de Ámsterdam.

Sonreí, tenía la sensación que el mantenerme feliz después de todo era el mayor acto de insumisión contra los nazis.

—Recuerdo el primer día que viniste con Betty Oudkerk, erais dos crías, todavía lo sois, pero vi tanto entusiasmo en vuestros ojos..., para que luego digan que la juventud no tiene valores.

Sieny me devolvió la sonrisa.

—Nos pidió que trajéramos un permiso de nuestros padres.

Nos echamos a reír, la guardería nos había unido a todas con un único propósito, salvar vidas.

—Yo también pude huir, a lo mejor otras habrían ocupado nuestro puesto, pero tengo la sensación de que no, estábamos destinadas a ayudar a estos niños.

La joven frunció el ceño, parecía algo incrédula, a su generación la habían enseñado a creer únicamente en lo que podía medirse, verse y cuantificarse.

—¿Usted cree? Si estamos predestinadas a hacer

algo no somos libres de elegir y no hay ninguna virtud ni mérito en lo que hacemos.

—Tu labor con los bebés recién nacidos y hasta cuatro años es increíble, como la de Betty y Fanny con los de cinco a trece. Les dais tanto amor, se sienten seguros a vuestro lado.

—Gracias, pero solo cumplo con mi deber.

Me puse de pie y me acerqué a la chica; sabía de lo que quería hablarme.

—¿Qué tienes con Harry Cohen? Ya he visto cómo te pones cuando trae los paquetes del Consejo Judío.

—¿Tanto se me nota?

—Yo soy demasiado vieja para no fijarme en esos detalles. Lo que no entiendo es cómo en una situación como esta puede surgir el amor, aunque tiene sentido en parte. La vida tiene que abrirse camino en medio de este horror, lo único que no pueden robarnos es la esperanza. Si todos los niños que hemos escondido sobreviven, podrán mantener viva la llama de sus familias, aunque la vida tal y como la conocíamos antes habrá desaparecido por completo.

—No la entiendo —dijo Sieny.

—El barrio judío, sus gentes y costumbres, eso no volverá. En ese sentido los nazis han ganado la partida. Cuando termine la guerra, el judaísmo habrá sido erradicado de Europa después de más de mil años.

—No venía a hablarle de eso. Estoy algo desanimada.

La joven se sentó y yo me apoyé en la mesa.

—Es normal, nuestro trabajo no es sencillo.

—Eso es cierto, pero hoy he tenido un caso muy difícil, eran dos parejas jóvenes con niños pequeños, apenas deben sacarme dos o tres años. La primera venía de Amberes y la otra de Harlem. La de Amberes eran los dos rubios y su bebé parecía un ángel. Le conté que podía sacar a su hijo, como suelo decir a los nuevos, me ofrecí a darle un lugar de refugio y ellos me contestaron que eran jóvenes y fuertes y podían cuidar perfectamente de sus hijos. Les contesté que al lugar donde iban no podrían hacerlo, pero se negaron a creerme. Me fui desanimada y me acerqué a la pareja de Harlem, habían escuchado la conversación y me pidieron que salvara a su hijo, pero tuve que negarme. Era muy moreno de piel y pelo, lo habrían descubierto enseguida en el lugar donde lo hubiéramos ocultado. ¿No es horroroso lo que acabo de hacer?

—Elegir quién tiene que vivir y quién tiene que morir no depende de nosotros. Salvaríamos a todos, pero solo podemos salvar a unos pocos.

Sieny no parecía muy convencida.

—Tengo la sensación de que al final acatamos sus normas y leyes salvajes, que únicamente podemos rescatar a los que se parecen a los monstruos de los que les queremos salvar.

—Algunos niños morenos los hemos podido enviar al sur, allí pasan más desapercibidos —dije para animarla.

—No es suficiente —contestó con los ojos acuosos.

—Será mejor que te vayas a casa y descanses, llama

a Harry y olvídate un poco de la guardería, es la única manera de que te mantengas cuerda.

Sieny tomó el abrigo de la entrada y se asomó otra vez a mi puerta.

—Gracias por escucharme. Me sentía como una tonta al pensar esas cosas.

—Es duro pensar, pero tenemos que hacerlo. Mira lo que sucede a la gente que no piensa, termina en el NSB o lo único que le preocupa es su propia vida. ¿Preferirías ser como ellos?

—No, por Dios.

—Pues entonces no dejes que el desánimo te invada. Estás viva, esos niños también están vivos y es lo único que importa.

En cuanto me quedé sola me senté en la silla y cerré de nuevo los ojos.

Mi mente regresó a los recuerdo del barrio judío. Todo ese sufrimiento demostraba que el mundo está gobernado por un espíritu erróneo, por eso no importaba lo que hiciéramos como individuos hasta que cambiáramos aquel paradigma. Inspirar a los demás con el amor que somos capaces de transmitir, intentar contrarrestar el odio y el miedo, por medio del pensamiento y la esperanza. Respiré hondo y recordé otra hermosa canción de mi pueblo.

Durme, durme, hermosa donzella,
durme, hermosa, sin ansia y dolor.
Heq tu esclavo, que tanto desea
ver tu sueño con grande amor.

Siente, joya, el son de mi guitarra;
siente, hermosa, mis males cantar.
Yo no durmo ni noche ni día;
a los que aman angusia los guía.
Siempre, joya, siempre quería,
ver tu sueño con grande amor.
Siente, joya, mírame en la cara;
si no me miras, me queres matar.

32

La decisión

Ámsterdam, 25 de diciembre de 1942

Lo primero que hice al regresar a la ciudad fue ir a la casa de Oliver. No podía dejar de pensar que lo había traicionado por salvar la vida de Catherine. En cuanto me acerqué a la casa intuí que algo iba mal. En la puerta había colgado un cartel en alemán. Al verme mirando el letrero un vecino se paró y me dijo.

—Se los llevaron hace mucho tiempo.

—¿A todos? —pregunté horrorizado.

—Al padre y a los más mayores, creo que los pequeños están en un orfanato. No sé quién será el cerdo que los ha traicionado, pero merece la horca, el bueno de Oliver siempre fue un buen padre y vecino. Se hizo cargo de todo cuando su mujer los abandonó.

Me quité la gorra, como si estuviera ante una tumba. Seguramente ya habrían fusilado a mi amigo y sus hijos mayores estarían en algún otro campo de tránsito o en el mismo Auschwitz del que todos hablaban en el campo.

Me fui de allí tan deprimido que pensé en tirarme a algún canal medio helado con la esperanza de perder la vida, pero el amor de Catherine me mantuvo vivo. Después caminé sin rumbo y entré en una taberna, necesitaba un buen trago.

No llevaba mucho rato tomando cerveza cuando se me acercó un hombre, al principio no le reconocí, pero era un viejo compañero de la escuela. Llevaba una barba larga que le tapaba el cuello.

—Hola, Peter, imagino que no te acuerdas de mí.

—Klaus Jansen.

El hombre llevaba una jarra de cerveza en la mano.

—¿Te importa si me siento?

—Está libre, aunque te aseguro que no estoy de humor para nada.

—Yo tampoco.

Nos quedamos en silencio hasta que me picó la curiosidad.

—¿Qué ha sido de tu vida?

Klaus se levantó la barba rubia y vi un alzacuellos.

—¿Eres pastor?

—Sí, al final dediqué mi vida a los demás.

—Cuando éramos críos recuerdo que todos te llamaban «el mala sangre». Te metías con todo el mundo, nunca pensé que terminaras de pastor protestante.

El hombre se encogió de hombros.

—Pasé una mala racha. Mi padre bebía mucho y pegaba a mi madre, tenía ganas de matarlo, pero no me atrevía. Tenía que derramar toda esa rabia contra alguien y me dedicaba a torturar a los más débiles. Ironías de la vida.

—Ahora eres un santurrón.

—Ojalá lo fuera, pero me temo que no, hace años que no entraba a una taberna, pero lo que me ha pasado hoy me ha dejado sin aliento.

No quería preguntarle, ya llevaba demasiado peso encima, aunque por otro lado, no hay nada más liberador que saber que no eres la peor persona del mundo.

—No creo que sea peor que lo mío.

Klaus tomó un sorbo largo de cerveza, me miró con sus ojos grises y con la espuma aún en los labios me comenzó a contar.

—Llevo años sirviendo en una pequeña parroquia en Harlem. Es una comunidad sencilla, la mayoría de la gente es muy fiel y bondadosa. No me he casado, pero tengo una prometida en la ciudad. Cuando los nazis llegaron me entregué a la comunidad, sobre todo sirviendo de consuelo y ánimo a los más débiles. Hace un par de días me enteré de que la mayor parte de los judíos de la ciudad habían sido deportados a Ámsterdam; me quedé petrificado y me pasé el día orando por ellos. Por la tarde tenía que visitar a una feligresa que vivía con su hermana y su padre anciano. Los tres eran un pilar de la comunidad. Al llegar a su tienda, tienen un pequeño local que vende telas, me atendió Corrie, la mayor de las dos hermanas. Le pregunté por su padre, que al parecer estaba descansando; después por su hermana, que había salido a hacer un recado, y estaba a punto de irme cuando me dijo:

»"Pastor, necesito pedirle algo".

»"Claro, lo que sea" —le contesté.

»"Tenemos a varias personas refugiadas en nuestra casa, hemos hecho una habitación secreta para esconderlas, pero hoy nos trajeron una madre con dos niños, no podemos tener a los tres. Necesitamos que alguien se quede con los niños".

»Antes de que pudiera contestar, la mujer fue a la parte de atrás de la tienda y trajo en los brazo a un bebé. Me lo quedé mirando sin saber qué decir.

»"Son judíos, pastor, se han escondido para que no los deportaran a Ámsterdam. No tienen a donde ir".

»"Pero eso es ilegal, Corrie —le contesté—, está en contra de las nuevas leyes".

»"Pero ¿cómo vamos a obedecer leyes injustas? Tenemos que proteger y defender a los débiles".

»"Hoy he estado todo el día rezando por ellos, no podemos hacer más, no debemos involucrarnos".

»Corrie metió de nuevo al niño en la parte de atrás y después me preguntó:

»"¿No debemos obedecer a Dios antes que a los hombres?".

»Me quedé sin palabras, me di la vuelta y me marché. Después me fui de la ciudad, estoy en casa de un amigo. ¿Cómo voy a ponerme delante de una congregación después de un acto tan cobarde?

Le miré sorprendido y le pregunté:

—¿Por qué reaccionaste así?

—Miedo, terror a sufrir y terminar en una cárcel de la Gestapo o en un campo de esos de trabajos forzados. Si un pastor no cuida a sus ovejas, ¿quién lo hará?

Yo no podía contarle mi secreto. Me sentí mucho más mezquino y miserable que él.

Cuando nos separamos fui hasta la casa de otro amigo del partido que sabía que estaba en la Resistencia. El hombre me abrió la puerta con recelo, ya nadie se fiaba de nadie. Muchos miembros del Partido Comunista se habían vendido a los nazis por miedo a las represalias o por puro interés.

Marcus al final me dejó pasar; era un carpintero que trabajaba para una fábrica de sillas, aunque también atendía algunos pedidos particulares.

Nos sentamos a la mesa y calentó unas salchichas y cortó un poco de queso. No sabía que tenía tanta hambre hasta que comencé a comer.

—¿Por qué has regresado a Ámsterdam? Esta ciudad no es segura.

—He estado en Westerbork durante unos meses. Las cosas allí van de mal en peor, dentro de poco se los llevarán a todos a Alemania. Los entretienen con actos culturales y les dan esperanzas. Incluso les han dicho que serán deportados a Palestina. La mayoría de la gente prefiere creerse esas mentiras. Los nazis no entran en el campo por miedo a las enfermedades contagiosas y porque los propios prisioneros les hacen el trabajo sucio.

—Es increíble —contestó mi amigo.

—He pensado liberar a unos pocos.

—Eso es una locura —contestó.

—Es cierto, pero al menos salvaríamos la vida de gente inocente.

—El partido no estará de acuerdo. Si fracasamos los alemanes pueden deshacer toda nuestra organización, ya hemos sufrido varios ataques y muchos camaradas están prisioneros.

Me crucé de brazos, era consciente de que los militantes no harían nada si la dirección del partido no autorizaba las acciones. Los comunistas tenían una férrea jerarquía.

—Pide ayuda al CS 6 o los del NSF o a los santurrones de la Iglesia católica y la reformada. Nosotros realizamos operaciones que les hagan verdadero daño.

—Estoy dispuesto a apoyar una de vuestras intervenciones si me facilitáis un vehículo y armas.

Marcus sabía que no iba de farol, durante años había demostrado mi valor en la lucha obrera.

—Tengo la sensación de que ahora te sientes más judío que obrero. ¿Nos podemos fiar de ti?

—Lo mismo me pregunto.

Marcus sonrió y me dio un golpe en la espalda.

—Está bien, camarada. Mañana iremos a la casa de Jan Hendrik van Gilse.

—¿El español? —le pregunté. Todos le conocíamos por eso nombre, porque era el que había organizado las brigadas internacionales holandesas durante la Guerra Civil Española.

—El mismo, es el que preside la Comisión Militar.

Nos acostamos poco después, pero yo no me podía dormir. Aún recordaba la fuga, la despedida de Catherine y el largo camino de regreso a Ámsterdam. Había logrado escapar en el camión de la basura, nadie examinaba los desechos. Llevaba una muda de ropa limpia en una bolsa y me cambié antes de seguir mi camino. Antes de irme observé el campo a lo lejos, había prometido a Catherine que los sacaría de allí, también a la familia Montera.

Caminé toda la noche hacia el sur, por la mañana me colé en un tren de mercancías, y para mi sorpresa no era el único que viajaba clandestinamente. Un alemán desertor intentaba llegar a Ámsterdam y tomar alguna embarcación hacia Suecia. El soldado me contó que las ciudades alemanas estaban siendo bombardeadas y que los alemanes estaban perdiendo la guerra en Rusia.

Ahora me encontraba de nuevo en una cama limpia, intentando hacer algo que me redimiera, que me ayudara a perdonarme a mí mismo.

Por la mañana temprano Marcus me dio documentación nueva, no podía pasearme por la ciudad sin ella. Las redadas eran constantes, los nazis parecían cada vez más nerviosos.

Llegamos a la casa de Jan, en un discreto barrio burgués. El líder comunista se excusó al dejarme entrar.

—Los nazis no buscan aquí a comunistas.

Nos llevó al salón y nos sirvió un licor, decía que era para levantarnos la moral. Marcus le comentó mi ofrecimiento, mientras Jan no dejaba de afirmar con la cabeza.

—Tu familia lo ha dado todo por el partido, no se

te puede pedir más sacrificios. Te daremos lo que nos pides, incluso te ayudaremos con un conductor y dos escoltas. Necesitamos que saques a uno de los nuestros del campo.

—¿Esa será la misión? —le pregunté extrañado.

Soltó una carcajada, su pronunciado mentón se sacudió como si tuviera un resorte y después pegó un golpe en la mesa.

—No, por Dios. Tendrás que matar a un colaboracionista. Intentamos que esos fascistas se enteren de que la fiesta se ha terminado. Hemos perdido a miles de militantes, que están encerrados en cárceles por todo el país o les han enviado para realizar trabajos forzosos en Alemania. Algunos cientos han sido asesinados, es hora de que corra su sangre y no la nuestra.

—Soy todo oídos.

—Se trata de Jon Kastein. Es un comisario, gracias a su cargo ha engañado a muchos judíos diciéndoles que los protegería, después los enviaba en camiones hacia el norte con la falsa idea de que terminarían en Suecia, lo que hacía realmente era asesinarlos a todos. También delató a muchos de los miembros de la Resistencia. A ese cerdo le ha llegado su hora.

—¿Por qué no le habéis matado todavía?

—Ese es el problema, casi siempre lleva escolta. Hay dos guardias en la puerta de su casa, pero si logras entrar y matarlo, te daremos lo que pides.

—Es una misión casi suicida.

—Llámalo como quieras, pero esas son nuestras condiciones, te facilitaremos armas, un conductor para que te ayude en la fuga y un mapa de la casa. ¿Lo tomas o lo dejas?

No me quedaban muchas opciones; conociendo a mis camaradas, si me negaba a hacer la misión acabarían conmigo, ya que sabía demasiado para irme sin más.

—A la fuerza ahorcan —le contesté.

Una semana más tarde me encontraba enfrente de la casa del comisario, tenía una Luger robada a un alemán, me temblaban las piernas y me hubiera marchado corriendo si no hubiera pensado en Catherine. No sabía cuándo la deportarían, su vida y la de su hermano estaban en mis manos.

El conductor tenía el motor encendido a unos doscientos metros de la casa. Por lo que había visto en los planos, la casa tenía sótano, con una entrada exterior por el jardín, la puerta principal y la de la cocina. Para acceder a cualquiera de las tres tenía que pasar por delante de la escolta. Naturalmente había ideado un plan. A cada lado de la casa había otras pequeñas villas, y por la parte trasera se comunicaban los jardines. Tenía que entrar por una de las laterales, saltar cuatro vallas, forzar la puerta del sótano, que era la más resguardada de la mirada de los vecinos y los guardas, después entrar en la casa, matar al hombre y salir a toda prisa.

Sobre el papel parecía sencillo, pero la realidad es que no lo era tanto.

La casa por la que quería entrar pertenecía a una anciana dama a la que había estado observando. Únicamente le abría su puerta a tres personas: al sacerdote de su parroquia, al cartero y a su sobrina. La mayor parte del tiempo estaba sola, por lo que no había muchas posibilidades de que alguien echara a perder el plan.

Caminé por la calle en dirección a la casa de la mujer. Me había puesto una sotana, lo que no había calculado era lo difícil que era caminar con ella y tener que saltar varias vallas.

Llamé a la puerta y respiré hondo.

—Hermana —le dije en cuento abrió.

—¿Quién es usted? No es el padre Hugo.

—No, señora, soy el nuevo presbítero, pero hablemos dentro que se va a resfriar.

Empujé a la mujer hacia dentro, esta retrocedió algo asustada, la llevé al salón y saqué el arma.

—No le voy a hacer daño.

—Entonces ¿por qué me apunta con eso?

—No es para usted. Ahora la voy a atar por su seguridad.

—Es por el comisario, ese colaboracionista.

El comentario de la anciana me sorprendió.

—Todos los vecinos le odiamos, siempre con dos policías en su puerta. Joven, no quiero saber a qué ha venido, pero puede ir por el jardín, su casa es la cuarta.

Me quedé boquiabierto, pero no sabía si me podía fiar.

—Aun así quiero atarla, por si la policía le pregunta. Lo haré flojo, para que pueda desatarse.

La mujer accedió y unos cinco minutos más tarde ya saltaba la primera valla. Esperaba no tropezarme con ningún vecino más. Me preguntaba qué hubiera pensado al verme saltar con mi sotana negra de jardín a jardín. Lo cierto es que en tiempos de guerra, al final nada llega a sorprenderte.

Logré pasar todos los jardines sin problema, intenté romper el candado del sótano, pero no lo conseguí.

—Mierda, ¿ahora qué hago?

Miré por el lateral, los dos guardas estaban entretenidos hablando. Subí unas escaleras y comprobé la puerta de la cocina. También estaba cerrada, pero me puse mi chaqueta gris rodeando la mano y rompí el cristal con cuidado. No hizo apenas ruido, después abrí la puerta. Entré en la cocina y después salí al salón. Mi arma llevaba un silenciador, pero temía que aun así la pudieran oír los policías de la entrada.

No había nadie en la planta baja, fui hasta la primera, registré una habitación, pero estaba vacía, después fui a la segunda y vi al hombre durmiendo vestido sobre la cama. Me acerqué con sigilo, puse una almohada delante y le disparé. No reaccionó, se quedó muy quieto, la sangre salpicó la colcha y el suelo. Parecía que las cosas estaban saliendo según lo previsto. No me gustaba asesinar a un hombre a sangre fría, pero intenté pensar que era más una ejecución que un asesinato.

Apenas había salido de la habitación cuando me encontré de frente con su esposa, estaba embarazada. Al principio no reaccionó, se quedó como paralizada. Yo me puse un dedo en los labios para que se callase, pero al ver que estaba a punto de gritar disparé. La mujer se miró el pecho y en unos segundos su vestido estaba empapado en sangre. Se desplomó de inmediato y comprobé si seguía con vida.

Tenía que salir de allí, pero no quería que ella muriera.

La mujer levantó la vista, se me quedó grabada su expresión de miedo, la misma que tienen la mayoría de los seres humanos justo antes de cruzar el umbral de la muerte.

—Lo siento —me atreví a decir mientras bajaba por las escaleras. Luego salí al jardín y atravesé a toda prisa todas las casas hasta llegar a la de la anciana. Cuando entré en la casa apenas podía respirar. La anciana seguía sentada en la silla, me sonrió al verme y me guiñó un ojo. No le hice caso y salí a la calle, pero me di de bruces con la sobrina de la mujer.

—¿Quién es usted? ¿Qué hace en la casa de mi tía?

—Dios la bendiga —le contesté mientras corría escaleras abajo.

Caminé más despacio al acercarme a los policías, pero la mujer comenzó a gritar y perseguirme justo cuando los había dejado atrás. Uno de los agentes me comenzó a seguir y gritarme que me detuviera. Corrí tanto como pude y me subí al coche, antes de abandonar la calle oímos las detonaciones de los disparos. Habíamos logrado terminar la misión, pero me sentía el más miserable de los hombres. Una mujer embarazada estaba tendida en el suelo de la casa, podía perder la vida o al bebé. Ahora que sentía que comenzaba a hacer las cosas de forma correcta, sabía que tendría que vivir con ese crimen sobre mi conciencia.

33

La liquidación

Ámsterdam, 10 de enero de 1943

El trabajo se me hace monótono y pesado. Cuando me alisté a las SS me imaginaba como un guerrero ario luchando en mil batallas, pero Himmler nos enseñó que la guerra estaba destinada a los mediocres, nosotros éramos lo mejor de la raza aria y teníamos que sobrevivir.

Después de fumar mi último cigarrillo me puse la gorra y me dirigí a la reunión. Únicamente hay una cosa más aburrida que la burocracia del Tercer Reich y todo el papeleo, las reuniones administrativas. Además de ser eternas, la mayoría de los representantes de la Oficina Central para la Emigración Judía están enamorados de sí mismos y les encanta escuchar el timbre de su voz. En contra de lo que imaginaba, aquella reunión no era solo para la oficina. Se encontraban todos los representantes del Reichskommissariat Niederlande.

En la presidencia se encontraba Hans Fischböck, a su lado Hanns Albin Rauter y el resto de los altos miembros de la administración. Los de la oficina nos sentamos todos juntos al otro lado.

—Ya saben que las órdenes ahora son mano dura. Los neerlandeses deben comprender quiénes son sus amos; durante demasiado tiempo han pensado que eran nuestros iguales, pero no podían estar más equivocados. Hemos eliminado a los elementos más contestatarios, a los miembros de partidos y a todos los terroristas, pero cada día se envalentonan más.

—Estos neerlandeses son demasiado liberales —comentó Albin y todos se echaron a reír.

—No estoy para bromas. En las calles de esta ciudad están muriendo soldados y oficiales alemanes, también colaboradores valiosos y además la tarea de los judíos no ha concluido. Comenzamos con las deportaciones en el verano del año pasado. En otoño el número de judíos enviados a Alemania y Polonia creció exponencialmente. Sabemos que hay unos ciento cuarenta mil judíos en el país, la verdad es que han crecido como la mala hierba, pero hasta el último será enviado a Auschwitz y declararemos los Países Bajos como Judenfrei —dije en tono triunfalista.

Algunos oficiales aplaudieron, los jefes se quedaron callados, mirando impasibles mi rostro.

—Ahora en invierno los transportes están complicados, la nieve lo dificulta todo, pero necesito que vacíen Ámsterdam antes del verano. ¿Entendido?

Todos nos pusimos firmes, los jefes se levantaron y nos dejaron solos a los miembros de la oficina.

—No hay excusas, caballeros, tenemos un trabajo que hacer.

—En el teatro no cabe más gente —comentó uno de mis subalternos.

—Pues usen sinagogas y otros edificios judíos. No quiero que haya tantos judíos por las calles de Ámsterdam, ya han oído a los jefes.

Tras la reunión decidí marcharme a casa. Pensé en dar un paseo, tenía un molesto escolta a pocos metros, pero intenté disfrutar de la ciudad nevada. Echaba de menos Alemania y encima estaba preocupado, los aliados bombardeaban cada vez de forma más cruel y salvaje nuestras ciudades. Yo aún seguía creyendo fervientemente en la victoria final. ¿Cómo iban a ganar la guerra esa mezcla de razas inferiores y mestizas?

Cuando llegué a mi casa tenía las manos y los pies helados, pero aquella sensación era agradable, al menos era capaz de sentir algo. Desde hacía mucho tiempo, ya no experimentaba tristeza o alegría, notaba el corazón frío, añoraba en parte mi juventud, toda aquella vida por delante que imaginaba como escritor. Poco a poco, mi existencia se convertía en pasado y tenía la sensación de que no había ningún futuro por delante.

Me serví un coñac, después llamé a Helen, mi novia, que acudió de inmediato. Siempre vestía de una forma sexy y atractiva, la rodeé con mis brazos y ella me besó. Fue como pegar mis labios a una pared.

Mientras hacíamos el amor apenas sentí placer. Estaba pensando en acudir al doctor, tal vez él tuviera un remedio para mi enfermedad. Todavía no había comprendido que el mal que me aquejaba era del alma y no del cuerpo.

34

La hora de la libertad

Westerbork, 2 de febrero de 1943

Nos llegó la noticia de la capitulación de los nazis en Stalingrado, la celebramos en secreto, aquello aumentaba nuestras esperanzas de que la guerra terminase pronto. Los alemanes parecían decaídos, sin duda ellos también comenzaban a albergar dudas de su victoria final. Ya es un secreto a voces lo que hacen estas bestias con nosotros, por eso hay una fiebre loca por intentar hacerse con sellos de salvoconducto. Los vendedores de diamantes están gastando verdaderas fortunas por quedarse una semana más. La gente teme el tren de los martes más que al tifus y todas las plagas que nos azotan.

Aquel duro invierno nos faltaba carbón y leña para calentarnos, por las mañanas se encontraban niños y algunos adultos que no habían podido soportar el frío y habían muerto congelados. Dicen que es una muerte dulce y a veces me pregunto si no será mejor para todos quedarse dormidos y no volver a despertar. Mi marido tenía la esperanza de que Peter regresara y cumpliera su palabra, pero seguramente lo han capturado o asesinado. Los nuevos nos hablan de cómo está creciendo la violencia en las calles de Ámsterdam.

El comandante del campo actual es mucho más cruel que su antecesor. Se llama Albert Konrad Gemmerke y ya no intenta disimular demasiado cuál es el destino de todos nosotros. Dicen que su amante, Elisabeth Hassel, puede comportarse de manera tan cruel como él. El otro día sorprendió a una joven, Lotte Weisz, con un guarda llamado Johan Smallenbroek, al parecer se estaban besando. Konrad detuvo a la joven y la mandó de inmediato para Auschwitz, no quería que los guardias confraternizasen con los judíos.

El comandante es un tipo tranquilo, frío y calculador. Hace poco mandó grabar el campo, para enviar una copia a Alemania. Rudolf Breslauer y Heinz Toldmann hicieron el guion y la grabación, algunos de los prisioneros se sintieron molestos, no querían que vieran sus ropas; a mí me daba igual.

Hace tres días salió el último tren, tenían que marcharse mil personas. Pero a los nazis les faltaban doscientas para llenarlo. Sin darse cuenta habían repartido demasiados sellos y muchos de nosotros estamos exentos por nuestros trabajos; además, la nieve ha impedido que lleguen nuevos prisioneros de Ámsterdam.

Había gente que llevaba dentro del tren desde el 30

de enero. Mis hijas estaban jugando cerca de la vía, yo intentaba no quitarles ojo, pero en un descuido, cuando volví a mirar ya no estaban. Corrí hacia el tren y pregunté a uno de los guardias, que era neerlandés, el hombre se encogió de hombros y siguió su camino.

Comencé a gritar sus nombres vagón a vagón, hasta que una de ellas me respondió.

—¡Mamá!

Me dirigí al portalón e intenté abrirlo, pero estaba cerrado con un candado.

—¿Qué haces, mujer? ¡Sepárate del vagón de inmediato.

—Mis hijas están dentro, es un error. Tenemos pases.

El alemán no me dio ninguna explicación, se limitó a empujarme a un lado. Yo me resistí y me arrojó al suelo y me golpeó con la culata de su fusil.

—¡Puta judía! Al final todos tomaréis este tren, no tengas tanta prisa.

—Si no quieren sacarlas, deje que entre yo, no quiero que se marchen solas, son unas niñas.

El alemán me lanzó una mirada de desprecio y siguió su ronda.

Estaba desesperada. No sabía qué hacer. Lo único que se me ocurrió fue ir a ver a Kurt Schlesinger, el jefe de la policía judía del campo, aunque era una mala bestia. Tenía un bigotillo como Hitler y su poco pelo casi rapado. El alemán se encontraba en su despacho, un cuchitril maloliente que olía a tabaco y alcohol.

—¿Quién viene por aquí? La holandesita orgullosa, la madre abnegada y la buena esposa.

—Kurt, han metido en un vagón a mis niñas por error. El tren se marcha por la tarde, por favor, sácalas cuanto antes.

El hombre llevaba puestos sus pantalones de montar y su chaqueta de cuero, tenía los pies sobre la mesa y apenas se inmutó con mis palabras.

—¿Qué gano yo a cambio?

—Hacer lo justo —le contesté.

—¿Por qué van a valer tus hijas más que las del resto? Ya no tienes a tu amiguita Etty Hillesum para protegerte.

El hombre se incorporó y dio unas palmaditas en sus piernas.

—Siéntate aquí si quieres que hablemos.

Me quedé parada sin saber muy bien qué hacer, pero al final accedí, me senté en sus rodillas y pude olfatear su olor a sudor y alcohol; me puso la mano sobre la falda y comenzó a subirla por el muslo.

—Ya sabes lo que tienes que hacer para sacar a las niñas.

Estaba temblando, no quería que le pasara nada malo a mis hijas.

—Permite que me marche con ellas, pero no me obligues...

—Aquí soy yo el que da las órdenes.

El hombre me levantó la falda y yo cerré los ojos. La siguiente media hora intenté no pensar en nada, evadirme de aquel lugar infecto y aquel hombre cruel y despreciable.

Al acabar me lanzó la ropa a la cara, escribió algo

en un papel y lo tiró al suelo. Lo recogí, las lágrimas recorrían mis mejillas sucias.

—¡Ahora, lárgate, puta!

Corrí hasta el tren y le enseñé el papel a uno de los guardias, el hombre me miró extrañado, pero al final se dirigió al vagón y sacó a las dos niñas. Las abracé varios minutos antes de alejarnos del tren. Mientras regresábamos a nuestra cabaña, me convencí por fin de que teníamos que escapar de allí cuanto antes.

Un par de días después nos llegó una misteriosa carta. Sin duda era de Peter, aunque utilizaba un nombre falso.

Querida familia Montera:

Os echamos mucho de menos, esperamos que os encontréis bien. Durante semanas he intentado escribiros, pero me ha sido imposible. Estamos organizando la fiesta en casa, en breve volveréis a tener noticias nuestras.

Un fuerte abrazo.

WINSTON

Posdata: Decidle a Catherine que no me he olvidado de ella.

Tras leer la carta varias veces Baruch me sonrió.

—Creo que será esta noche.

—Pero ¿cómo lo va a hacer? —le pregunté inquieta.

—Peter es un hombre de recursos, no te preocupes por eso.

Aún sentía la vergüenza y la rabia de lo que me había sucedido, jamás había odiado a nadie, pero deseaba con toda mi alma que al final Kurt se llevase su merecido.

Mi esposo se sorprendió al verme tan decaída, le conté lo que le había sucedido a las niñas y conteniendo las lágrimas me abrazó.

—¿Ahora comprendes por qué debemos irnos de aquí cuanto antes? Solo es cuestión de tiempo que todos acabemos subiendo a esos trenes, además el invierno está siendo terrible en el campamento.

Le besé, hacía mucho que no sentía tanto amor por él, me había centrado en sobrevivir, en mantenerme ocupada y se me había olvidado lo que era ser uno con él.

—Nos iremos, no importa lo que pase, caminaremos juntos por este valle oscuro y si Dios quiere lograremos salir de él —le contesté mientras le besaba.

Un par de días más tarde nos llegó una nota, no sé cómo Peter consiguió pasar los controles y sortear a los guardas, pero en ella nos explicaba su plan.

Nuestro amigo sabía que yo ayudaba en la guardería y que mi esposo trabajaba en una serrería cercana; la pequeña fábrica estaba fuera del perímetro del campo, por eso Baruch tenía que hacer un compartimento y hacer que quedara disimulado entre la madera que llevaban una vez a la semana para leña y la reparación de los barracones. El habitáculo debía estar escondido entre la leña y en él teníamos que entrar las tres. Las niñas, debido a la mala alimentación de los últimos años, estaban más pequeñas de lo que sería normal para su edad, pero aun así no iba a ser tarea fácil.

Baruch terminó el gran cajón y con la ayuda de unos amigos lo pusieron en el carro. Una vez que estuviéramos en la serrería, aún tendríamos que escapar de allí y alejarnos lo antes posible.

Catherine y su hermano pequeño debían estar escondidos en un compartimento por debajo del carro.

El día señalado preparé a las niñas, llevábamos una mochila con agua y algo de ropa, nos colocamos agazapadas cerca del almacén de leña y cuando el conductor del carromato se detuvo, Baruch nos escondió a las tres en el habitáculo. Al poco tiempo sentimos que Catherine y su hermano llegaban y se introducían en su escondite. Media hora más tarde llevaron el carro de regreso a la serrería. Paramos en los primeros controles sin problema, los guardas eran capos judíos a los que no les importaba que el conductor pudiera meter y sacar cosas de contrabando, pero en el control externo nos detuvieron dos miembros de las SS.

—¿Por qué traéis tanta leña? ¿No teníais que dejarla en el campo?

—Sargento, nos han pedido que nos llevemos los listones comidos por las termitas —dijo el conductor del carro.

Escuchamos los pasos del soldado y cómo golpeaba los troncos con la punta de su fusil. Aguantamos la respiración para que no oyese nada.

—Está bien, podéis pasar.

El carro se puso en marcha de nuevo, el camino estaba nevado y repleto de baches profundos que nos hacían golpearnos unas con otras. Cuando el carro se detuvo logramos relajarnos un poco. Sentía que me faltaba el aire, tenía a las dos niñas encima y me aplastaban el pecho.

Baruch salió con la cuadrilla que debía cortar los troncos y cargarlos en el carro. Cuando todos se hubieran ido a las zonas de trabajo, él tenía que regresar a por agua y entonces aprovecharíamos para huir.

Primero oímos la voz del hermano de Catherine, lo que significaba que muy pronto podríamos salir de nuestro encierro. El tiempo se me hizo interminable, pero por fin noté que apartaban unos troncos, la luz penetró en el habitáculo y vi la cara de mi marido, que me besó en la frente.

—Será mejor que nos marchemos de inmediato.

Sacó a las niñas y después me ayudó, tenía las piernas paralizadas y me costó ponerme en marcha, no habíamos andado cuatro pasos cuando nos encontramos de frente con uno de los capos, la mano derecha de Kurt.

—¿Adónde se dirige la familia feliz? —preguntó enseñando su dentadura mellada y sucia.

Catherine colocó a su hermano detrás de ella.

—Déjanos pasar, no quiero problemas —comentó mi marido.

El hombre levantó la porra para golpearlo, pero Baruch se lanzó sobre él y lo derribó, los dos forcejearon, pero aquel tipo era muy fuerte, logró empujar a mi marido y colocarse encima.

—No vais a ir a ninguna parte, pero no te preocupes, os meteré en el primer tren para Auschwitz, eso sí, antes he de ocuparme de tu mujer. Kurt me ha dicho que es una fiera.

Mi marido intentó zafarse, pero el tipo le tenía cogido con fuerza. Solté la mano de las niñas, tomé un tronco del carro y le golpeé con todas mis fuerzas. El hombre se quedó quieto, tuve la sensación de que no le había hecho nada, pero de repente comenzó a salirle sangre por la frente, justo debajo de la gorra, y se derrumbó sobre Baruch.

Corrimos hacia el bosque, sabíamos que Peter nos esperaba a un kilómetro, en el camino que vadeaba el río. Bajábamos a toda velocidad por una cuesta hacia el camino cuando divisamos su furgoneta. Además de nuestro amigo, había un hombre al volante. Justo cuando estábamos a punto de llegar unos disparos nos dejaron paralizados.

Catherine y su hermano fueron los primeros en correr.

—¡Alto! —gritó una voz que salía de entre los árboles.

Peter comenzó a disparar y con un gesto nos pidió que subiéramos al vehículo. Oímos como los proyectiles pasaban silbando a nuestro lado. Entonces vimos a Catherine desplomarse sobre el suelo nevado; cuando llegamos a su altura ya la rodeaba un charco de sangre y su hermano intentaba tirar de un brazo.

—Catherine, despierta —decía el pobre niño.

Baruch lo tomó de los brazos y se lo llevó hasta la furgoneta. Abrimos la puerta trasera, metimos a las niñas y Baruch cerró justo cuando una bala impactó en la chapa.

—Ya estáis a salvo —dijo Peter, al tiempo que el conductor apretaba el acelerador. Sus ojos estaban rojos, vi que miraba por el espejo retrovisor el cuerpo de su amada tendido sobre la nieve. El coche derrapó y levantó una nube de polvo, pero logró salir de allí y dirigirse a la carretera principal.

Peter se giró y observó como nos bamboleábamos en la parte trasera, las niñas lloraban asustadas.

—Sentaos, el viaje será largo. Tenemos unos veinte minutos de ventaja, si conseguimos llegar a Zwolle, ya no podrán atraparnos.

Acarició el pelo del hermano de Catherine, que no paraba de llorar.

—No te preocupes, ya ha dejado de sufrir —le dijo intentando aguantarse las lágrimas.

La furgoneta siguió su marcha durante más de una hora, cuando llegamos a las afueras de Zwolle, el conductor la metió en un garaje. En la casa nos ofrecieron ropa nueva y pudimos asearnos. Por primera vez en meses tuve la sensación de quitarme el sudor y el fango del campo, mis hijas juguetearon con la espuma del lavabo mientras peinaba su pelo rubio.

Cuando salimos a la calle con las ropas nuevas, parecíamos una familia normal, como si hubiéramos recuperado nuestra vida anterior.

—¿Adónde nos dirigimos? —preguntó mi esposo.

—Tenemos que ocultaros en una casa antes de que busquemos a vuestros otros hijos.

—Pero ¿no estamos demasiado cerca del campo?

Peter observó mi cara de preocupación.

—No pensarán que estéis escondidos tan cerca, además nuestro plan es que toméis un barco para España y desde allí paséis a Portugal. Lo que os pido es que por ahora cuidéis al hermano de Catherine, no puedo llevarlo conmigo.

—No te preocupes —contestó mi esposo mientras colocaba una mano sobre su hombro.

Peter hizo un gesto con la cara, como si no le salieran las palabras y después nos dejó enfrente de una casa. La pequeña villa se encontraba rodeada por un amplio jardín, parecía un lugar seguro y confortable.

España y Portugal, pensé. Aquellas dos palabras me sonaron como música celestial, podríamos escapar de los Países Bajos y buscar un futuro para nuestros hijos. Me abracé a Baruch y por primera vez en mucho tiempo soñé con una nueva vida, aunque tuviéramos que huir al otro lado del mundo.

35

En la casa

Zwolle, 20 de marzo de 1943

La familia Berg era la dueña de la casa desde hacía más de cien años. Se habían dedicado a la importación de especias de Oriente durante siglos, pero el abuelo, cansado del ajetreo de Róterdam, había construido su hogar en un lugar tranquilo y rodeado de naturaleza.

Neske era una mujer de más de sesenta años, de baja estatura, ojos marrones y pelo completamente blanco. Debía de haber sido una mujer muy bella en su juventud. Siempre hablaba con una voz dulce y melodiosa, que acompañaba con su tierna sonrisa. Su hijo Jurriaan, un sacerdote católico que llevaba unos años como pastor en una parroquia próxima, había heredado la belleza de su madre, pero sus ojos eran de un verde intenso, en parte opacados por unas gruesas gafas redondas.

Neske se encariñó con las niñas enseguida; Jurriaan, con el hermano de Catherine, que los primeros días no paraba de llorar.

—Marcel, piensa que tu hermana está en el cielo —le decía el sacerdote, cada vez que el niño se echaba a llorar.

—Pero, padre, ¿en qué cielo?

—Qué pregunta tan extraña. Únicamente hay un cielo.

—Entonces ¿por qué hay judíos y cristianos?

—Los judíos y los cristianos somos hermanos —le respondió mientras nos reuníamos a cenar en torno a la gran mesa del salón.

—¿Y por qué nos persiguen?

—Los nazis no son cristianos, son unos demonios. Han engañado a todo el mundo, el diablo es astuto y los seres humanos, demasiado confiados —decía Jurriaan, y todos los niños le miraban embobados.

Mi esposo frunció el ceño e intentó no intervenir en la conversación.

—Los cristianos nunca han considerado a los judíos como hermanos —dijo al fin, mientras yo le daba un golpecito en la pierna por debajo de la mesa para que se callara.

—Tiene razón, desafortunadamente, hemos perseguido mucho a los judíos. Pero ¿no creerá que son cristianos todos los que van a una iglesia o se bautizan? Los verdaderos cristianos no persiguen a otros por sus creencias. Jesús nos enseñó a amar a nuestros enemigos.

—Pues yo odio a los nazis —dijo Marcel—, han matado a toda mi familia.

Jurriaan se encogió los hombros.

—El odio acabará terminando con todos nosotros. Lo único que podemos hacer para parar esta barbarie es aprender a amar.

Tras la cena nos sentamos en el salón, nunca había visto unos sillones tan confortables. Jurriaan encendió la radio y escuchamos un rato la BBC. Las noticias no podían ser mejores.

El año había comenzado muy mal para los nazis y sus aliados. La mayoría de las grandes ciudades alemanas habían sido bombardeadas, no quería pensar en el sufrimiento de los niños y las mujeres, la muerte de personas inocentes me parecía terrible, fuera cual fuera su nacionalidad.

—Los nazis han declarado la guerra total —dijo Jurriaan inquieto.

—¿Y eso qué significa? —preguntó su madre preocupada.

—Que no se van a rendir, que fabricarán más armas y formarán más ejércitos; ese Adolf Hitler está endemoniado.

—¿Es cierto que sufrió un atentado? —preguntó mi esposo al sacerdote.

—Sí, pero ha salido ileso, por eso digo que es un demonio, me consta que muchas veces han intentado matarlo.

—Pero ¿no ha dicho que hay que amar a nuestros enemigos? —le preguntó Baruch en forma de reproche.

—Adolf Hitler no es un ser humano. Es un endemoniado.

—Lo bueno es que cada vez tiene menos apoyo de su pueblo —comenté mientras acariciaba la cabeza de María. Esther jugaba sobre la alfombra con Marcel.

—¿Cómo es un campo de concentración? —preguntó la anciana. Habían escuchado rumores de lo que estaba sucediendo en Westerbork y en Vught.

—He oído que los campos de los Países Bajos comparados con los de Alemania y Polonia son más humanos, pero las cosas están empeorando muy rápidamente. Las plagas se extienden, falta de todo y cada vez se manda más gente en los trenes. Durante meses nos engañaron con la falsa esperanza de que iríamos a Palestina.

—Un amigo mío, un sacerdote que ayudaba a judíos en Róterdam, está encerrado en el campo de Vught —dijo Jurriaan—, él y su familia acabaron allí tras una redada a finales de enero. Escribía un diario y logró sacarlo del campo; el obispo de Róterdam nos pasó una parte de este a los sacerdotes, para que nos implicáramos más en la ayuda a los judíos.

—¿Por eso nos ayuda? —preguntó mi esposo.

Hubo un silencio tenso hasta que la anciana apagó la radio, como si anunciara que era el momento en el que todos debíamos acostarnos.

Llevé a los niños a su cuarto, un lugar amplio, adornado para ellos, que había sido la habitación del sacerdote en su infancia. Mis hijas dormían en una cama y Marcel en la otra. Me senté al borde de la cama y las arropé.

—¿Por qué no nos cantas una canción?

María nunca quería dormirse, temía que al despertar no estuviéramos con ellos. Se acordaba de la guardería de la señora Pimentel y el miedo a que los alemanes nos llevaran a Alemania. Cuando terminé la canción me dirigí a la cama de Marcel.

—¿Usted cree de verdad que mi hermana está en el cielo?

—Claro, junto a Dios. La vida es más que este cuerpo.

El niño se echó a llorar y le acaricié el pelo.

—Nosotros te cuidaremos, serás un hijo más para mí y un hermano para los niños.

Marcel me abrazó y noté como sus lágrimas mojaban mi fino camisón.

—Ahora descansa. Mañana será un día largo.

Nuestra habitación estaba justo al lado y se comunicaba por una puerta, debía de haber sido la de la dueña cuando era joven. Tenía una cama con dosel y un papel pintado con flores azules y blancas. Baruch ya estaba en la cama.

—Te la he calentado un poco —me dijo con una sonrisa.

Me tumbé y apoyé la cabeza en su hombro. Respiré hondo y me eché a llorar.

—No llores, Anna, mira dónde estamos, cada día que pasa nos acercamos al final de la guerra. Tenemos que aguantar.

—Pero no sabemos nada de Peter y de nuestros niños, llevamos más de un mes aquí. Pensé que nos marcharíamos a España mucho antes.

—Recibimos una carta suya hace una semana, no ha podido acercarse a Ámsterdam, los únicos que saben el paradero de los niños son Pimentel y sus ayudantes.

—Tal vez deberíamos ir nosotros y preguntarle a la señora Pimentel.

—Los nazis están en todas partes, no llegaríamos ni a la estación de tren. Muy pronto estaremos todos juntos.

Sabía que Baruch me decía esas palabras para consolarme, pero él comenzaba también a desesperarse. Nos trataban muy bien, pero era peligroso permanecer por más tiempo en el país.

Al poco rato oí cómo mi esposo roncaba suavemente; aquel sonido me producía cierta paz, como por un instante creyera que estábamos en nuestra casa y que todo lo que había sucedido en los últimos años no era más que una pesadilla. Cerré los ojos y nos imaginé a los seis felices, todos tumbados sobre el césped una templada tarde de primavera, los niños jugando con Baruch mientras yo preparaba la merienda y me preocupaba que ninguno se cayera o se hiciera daño. En aquel momento era la mujer más feliz del mundo, pero no lo sabía. Me encontraba demasiado preocupada viviendo, quejándome de la pesada carga de la casa y del negocio, de las noches en vela y las pocas oportunidades que teníamos de estar solos y ver a nuestros viejos amigos. Ahora sé qué eso era la felicidad, que las pequeñas cosas cotidianas son el material con el que se forma un día perfecto y una vida plena.

36

La visita del inspector

Ámsterdam 5 de abril de 1943

No me sentía un héroe, simplemente cumplía con mi deber, salvar a los niños era algo tan normal y formaba parte de mi cotidianidad como dar clase. Ya no sentía fluir la adrenalina cuando nos pasaban a los pequeños a través de la tapia, tampoco al sacarlos por el edificio. Uno de los últimos había sido un niño de doce años, de pelo castaño y cara muy pálida. Con él no nos habíamos molestado en ocultarlo, cuando el soldado me preguntó en la puerta de quién se trataba le comenté que era mi sobrino Alfred. Odiaba mentir, pero hacerlo para salvar vidas era un mal necesario.

Me llevé al chico en un taxi hasta cerca de mi casa, lo iban a ocultar unos amigos de la familia de toda la vida, pero antes nos metimos en una cafetería y le dejé que pidiera algunos dulces. Recordaba que a esa edad lo mejor que podían darte era algo de comida, siempre tenía hambre y más en plena guerra.

—¿Te gusta? —le pregunté, aunque no hacía falta que me respondiese, tenía toda la cara manchada de nata y azúcar.

—Está delicioso, me había olvidado del sabor. Me dan pena los niños pequeños de la guardería, la mayoría jamás ha probado una cosa así. La señora Pimentel a veces les da algún caramelo, pero cada vez más de vez en cuando. Ahora el menú consiste en patatas, puerros, coles y, en ocasiones especiales, un poco de carne de pollo.

Me tomé el café y observé que las barcazas pasaban por el canal, cada vez que sentía que aquella era la vieja ciudad de mi infancia y juventud, unos soldados nazis se cruzaban en mi camino o una bandera me hacía regresar de nuevo a la realidad.

—¿Recuerdas cómo era el mundo antes de todo esto?

—Era muy pequeño, mis padres trabajaban en el hospital judío, donde mi madre era enfermera y mi padre médico. Pasaban mucho tiempo allí y a veces mi madre me llevaba y se quedaba conmigo en una habitación en sus momentos de descanso; en muchos sentidos me crio mi abuela, que solo hablaba ruso. Mi familia había escapado de Moscú cuando los bolcheviques se hicieron con el poder.

—¿Hablas ruso?

—Un poco, mi abuela Anastasia siempre me hablaba en su idioma, lo entiendo mejor que lo hablo.

—¿Cómo acabasteis en el teatro?

—En febrero hubo varias redadas en el hospital, primero se llevaron a mi padre y después a mi madre.

—¿No te llevaron con ellos?

—No, cuando mi madre oyó que llegaban los nazis me encerró en un armario que había en uno de los quirófanos y me dijo que no saliera en todo el día, me dejó un poco de comida y agua. Me quedé escondido un día entero; cuando intenté salir las piernas no me respondían. Caminé por las salas vacías, y vi que, menos unos pocos afortunados, se habían llevado a todo el mundo.

El joven tenía una historia increíble, como la mayoría de las personas a las que salvábamos, como si la guerra nos hubiera obligado a todos a convertirnos en una especie de superhombres, capaces de soportarlo todo y sobrevivir a cualquier circunstancia, sin duda el instinto aún era más fuerte en cada uno de nosotros de lo que hubiera imaginado unos años antes.

—¿Qué hiciste después?

—Busqué comida como un desesperado. Un enfermo al que le habían cortado una pierna me dijo dónde estaba el almacén de comida; casi todo se lo habían llevado los nazis, pero aún quedaban algunas latas y patatas. Tras cuatro días encerrado intenté salir de Ámsterdam, mi madre me había dicho que intentara llegar a Alkmaar, a casa de unos viejos amigos.

»Salí del hospital muy temprano, me agarré a un tranvía y cuando estuve por el norte de la ciudad salté y robé una bicicleta. Logré llegar hasta Zaandam, pero allí me detuvo un policía. Esos cerdos están vendidos a los alemanes. Al principio pensaron que era un vagabundo, pero en la comisaría comprobaron si era judío y me enviaron al teatro.

—¿Te encontraste allí con tus padres?

—No, ya no estaban. Una enfermera amiga de mi madre me contó que acababan de deportarlos. Quise que me llevaran también a mí, mi abuela había muerto un año antes y yo no quería estar solo. Una mujer de la guardería preguntó a la enfermera por mis padres y cuando se enteró de que estaba solo consiguió que la acompañara.

—¿Cómo lo hizo con alguien tan mayor?

—Como pinche de cocina. Me encanta cocinar y allí podía comer un poco más que los demás. El cocinero quería llevarme a su casa, somos grandes amigos, pero la señora Pimentel dijo que ir a casa de un judío era una pérdida de tiempo, al parecer usted me ha buscado una familia.

Me sorprendió lo espabilado que estaba el muchacho, imaginé que la guerra le había obligado a madurar demasiado pronto. Nos encaminamos hasta la casa de los amigos de mi padre, una pareja mayor que vivían relativamente cerca de su casa. Eran belgas, pero llevaban toda la vida en Ámsterdam. Llamé a la puerta de madera desgastada y me abrió Margarite.

—El pequeño Johan —dijo mientras me tocaba las mejillas como si aún tuviera cinco años.

—Este es el muchacho.

—Qué alto, es más grande que Antuane, por Dios, no sé qué les dan a los jóvenes de ahora.

Al entrar en la casa me sentí como si estuviera de viaje en el pasado. Todo estaba exactamente igual a como lo recordaba. Nos sirvió un té con pastas, algo que el chico agradeció. Al poco rato llegó su esposo.

—Estaba trabajando en mi maqueta en la parte de atrás.

—Se me había olvidado contártelo, Antuane tiene una maqueta de trenes, de joven fue maquinista.

—¿Puedo verla? —preguntó el chico abriendo los ojos como platos, por un instante volvió a ser un niño de nuevo. Mientras los dos se marchaban al taller trasero, la mujer me preguntó por mis padres.

—Se encuentran bien, aunque algo asustados, no salen mucho a la calle.

—Yo tampoco, Antuane lo hace todo, cada vez que veo un nazi de esos me echo a temblar.

—Que el chico no salga a la calle, que no hable con nadie y no dejen entrar a gente en la casa.

—Tengo un club de costura, si lo suspendo podría ser sospechoso, nunca salen del salón, como mucho van al baño, tendré al muchacho en la planta de arriba.

—Despídame del muchacho —le pedí mientras me ponía de pie—, tengo que regresar a la escuela.

Regresé caminando, no tenía mucha prisa. Hacía un buen día para las fechas en las que nos encontrábamos y eso no era tan común en Ámsterdam, sobre todo después de un invierno tan frío. Ahora que la primavera se aproximaba, todos comenzábamos a sentirnos algo más optimistas.

Llegué a la escuela a medio día y cuando atravesé la

puerta noté que algo no iba bien. Mi ayudante Kraus me hizo un gesto señalando mi despacho y cuando miré por la rendija vi al inspector de educación de la ciudad.

—Señor Henneicke, ¿a qué debemos este gran placer? —le pregunté mientras entraba en el despacho.

El inspector se puso de pie, más tieso que una vela, me tendió su mano fría y sudorosa, después se sentó y cruzó las piernas.

—Señor director, nos han llegado quejas de algunos vecinos. Oyen ruidos, ven a niños en su patio. ¿Me puede explicar que está sucediendo aquí?

—Hay niños, tenemos empleados que no saben dónde dejarlos, otros viven aquí, ya sabe la situación en la que se encuentra la ciudad.

—Pero esto es una escuela de profesores, no un colegio. Imagino que no serán niños judíos.

—Aquí solamente ayudamos a niños neerlandeses, señor inspector.

El hombre frunció el ceño.

—¿Son judíos esos niños?

Sabía que era absurdo tratar de engañarlo, tarde o temprano se enteraría de todo.

—¿Desde cuándo en los Países Bajos nos importa la religión de nuestros pupilos?

El hombre se quedó desconcertado. Después apuntó algo en su cuaderno con su pluma.

—¿No sabe que es ilegal ayudar a niños hebreos?

—Puede que sea ilegal, pero no hacerlo sería inmoral. Casi han vaciado Ámsterdam y todo el país de judíos, eran nuestros vecinos y nuestros amigos, nuestros empleados y nuestros jefes, jamás tuvimos problema con ellos hasta que llegaron esos salvajes. Dirijo una institución cristiana, como sabrá nuestro fundador era judío. ¿Va a cerrarla por eso?

El inspector hizo una mueca y después contestó.

—Está loco, yo no quiero saber nada. Me dan pena esos pobres diablos, pero ¿qué harían ellos en mi lugar? ¿Pondrían en riesgo a sus propias familias? No creo, el ser humano intenta proteger a los suyos, ese es su instinto natural.

—Señor inspector, lo único que le pido es precisamente que no haga nada.

El hombre se puso de pie.

—Sea cauteloso, que no tenga que regresar aquí, porque la próxima vez tendré que venir con la policía.

En cuanto el inspector se marchó comencé a sudar, saqué un pañuelo del bolsillo y me sequé la frente. Puse la radio y me enteré de que los norteamericanos habían bombardeado el puerto de Amberes. Pensé que todo el mundo se había vuelto loco, pero que había cierta cordura en querer salvar a los niños, ellos comenzarían de nuevo el mundo que nosotros estábamos arrasando y esperaba que aprendieran de nuestros errores.

37

La señora Pimentel

Ámsterdam, 2 de mayo de 1943

La muerte siempre ha estado presente en mi vida. Era costumbre en mi familia vestir un riguroso luto cuando cualquier familiar fallecía, pero el luto era mucho más que llevar un traje negro, debía ser del corazón y, por ello, durante dos años se echaban las cortinas de la casa para que no penetrara la luz del sol, nadie se atrevía a cantar o poner la radio, tampoco a celebrar cualquier tipo de acontecimiento. Mis abuelos me contaban que aquellas eran costumbres ancestrales que provenían de nuestros antepasados sefardíes en España. Yo nunca he visto la muerte como algo trágico, me costó mucho perder a mis padres y a otros familiares cercanos, pero siempre supe que la vida tenía un tiempo y que cada día es un regalo que debemos aprovechar al máximo. Desde el comienzo de la guerra sabía que no sobreviviría, no es que me faltaran ganas de vivir, tenía muchos achaques y dolores, pero me sobraba energía y entusiasmo, aunque me preguntaba si quería vivir en un mundo como aquel y, más aún, si el mundo que quedara después de la guerra merecería la pena para una vieja como yo.

Desde joven había tenido el entusiasmo y la fe de que el mundo podía y debía ser un lugar mejor. Dicen que los filósofos deben plantear los cambios que los políticos tienen que implementar, pero ni unos ni otros son ya de fiar. Toda la locura que vivimos tenía que ver precisamente con la locura de los filósofos y la maldad de los políticos. He vivido dos guerras mundiales, una crisis económica brutal y una pandemia que se llevó a varios amigos y familiares. Nunca he sido una ingenua, pero siento que los niños y su salvación son la única misión que me importa en la vida.

Los valores no cambian, son inmutables, pero siempre ha habido gente sin ellos y aquella mañana iba a cruzarme con la persona más infame que he conocido jamás.

Entró en la guardería sin previo aviso, como si fuera el dueño del lugar. Llevaba un sombrero nuevo de color gris, un traje impoluto, una camisa de rayas y una corbata de seda. Su mentón afeitado y sus labios carnosos no suavizaban sus rasgos fuertes ni la maldad que desprendían sus ojos.

Al pararse en el umbral puso las manos en las caderas y apretó con los dientes el puro que llevaba colgando de la boca.

—¿Usted quién es? —me preguntó con desfachatez, como si yo fuera la intrusa y no él.

—Eso mismo me preguntaba yo.

El hombre dio dos pasos y se colocó detrás de la silla. Me recordó a los gánsteres de las películas norteamericanas y no iba desencaminada.

—La señora Pimentel, supongo. Yo soy Bernardus Andries Riphagen y pertenezco a la Columna Henneicke. Nuestra labor es localizar y cazar judíos.

—Pues aquí me tiene —le dije con cierta sorna y puse las manos juntas con las muñecas hacia arriba.

—Usted ya está cazada, señora, ve los mismos muebles y paredes de su vieja guardería, pero no se ha dado cuenta de que en realidad son barrotes y que esta es su cárcel.

Sabía que no le faltaba razón.

—Le pido que se marche de aquí, no tengo nada que hablar con usted, nos ha llegado información de que ha engañado a muchos judíos.

—Estoy aquí en misión oficial, no soy un delincuente. Nos encargamos de recuperar el dinero que los judíos intentan ganar a través del mercado negro. Su pueblo siempre ha intentado engañar al buen holandés, trabajador y honrado.

—¿Y usted representa a ese holandés?

El hombre sonrió con aquella mueca tan característica, como si acabara de chupar un limón.

—Nosotros ayudamos a los judíos, a algunos de ellos, a los que colaboran con nosotros. Ya he sacado a varios de Ámsterdam. Sé que es el tipo de persona que no abandona el barco aunque se esté hundiendo; no quiero ofrecerle una salida de esta ratonera, pero sí a esos mocosos. Tengo influencia en la Agencia Judía y en el SD, soy miembro del partido nazi desde antes de que llegaran los alemanes.

—No quiero hacer negocios con usted. Buenos días.

El hombre no se marchó, se sentó en la silla y colocó los pies encima de la mesa.

—Yo vengo de abajo, señora, no me criaron en una bonita casa como la suya y tampoco fui a una escuela buena. Me quedé huérfano de madre a los seis años; yo era como uno de esos mocosos que he visto en el patio, mi padre era un alcohólico y nos abandonó al casarse con su segunda mujer. Una historia triste, ¿verdad?

—Me está conmoviendo el corazón. Es el típico huérfano que cree que el mundo le debe algo y que su dolor le da carta blanca para causarlo a los demás.

—Aún no he terminado, vieja judía. Viví en Estados Unidos, pensé que allí las cosas serían mejores, pero los pobres somos pobres en todas partes, al menos hasta que un golpe de suerte lo cambia todo.

Aquel hombre me causaba tanta repugnancia que lo único que deseaba es que se marchase de mi despacho.

—Regresé a casa, me metí en el NSNAP, el Partido Nacionalsocialista Neerlandés, quería que Alemania se hiciera cargo de las provincias, al fin y al cabo siempre pertenecimos al imperio. Cuando llegaron los nazis vi mi oportunidad. Nadie se hace rico en este mundo trabajando honradamente, pero eso ya lo sabe, su familia lleva dedicándose a la venta de diamantes por generaciones. En el fondo, usted y yo no somos tan distintos.

—Usted y yo no tenemos nada que ver. No voy a defender a mi familia ni a lo que se ha dedicado durante generaciones, se ganaron cada corona y cada penique, se lo aseguro, pero sea lo que sea que esté dispuesto a ofrecerme, no me interesa.

El hombre se puso de pie de un salto y apoyó casi todo su cuerpo en la mesa.

—Mire, vieja, puedo hacer que le cierren el chiringuito en un minuto, no me venga con monsergas. Quiero que me dé todos los diamantes que tenga guardados, de todas formas en unos meses les mandarán a todos a Westerbork y de allí a Alemania.

Por primera vez me di cuenta de que iba en serio y que no se marcharía con las manos vacías. Tenía unos diamantes guardados desde antes de comenzar la guerra para emergencias, era de lo poco que me quedaba de la herencia paterna.

—Está bien, le daré todo lo que tengo con dos condiciones.

No quería que aquel tipo volviera para extorsionarme.

—¿Tengo cara de querer negociar? Yo pongo las reglas, si quiere seguir con sus monitos en la jaula tiene que pagar.

—Las condiciones son que le daré un único pago y no volveré a verle jamás y que pedirá a la oficina de la emigración judía que nos mande más alimentos. En una semana los niños no tendrán nada que comer.

El hombre soltó una carcajada.

—¿Parezco una hermanita de la caridad?

—No, pero sé que es listo, sin comida los niños no sobrevivirán, entonces no me importara que cierren esto y nos manden al campo, los nazis se quedarán con los diamantes y usted, sin nada.

El tipo se quedó pensativo, sabía que no era un farol, se rascó el mentón.

—De acuerdo.

—Le daré la mitad y la otra cuando nos traiga los alimentos.

—¿Y qué me impide matarla a golpes y quedarme todo ahora?

—Es demasiado inteligente para eso. Si me mata los nazis investigarán y sabrán que los roba.

El hombre recapacitó, enderezó la espalda y señalándome con el índice me dijo:

—Mañana traeré la comida, pero antes, la primera entrega.

Le mandé salir y cuando estuve sola, abrí la caja fuerte y saqué el saquito, me puse un puñado en la mano y el resto lo volví a guardar. Fui hasta el pasillo, donde el hombre estaba encendiendo otro puro. Extendió la mano grande y repleta de callos y cuando los diamantes tocaron la palma noté cómo le brillaban los ojos.

—Mañana traeré la comida para sus ratitas.

El hombre abrió el portalón y salió canturreando

algo. Entonces respiré tranquila, tenía la sensación de que había estado hablando con el mismo diablo.

Regresaba al despacho cuando oí el timbre, pensé que era aquel tipo que volvía a por más diamantes.

—Señora Pimentel.

Johan me miró con sus ojos saltones debajo de las lentes.

—¿Qué sucede?

Johan no solía venir a visitarme, quería evitar sospechas, pero sin duda tenía una buena razón. Nos dirigimos al jardín, era el único espacio libre al que podía acceder. Mis piernas se estaban atrofiando por la falta de ejercicio.

—¿Qué sucede?

—He visto salir a ese individuo y me he preocupado. ¿Está todo bien?

—Sí, no se preocupe, nos traerá comida.

—¿Y se fía de él?

—No, pero tampoco lo hago de los nazis y hasta ahora hemos logrado sobrevivir y seguir salvando niños.

El hombre sonrió.

—Peter se puso en contacto conmigo hace unas semanas. Ha conseguido salvar a la familia Montera de nuevo, la verdad es que es un milagro.

—Ya sabe lo que pienso de los milagros —le contesté.

—Espero que haya encontrado a los niños. Intentará que la familia llegue a España.

Esta buena noticia hizo que cambiara mi perspectiva de aquel día. Le abracé y el hombre pareció asustarse.

—Lo siento, no he podido evitar la alegría.

—No se preocupe —me contestó.

Cuando me quedé de nuevo a solas, el corazón aún me latía muy fuerte. Me senté en la silla y pensar en los diamantes me hizo recordar a mi padre; nunca había sido un avaro ni un ladrón, fue él quien me inculcó desde niña el valor de ayudar a los demás y preocuparnos por los desfavorecidos, era cierto que había nacido en un hogar privilegiado y me sentía avergonzada por ello. Lo importante en la vida no era qué cartas te repartía al comenzar la partida, lo más importante era qué hacías con ellas después.

38

Cazar a las ratas

Ámsterdam, 3 de abril de 1943

No fue fácil ponerse en contacto con Johan van Hulst. Los teléfonos de la mayoría de las casas e instituciones estaban cortados o funcionaban solo unas horas al día; además, todos sabíamos que los nazis habían creado una red de escucha que pondría en peligro a cualquiera que conectase y revelara alguna información comprometida. Al final me arriesgué a ir hasta la escuela y esperar a que saliera de la oficina.

Johan no se sorprendió mucho al verme, pero me llevó hasta un callejón para que no llamásemos tanto la atención. En la ciudad cualquiera era sospechoso y los informadores de la Gestapo podían estar en cualquier parte.

—¿Cómo es que ha regresado a Ámsterdam? Hay soldados por todas partes, cada día detienen a más miembros de la Resistencia.

—Tenía que preguntarle algo, nos hemos visto una única vez, pero sabe que puede confiar en mí.

Johan frunció el ceño y se cruzó de brazos.

—La señora Pimentel no nos permite dar información sobre nada relacionado con los niños.

—Lo entiendo, pero estoy ayudando a los Montera, al parecer cuando llevaron a sus niños a la granja ellos ya no estaban y no sabemos dónde se encuentran ahora.

Noté que Johan titubeaba, era normal que no se fiara de mí.

—Vamos a dar un paseo.

Caminamos por las calles de Ámsterdam, cada vez menos gente se atrevía a pasear entre los canales; aquella sensación de tranquilidad que había habido tras la derrota se había convertido en temor y ya nadie se sentía a salvo. Muchos neerlandeses eran obligados a ir a trabajar a Alemania, los judíos y otras minorías habían desaparecido o se encontraban escondidos y la gente sabía que podía convertirse en presa fácil de los nazis locales o las SS.

—¿Le importaría contarme cómo han logrado sobrevivir?

Le narré todas nuestras vicisitudes, lo que había sucedido a la familia de Harry, la situación en el campo de concentración y nuestra fuga. Al recordarlo mi mente se puso en guardia de inmediato. El solo recuerdo de Catherine me estremecía el alma. Su cuerpo tendido en la nieve y la sangre tiñendo el campo seguía partiéndome el alma.

—¿Se encuentra bien? —me preguntó Johan al ver que demudaba el rostro.

—Sí, pero necesito encontrar a los niños lo antes posible, me ha costado mucho entrar en Ámsterdam y preparar su plan de fuga.

Llegamos cerca de su casa y nos detuvimos en un puente, nos apoyamos en la barandilla y contemplamos los barcos que navegaban ajenos a nuestras preocupaciones.

—Está bien, le apuntaré la dirección del granjero que se quedó a su cargo. Parecían buena gente y espero que los hayan tratado bien.

El hombre apuntó en una hoja la dirección.

—Muchas gracias —le dije mientras memorizaba la dirección y arrojaba el papel al canal.

—No regrese a Ámsterdam, antes del verano la situación va a empeorar, y sobre todo no se acerque a la guardería —me aconsejó Johan. Sabía que tenía razón, aunque no estaba seguro de que seguiría su advertencia. Quería, mejor dicho, necesitaba hacer algo, pero era consciente de que el precio que debería pagar sería muy alto, incluso mi propia vida.

—No se preocupe, no tengo ninguna intención de volver —le contesté para tranquilizarlo.

Después de estrecharnos la mano, me marché con el cuerpo encogido, pero más que por el frío húmedo que te calaba los huesos, por aquella terrible sensación de pérdida y fracaso. Siempre terminaban muriendo las personas que más quería, pensé mientras a mi mente acudían todos los miembros de mi familia, los compañeros del partido y, sobre todo, Catherine.

Salir de la ciudad no era tarea fácil, pero los de la

Resistencia me habían facilitado un barco que me llevaría hasta Almere, luego una furgoneta de reparto me dejaría en la granja.

Tras dos días de fatigoso viaje en barco y en coche, el vehículo se paró justo enfrente de la granja, pedí al conductor que me esperara con el motor en marcha. No podíamos fiarnos, no era la primera vez que la Gestapo nos tendía una trampa.

El edificio me recordaba al de los padres de mi amigo Harry, las construcciones en la región eran muy similares. Me abrió la puerta una anciana vestida con un traje tradicional, me miró de arriba abajo y puso la cadena de la puerta.

—¿Quién es usted? —preguntó con el ceño fruncido. Temí que en cualquier momento me diera con la puerta en las narices.

—Soy un amigo de los padres de David y Marta, los Montera. Vengo a por los niños, tengo que reunirlos con ellos lo antes posible.

La mujer negó con la cabeza, como si no supiera de qué le estaba hablando.

—¿Cómo sé qué dice la verdad?

—Si fuera un agente falso o un nazi no se los pediría por las buenas. Era amigo de Harry y ya sabe lo que hicieron esos cerdos con la granja de sus padres.

La mujer abrió la puerta, el calor del hogar y el olor a comida me dieron ganas de entrar y quedarme un rato. Jamás había tenido un hogar como aquel. Los niños asomaron la cabeza y David exclamó:

—¡Peter!

Aquel gesto terminó de convencer a la mujer. Entré en el salón, en la chimenea se calentaba una sopa que olía muy bien y toda la casa parecía limpia y ordenada.

—¿Quiere quedarse a comer? —se ofreció la mujer.

—Me encantaría, pero los padres de estos niños llevan esperando meses, tengo que hacer lo posible para que se reúnan cuanto antes. La casa en la que se encuentran es segura, pero los nazis cada vez registran más hogares en busca de judíos fugitivos.

—Aquí han venido un par de veces, pero afortunadamente tenemos un buen escondite.

La anciana preparó unos bocadillos para los niños y otro para mí.

—Por si les entra hambre en el camino. Me da un poco de pena que no se puedan despedir de mi esposo, pero es mejor que se marchen ahora que aún hay un poco de luz.

La mujer se agachó con dificultad y besó a los niños en la frente.

—No os olvidéis de mí, yo siempre os recordaré.

Noté que sus ojos se humedecían, los niños la abrazaron con tanta ternura que me dio pena separarlos. Ahora tenían que regresar al camino, enfrentarse a sus miedos y rezar para que todo saliera bien.

La mujer me entregó una pequeña mochila con los bocadillos y me sonrió por primera vez.

—He puesto un poco de licor para usted, a veces es bueno para templar los nervios y soportar el frío. Por favor, cuídelos mucho.

—Gracias —contesté a aquella entrañable anciana y salimos afuera. El frío nos golpeó en la cara y abracé a los niños. Caminamos hasta la furgoneta y se metieron dentro, en la parte de atrás.

—Espero que no os mareéis.

David me sonrió y la niña se limitó a apretar su muñeca de trapo.

No había mucha distancia hasta Zwolle, pero teníamos que ir por caminos secundarios para evitar los controles, lo que ralentizaba mucho el viaje. Nos paramos en medio de un bosque, cenamos y nos quedamos allí a pasar la noche. Al día siguiente proseguimos camino, los niños estaban tan agotados que se pasaron la mayor parte del trayecto durmiendo. Al llegar a la ciudad nos dirigimos directamente a la casa de la madre del sacerdote Jurriaan. Aparcamos justo enfrente e intenté cerciorarme de que no hubiera nada raro. Después desperté a los niños y cruzamos el jardín, toqué el timbre y esperé. Los dos hermanos estaban inquietos, se miraban el uno al otro y cuando la puerta se abrió y apareció la criada, parecieron quedarse algo decepcionados.

—Buenos días, ¿está la señora de la casa?

La mujer nos observó con cierta desconfianza, pero nos permitió pasar, llevar a dos niños era una garantía de que no podía pertenecer a ningún cuerpo de seguridad del Estado.

Esperamos un par de minutos en el recibidor antes de oír un estruendo de pasos que descendían por la escalera. Las dos primeras en llegar fueron las niñas, que corrieron hasta sus hermanos y se detuvieron justo delante de ellos. Titubearon unos segundos, pero después se lanzaron a abrazarlos y a besarlos. Los pequeños parecían desconcertados, aunque enseguida comenzaron a sonreír y responder a sus gestos de cariño.

Baruch y Anna llegaron después, jadeantes más por la emoción que por la carrera. Observaron un momento la escena y se unieron a los abrazos y los besos.

—¡Gracias, Dios mío! —exclamó la mujer entre lágrimas. El hombre se limitó a abrazar a sus pequeños con un nudo en la garganta, después levantó la vista y con una mirada agradecida me sonrió.

—Siento haber tardado tanto, pero a partir de ahora todo será mucho más rápido. Tomad vuestras pertenencias, un vehículo nos llevará a Kampen, desde allí una barcaza os transportará hasta Urk y un barco de pescadores os sacará de los Países Bajos, vuestro próximo destino serán las costas del norte de España y más tarde Portugal.

Los Montera no supieron cómo reaccionar, miraron a sus anfitriones con una mezcla de pena y confusión.

—Les deseamos el mejor de los viajes y esperamos que Dios les bendiga —dijo el sacerdote mientras ponía un brazo por el hombro de su madre. La mujer estaba hecha un mar de lágrimas.

Anna la abrazó y después al sacerdote, que se puso rígido al sentir los brazos de la mujer en el cuello.

—Muchas gracias por todo. Han sido tan amables y generosos, espero poder pagárselo alguna vez.

—No tiene nada que pagar —dijo la anciana—, sus hijas han llenado de alegría esta casa, como hacía mucho tiempo que no tenía. Les echaremos de menos y los tendremos en nuestras oraciones.

Baruch dio la mano a la mujer y al sacerdote.

—Muchas gracias por las veladas al lado de la chimenea y las charlas sobre tantos temas. Nos hemos sentido como en casa.

Salimos del edificio después de comprobar que no había nadie en la calle, la familia montó rápidamente en la furgoneta y yo en el asiento del copiloto. Aún seguían abrazándose y besándose, como si creyeran que todo era un sueño del que no deseaban despertar.

Llegamos al pueblecito de Kampen en poco tiempo, nos dirigimos a una fábrica de neumáticos y el dueño nos recibió en el despacho, luego llevó a la familia a la barcaza y allí nos despedimos.

—Muchas gracias por todo —dijo Baruch.

—Ha sido un placer —le contesté mientras le entregaba sus nuevos documentos.

—Gracias —dijo Anna apretándome la mano—, has sido para nosotros como un ángel de la guarda.

Recordé el día que nos conocimos en el teatro, cómo había intentado deshacerme de ellos. Yo ya no era esa persona llena de rabia y miedo, todo lo que había pasado me había hecho reflexionar sobre mi vida y lo que estaba haciendo con ella. Catherine me había dicho una vez que uno dejaba de existir el día en el que ya no había nadie que te amara de verdad. Cuando llegué al teatro me había convertido en invisible, nadie se hubiera preocupado por mí si hubiera desaparecido de repente. Ahora, en cambio, era consciente de que los Montera no me olvidarían jamás.

Los dos pequeños me abrazaron y David dijo:

—Gracias por devolvernos a nuestros padres, pensé que ya no los volvería a ver.

Tuve que tragar saliva para no echarme a llorar. La señora Pimentel había salvado a muchos niños, pero esos jamás volverían a reunirse con sus padres. Se convertirían en almas solitarias, vagando por la eternidad, suplicando un poco de amor y cariño. Los Montera habían conseguido permanecer juntos a pesar de todo.

—Portaos bien y obedeced a vuestros padres. A lo mejor nos volvemos a ver algún día.

Subieron a la barcaza y cuando esta se alejaba, me eché a llorar mientras los saludaba con la mano. A pesar de no estar seguro de que alguien me escuchara, recé por ellos, le pedí a Dios que los guardara y permitiera llegar sanos y salvos a Portugal.

Regresé a la furgoneta y nos dirigimos a Utrecht, allí la Resistencia nos había preparado una nueva misión.

Llegamos a una pequeña fábrica de lápices cerca del río. Aparcamos la furgoneta y entramos en la nave. No vimos a nadie y nos dirigíamos a las oficinas cuando nos comenzaron a gritar.

—¡Alto, tiren las armas!

Mi compañero y yo nos giramos, una docena de policías y soldados nos apuntaban con sus pistolas y fusiles. Levantamos las manos, pero empujé un bidón

grande con la pierna y aprovechando la confusión corrí para esconderme entre las estanterías. Oí los disparos y vi con el rabillo del ojo como alcanzaban a mi
compañero. No pensaba rendirme fácilmente, ya sabía
lo que era caer en manos de la Gestapo.

Varios policías me siguieron, me dirigí a la salida,
crucé un patio lleno de madera y grafito, mientras oía
el silbido de las balas, hasta que cogí carrerilla y me
lancé al río. Dos tiros me alcanzaron antes de caer en
las frías aguas del Vecht. El contraste me estimuló, pero
notaba que la sangre que perdía por las heridas me qui-
taba el calor corporal primero y después, las fuerzas.
Intenté nadar, pero los brazos no me respondían, entonces vi a mi padre, era joven, tal como le recordaba,
me sonreía y con las manos extendidas me pedía que le
acompañase. Es cierto, pensé mientras me abandonaba
la vida. A su lado estaban mi madre y mis hermanos,
por fin íbamos a estar los cinco juntos de nuevo. Cuando Catherine se acercó y me besó, cerré los ojos y me
dejé llevar. Al final todo había terminado.

39

Inevitable

Tomé el tren a La Haya sin importarme lo que pudiera sucederme. Me acababa de llegar la orden de cierre de la guardería al día siguiente y la deportación de todos los niños o el regreso al teatro de forma inmediata. El personal sería deportado a Westerbork con los pequeños que ya no tuvieran a sus padres. Ferdinand aus der Fünten me la había enviado a través de su subalterno sin tan siquiera molestarse en decírmelo en persona. Una de las pocas cosas que aún me mantenían en pie, además de mi familia, era el saber que todos esos niños se estaban salvando. Todavía quedaban muchos prisioneros en el teatro y otros edificios de la ciudad, quería ganar al menos un mes o dos más. Después el destino de todos nosotros era inevitable, aunque siempre me gustaba guardar un as bajo la manga.

Durante el trayecto un revisor miró el billete, pero

no se percató en la estrella que llevaba bajo la solapa, ya que me había quitado la chaqueta. Hacía bastante calor en la ciudad y dentro del vagón era sofocante. Me entretuve mirando el paisaje, sabía que ese podía ser mi último viaje fuera de Ámsterdam antes de que nos enviaran a los campos de concentración. El paisaje era precioso, las flores brillaban entre el verde de la hierba y un cielo sin nubes anunciaba que en los próximos días el calor continuaría.

Bajé en la estación central, La Haya siempre me había parecido la ciudad más armoniosa de los Países Bajos, con aquel encantador lago justo en el centro y con los palacios de gobierno y de la realeza, que aún mostraban la vieja gloria de nuestro pequeño imperio.

El mes había comenzado mal, los nazis habían ejecutado a varias células de la Resistencia. Algunos topos habían minado los intentos de muchos compatriotas de preparar la llegada de los aliados que nosotros creíamos inminente. Por eso había que resistir como fuera. Aunque todos nos habíamos decepcionado al saber por algunos rumores que el desembarco al final se produciría en algún lugar del Mediterráneo y no en el Atlántico. A pesar de todo las buenas noticias no cesaban de llegar. Croacia había sido liberada por Tito, un guerrillero comunista, y los nazis parecían retroceder en todos los frentes.

Me dirigí al despacho de Ferdinand, no sabía cómo se iba a tomar que me presentara allí de aquella manera, él apenas pasaba ya por Ámsterdam, pues su trabajo estaba casi terminado.

Unos días antes también habíamos sufrido un bombardeo por parte de los aliados, sobre todo en las instalaciones del puerto. Aquel ataque sirvió para que los nazis neerlandeses y alemanes fueran más brutales aún con los sospechosos de traición e intentaran poner de nuevo a la población de su lado.

Cuando me paré enfrente del edificio de asuntos judíos un soldado me pidió la documentación. Informó a los de recepción y me denegó la entrada. Me senté en un banco cercano y esperé. Una hora más tarde Ferdinand apareció en un coche, besó a su amante y se despidió. Parecía pletórico de felicidad, como si estuviera por encima del bien y del mal, de la vida y de la muerte.

—Comandante.

Ferdinand se dio la vuelta y su guardaespaldas sacó el arma.

—Tranquilo, Hassel, es un viejo conocido.

—¿Qué haces aquí? ¿Te has vuelto loco? Ya he salvado tu culo varias veces, pero mi paciencia tiene un límite.

—Me ha llegado la orden.

El alemán se encogió de hombros.

—¿Qué orden?

—El cierre inmediato de la guardería.

—Hemos recibido muchas quejas, la última de uno de nuestros colaboradores, Dries Riphagen.

—Ese tipo es un gánster —le comenté.

—El trabajo de este hombre nos ha sido de gran ayuda. Su grupo y él han capturado a más de mil judíos y recuperado muchos bienes que habían intentado esconder. Al final tendremos que darle una medalla y todo. ¿Por qué no íbamos a fiarnos de él?

—Hablo en serio, no tenemos condiciones en el teatro, aún queda mucha gente. ¿Qué vamos a hacer con los pequeños?

—No te preocupes, los niños y los profesores irán al campo de Westerbork, allí cuidarán de ellos.

Aquel comentario me enfureció, pero intenté guardar la calma. No me servía de nada perder los estribos.

—Ya sabes cómo acabarán todos al final.

El alemán me mostró su sonrisa más irónica.

—El sádico eres tú, viejo amigo, que quieres mantenerlos con la ilusión y la esperanza de que sobrevivirán. A lo mejor piensas que esos cerdos de los aliados ganarán la guerra. Tenemos aún muchas fuerzas y armas secretas que revertirán el conflicto. No estamos acabados, al menos por ahora. La contienda puede prolongarse durante años. Algunos reveses son algo natural en la guerra total.

Me acerqué un paso y el guardaespaldas se interpuso.

—Todos esos niños sufrirán lo indecible. ¿No se te remueve la conciencia?

—La conciencia es un invento de los judíos. ¿Cómo crees que lo están pasando los niños en Alemania? En los últimos días han arrasado Colonia, pero no lanzan bombas a las fábricas o lugares estratégicos, están destruyendo ciudades enteras y su objetivo es la gente común, hay familias al completo sepultadas bajo los escombros. ¿Tus amigos son mejores que nosotros?

No supe qué contestar. Me horrorizaba la muerte de cualquier persona inocente, fuera o no fuera alemán.

—Márchate, te dejaré un coche y un chófer, no quiero que termines en una cárcel de la Gestapo, aún te necesito. Imaginaba cuál habría sido la suerte de muchos amigos y compañeros en Alemania.

—No trabajaré más, dimito —le dije, furioso. No podía continuar con aquella farsa.

Ferdinand apartó a su ayudante y me cogió de la pechera.

—¿Me estás amenazando? Si no haces bien tu trabajo, mañana mismo mandaré a toda tu familia a Auschwitz. ¿Es eso lo que quieres? No sabes todavía de qué va esta guerra. Únicamente sobreviviremos los más fuertes y la compasión es una clara muestra de debilidad. Ocúpate de tus asuntos y olvídate de esas pequeñas ratas.

Le dijo a uno de los guardas que trajeran un coche. Yo me quedé allí esperando con los hombros caídos, sentía todo el peso del mundo sobre mis espaldas.

Un minuto más tarde un soldado me metió en la parte de atrás de un Mercedes. El chófer me llevó al teatro, pero le pedí a Felix que se hiciera cargo de todo. No tenía fuerzas para seguir adelante. Me dirigí a mi casa. Mi hija Yvonne y mi esposa estaban preparando la cena. Se sorprendieron al verme entrar de repente.

—¿Qué pronto has regresado?

—Estaba cansado.

—¿Va todo bien? —me preguntó mi esposa.

—Hija, déjanos a solas.

La niña se marchó y mientras tomaba un poco de vino intenté explicarle todo a mi esposa.

A medida que le contaba el rostro de mi mujer se transformaba, sabía que las cosas no iban bien, pero había intentado mantenerla al margen durante todo este tiempo.

—Entonces, los estás mandando al matadero.

—Yo no los mato ni los engaño, únicamente cumplo con mi trabajo.

—Pero facilitas el trabajo a esos cerdos nazis.

La mirada de decepción de mi esposa terminó por hundirme.

—Si no lo hubiera hecho, nosotros ya no estaríamos vivos. ¿Es eso lo que quieres?

—No me preguntaste, a lo mejor hubiera elegido morir. ¿Cómo podrás vivir con toda esa gente en tu conciencia cuando termine la guerra?

Me puse de pie y la cogí de los brazos.

—¡Suelta!

—Lo he hecho por vosotras —dije mientras notaba que las lágrimas humedecían mis mejillas.

—Nosotros no somos mejores que toda esa gente que ha muerto.

Las lágrimas comenzaron a resbalar por las mejillas de mi esposa, pero las de ella eran de rabia y frustración más que de pena.

—Johanna, los culpables son ellos, el Comité Judío y los demás hemos intentado que las condiciones de la gente fueran las mejores. Al principio desconocíamos lo que los nazis hacían a la gente.

—Ya, pero cuando os enterasteis seguisteis colaborando.

Me llevé las manos al rostro, era la primera vez que escuchaba en alto lo que mi conciencia me susurraba al oído cada día. Ya no podía seguir engañándome por más tiempo.

—El trabajo está casi acabado, eso no lo podemos cambiar, pero tengo un plan para escapar.

Johanna me clavó la mirada, pero al mismo tiempo comenzó a entrar en razón.

—Nuestra hija no tiene por qué morir, ella no debe pagar los pecados de su padre.

Nos sentamos y le conté mi plan. Por primera vez descruzó los brazos y me miró con cierta ternura.

—Lo siento, imagino que no ha sido fácil para ti tener que vivir con todo esto solo. No vuelvas a ocultarme nada, estamos juntos en esto. Eres mi compañero y espero dejar este mundo el día en el que tú no estés en él.

Me abrazó y comencé a decirle lo mucho que la quería. Toda aquella soledad y tristeza que me había rodeado en el último año me abandonó de pronto. Intenté no pensar, olvidar que al día siguiente todos esos niños inocentes y la señora Pimentel con sus ayudantes acabarían en un transporte a Westerbork, aunque no sería esa su última parada, su destino final era Auschwitz. Nunca había visto ese lugar, pero solo el pronunciar su nombre me producía escalofríos. Me quedé un buen rato en brazos de mi mujer, hasta que derramé toda mi pena sobre ella y dejé que aquellos pensamientos desesperados se disiparan. Al día siguiente volvería a salir el sol y en unos pocos días ya nadie recordaría la casa de los niños. Sus risas y juegos se apagarían para siempre, como el de otros muchos que habían sido sacrificados en aquel altar de odio y violencia que el hombre llamaba ideal.

40

La redada

Ámsterdam, 23 de julio de 1943

No pegué ojo en toda la noche. Al principio pensé que echaría de menos mi despacho, estar con mi perro en el jardín, la voz aflautada de los niños, el sol que entra por mi ventana por la mañana o los pájaros cantando al amanecer, pero no echaré de menos nada de eso. Luego, en medio de la vigilia me dije que lo que echaría de menos sería a mis amadas colaboradoras, siempre dispuestas y capaces. Espero que todas ellas se salven. Advertí a Hester que no viniera hoy, también mandé aviso a Gezina. Ellas querían venir con nosotros, pero es inútil, sabemos a dónde nos dirigimos. La buena de Hanna van de Voort quiso convencerme de que escapara, pero este viejo cuerpo que ya no sirve para nada se encuentra demasiado cansado. Si le contara a un joven que la mente siempre se mantiene igual, que mientras nuestros huesos, tendones y músculos se

debilitan, nuestro espíritu, en cambio, sigue mante-
niéndose fuerte y que el cuerpo es en el fondo una cárcel para el alma, no me creería. Incluso diría que soy
una mística, que me pasé mi juventud criticando todos
esos cuentos de hadas de la religión y la superstición,
para convertirme ahora en una dualista. No sé si existen
el alma y la eternidad, tampoco me interesa saberlo, al
fin y al cabo, si me muero mañana lo descubriré, pero
si en el fondo no somos más que partículas prestadas a
alguna estrella, me sentiré igual de satisfecha. Lo único
que me fastidia de todo esto es que esos malditos verdugos queden impunes, ya que nunca he creído en la
justicia de los hombres.

Las horas pasaban lentamente por primera vez en
mucho tiempo, el amanecer parecía perezoso, como si
no quisiera observar el lamentable espectáculo que se
tendrá que producir en unas horas. Mientras pensaba
en todo esto recreé las caras de esos cientos de niños
que hemos salvado, he perdido la cuenta, pero estoy
segura de que son más de seiscientos. Al menos ellos
tendrán la oportunidad de comenzar de nuevo, les habrán arrebatado casi todo, aunque el único bien que
traemos a este mundo y en el fondo nos llevamos es
nuestra pobre existencia.

El bueno de Johan ha sido un fiel compañero de
fatigas. Cuando le conocí creí que era uno de esos
arrogantes calvinistas que se creían en posesión de la
verdad, pero me ha demostrado su amor por los niños
y la justicia. Esa es una de las cosas que lamento, haber
tenido tantos prejuicios, haber juzgado tanto a la gen-

te por su apariencia o su forma de pensar. Ahora comprendo que estamos todos solos en medio de este inhóspito mundo y que haríamos mejor en intentar ayudarnos y entendernos unos a otros en lugar de destruirnos y criticarnos.

No me arrepiento de no haberme casado, los hombres de mi generación no estaban preparados para una mujer como yo. Me río al tener ese pensamiento, pero es cierto. Adoro a los niños, pero no me gusta su proceso de fabricación ni el contrato que hay que firmar para traerlos a este mundo.

Soy madre de tantos pequeños, puede que no hayan salido de entre mis caderas, pero sí de lo más profundo de mi corazón. En unas horas saldré con ellos y caminaremos hasta los autobuses como si nos marcháramos de excursión. Los cuidaré hasta su último aliento.

No tenía ganas de tomar nada, ni siquiera el té insípido de las mañanas, aunque de té tiene poco. Al salir de la cocina vi a las hermanas Cohen.

—¿Qué hacéis aquí? O dije que os fuerais anoche.

—No podemos dejarla sola con los niños.

—No necesito vuestra ayuda, los niños se portan muy bien. Seguidme.

—Por favor, no nos pida eso.

—Sois demasiado jóvenes para morir.

Fuimos al jardín, las sombras aún se extendían por todas partes.

—Saltad. Johan os sacará cuando todo esto se haya calmado un poco.

Mirjam se volvió y me abrazó.

—He aprendido muchas cosas con usted, pero sobre todo a amar a los niños.

—Vamos, no pierdas tiempo. Salta ya.

Las dos hermanas saltaron la tapia y las perdí de vista, aunque por unos segundos percibí el olor de los jabones con los que se habían aseado e intenté retenerlos en mi memoria. Subí con dificultad las escaleras de la escuela y fui despertando a los niños, ayudé a los más pequeños a vestirse y los reuní a todos en el salón grande.

—Hoy hay desayuno especial, porque vamos de excursión —les expliqué.

—¿Vamos a ver a nuestros padres? —preguntó la pequeña Esther.

—Es posible, pero será mejor que desayunéis rápido, los autobuses no tardarán en llegar.

Los más grandes ayudaron a los más pequeños; son un cielo, niños bien educados y sanos. No entiendo por qué los odian tanto esos nazis. Los observé mientras comían, daba gusto verlos. Su cara de felicidad era indescriptible.

El día anterior Johan escogió a los últimos niños que podíamos salvar, no quise contarle nada. Espero que sepa reaccionar a esta desdicha y entienda que el tiempo que todos tenemos en este mundo es relativo.

Me fui hasta la entrada y casi me di de bruces con el conserje.

—¿Qué hace aquí, hombre de Dios?

—Me quedo con usted, señora —me dijo mientras me tomaba la mano y me la besaba entre lágrimas.

—Todavía no me he muerto, esto es solo un viaje, ya veremos qué pasa después. Usted ya ha hecho suficiente, será mejor que se marche, no tardarán en llegar.

—Llevo de portero desde que se abrió la escuela, algunos de los que llegaron de niños los he visto hacerse hombres y mujeres. Soy más viejo que usted, me marcho donde nos quieran llevar.

Le abracé, siempre fue mi colaborador más leal, y después le dije:

—Ande, vaya y que los niños formen en un rato dos filas por edades, los más mayores que se encarguen de los bebés.

El ruido de motores se oía al fondo de la calle.

—Ya están aquí —dije, inquieta, aún no me sentía preparada.

Los nazis golpearon la puerta con fuerza, me arreglé la blusa y el pelo, un acto de coquetería, lo sé, pero hasta para morir hay que hacerlo con estilo, aunque sabía que este no era mi último día, ya no quedaba mucho tiempo.

El conserje abrió la puerta y un oficial de las SS y un policía casi lo arrollaron.

—¿Por qué no abrían? Malditos judíos, espero que nadie haya intentado escapar —bramó el nazi, pero no le tenía miedo.

—Yo solo me hago responsable de los niños, mis colaboradores no están.

El oficial, que tiene una gran cicatriz en la cara, comenzó a gritarme a pocos centímetros de la cara, pero no me moví, ni siquiera pestañeé.

—Lo siento, pero si grita los niños se asustarán y su transporte será un desastre. ¿Desea ver a casi quinientos niños llorando por las calles de Ámsterdam?

Después miró al policía, me pregunto cómo no se avergüenza de trabajar para el mismo diablo. El agente me apartó la mirada y agachó la cabeza.

—Niños, vamos a salir —dije a los pequeños.

Comenzaron a seguirme en fila, los acompañé hasta el primer transporte y empezaron a subir.

Oí unas voces que procedían de la acera, miré y el rostro compungido de Johan se mostró ante mis ojos.

—¡Cielo santo! ¿Qué está pasando?

Se dirigió al policía, que se encogió de hombros.

—Hay una orden de cerrar la escuela, todos los niños serán llevados a una nueva ubicación.

—¿A qué ubicación? —preguntó Johan, desesperado.

—Esa información no puedo facilitarla —contestó, tajante.

—Todos los niños y profesores son ciudadanos de los Países Bajos, no puede...

El oficial nazi sacó su arma y apuntó a Johan.

—¿Quieres que te llevemos con ellos? No molestes.

Johan dio un paso al frente, pero le pedí que se marchara, mientras los niños seguían subiendo a los camiones. Iban en silencio, como corderos; mientras los mayores ayudaban a subir a los más pequeños, observé que algunos policías reprimían las lágrimas.

—Gracias por todo —dije a Johan—, es usted un gran hombre.

—Dios me puso aquí para esto —contestó y se echó a llorar.

Miré al teatro, toda la oficina de Walter estaba asomada a las ventanas, sus rostros reflejaban una mezcla de dolor y derrota. Les saludé con la mano y Walter bajó la cabeza, como si no pudiera soportar el peso de la vergüenza y la rabia.

Cuando me ayudaron a subir al camión, uno de los niños me sonrió y dijo.

—¿Quiere que le cuente un chiste?

—Sí, claro —contesté.

—Hitler y Goering están en la torre de radiodifusión de Berlín. Hitler dice que quiere darles una alegría a los berlineses, a lo que Goering le contesta: «¡Entonces, salta desde la torre!».

Todos los niños se echaron a reír mientras los camiones se alejaban del que había sido mi hogar durante tanto tiempo. «Espero que nadie olvide la casa de los niños», pensé mientras los transportes, con sus capotas verdes, ocultaban a Ámsterdam que se estaban llevando a sus hijos.

Las risas infantiles me sosiegan, son como un bálsamo para mi dolorido corazón. Miré por un agujero el barrio judío, el más bonito de Ámsterdam, ya únicamente quedaban edificios vacíos, como un escenario sin actores ni público. No volveré jamás a mi ciudad, soy la última de la familia que abandono el lugar donde mis antepasados vinieron buscando refugio. Hoy son otros los inquisidores vestidos de negro, pero en el fondo son los mismos, todos aquellos que son capaces de matar por sus ideas. Hace tiempo que decidí amar y no odiar, ni siquiera los nazis merecen que los aborrezca. La única respuesta razonable frente a la barbarie son el perdón y la misericordia.

41

El barco

Cerca de las costas de Galicia, 8 de abril de 1943

Los niños se marearon mucho los primeros días. De pequeños habían viajado alguna vez en barco, pero nunca en altamar ni con estos cascarones viejos a los que los únicos que se atreven a subir son los pescadores. El capitán Van As siempre se preocupó de que estuviéramos cómodos. Cuando estábamos a pocas horas de la costa, nos reunimos la última noche para cenar.

—Nos encontramos en aguas jurisdiccionales españolas, no creo que nos deporten a Francia. Si lo hacen, los nazis nos devolverán a los Países Bajos o algo peor.

Las palabras del capitán hicieron que me inquietase un poco.

—Pero es altamente improbable, no es la primera vez que hago este viaje, siempre hemos logrado dejar a los pasajeros sin novedad en la costa.

Smith, un marinero joven de pelo rubio que no debía tener más de quince años, sonrió a David y le entregó algo a Marcel; era una figura que había hecho con una navaja.

—Gracias —le dijo el pequeño. Todavía lloraba algunas noches cuando se acordaba de su hermana. Había perdido a toda su familia.

Baruch levantó la copa de vino blanco y dijo:

—Pues celebremos que hemos llegado hasta aquí sanos y salvos.

Todos exclamamos:

—*Proost!*

Al irnos a dormir recordé a Peter; me pregunté qué habría sido de él. No teníamos noticias de lo que sucedía en el mundo, no nos habíamos encontrado ningún barco en el trayecto y por la radio del capitán únicamente llegaban órdenes de aproximación o SOS si algún barco necesitaba ayuda.

El capitán se aproximó a la costa, era muy encrespada y el mar parecía más revuelto de lo habitual. Nos metió a todos en un bote y se echó a la mar con nosotros. Cuando llegamos a la playa sorteando alguna rocas, di gracias al cielo por haber llegado todos ilesos.

El hombre saltó de la barca y con Smith tiraron de una cuerda hasta que la proa encalló en la arena. Después nos ayudó a todos a descender.

—Estamos en una playa cerca de la ciudad de La Coruña, tienen que andar en aquella dirección. Después preséntense a la policía y pidan asilo.

—¿No nos devolverán a los Países Bajos? —le pregunté, inquieta.

—Son sefardíes, ¿verdad? Pues el gobierno permite a los sefardíes el tránsito por su territorio. Coméntenle que se dirigen a Portugal. Nosotros no podemos ir tan al sur; además, Portugal es un país neutral y no podemos entrar en sus aguas.

—España también lo es —comentó mi esposo.

—No exactamente, el general Franco es un aliado de Hitler, pero no tiene nada contra los judíos, al menos si pasan de largo y se dirigen a Portugal.

Nos despedimos y comenzamos a caminar. Enseguida entramos en unos bosques de pinos, los niños estaban alegres de pisar tierra firme, pero media hora más tarde ya se encontraban agotados. El capitán nos había dado un diccionario de español, aunque las únicas palabras que habíamos aprendido eran «sí», «no», «gracias», «por favor», «refugiado», «ayuda», «judíos Holanda» y «Portugal».

Llevábamos una hora de camino cuando vimos un carro cargado de paja. El hombre se detuvo y nos habló en un idioma que no era el del diccionario, pero al final dejó que los niños subieran en la parte trasera del carro, mientras nosotros nos sentábamos a su lado.

—*Así son estranxeiros. Lévaos á Coruña e alí falan co pai Damian, que axuda a xente coma ti.**

* Entonces son extranjeros. Yo les llevo a La Coruña y allí hablen con el padre Damián, que ayuda a gente como ustedes.

—Gracias —le contesté y el hombre se echó a reír. Al final nos reímos todos. Nos sentíamos a salvo.

Dos horas más tarde llegamos a la ciudad. El hombre paró enfrente de una iglesia, ató los animales a una farola y nos acompañó hasta la puerta. Abrió y nos metimos en un gran salón oscuro lleno de imágenes de vivos colores. Los niños las miraban atemorizados.

—No tengáis miedo, son solos estatuas —les expliqué.

Llegamos hasta el altar y el campesino se arrodilló e hizo la señal de la cruz.

—*Sígueme* —dijo en gallego.

Entramos en una sala con espejos y muebles grandes, después en otra más pequeña y finalmente en un despacho con estanterías repletas de decenas de libros viejos. Un hombre joven con el pelo negro peinado a un lado y sotana levantó la cara de los libros y nos sonrió.

—*¿Quen é esta xente?*

—*Estranxeiros coma os demais.*

El hombre nos dio la mano y comenzó a hablar en francés.

—¿De dónde son?

Mi esposo conocía algo del idiomas y le contestó.

—Somos de los Países Bajos, judíos sefardíes, escapamos de los alemanes.

—No diga eso, al menos en España, con que comente que son judíos sefardíes es suficiente. Una gran familia la suya.

—Sí —contestó mi marido, más tranquilo.

—Esta noche podrán dormir aquí, mañana un hombre los llevará hasta Portugal, pero antes hablaremos con las autoridades, para que les faciliten papeles de tránsito, es perfectamente legal. Bienvenidos a España, a su país.

Aquel comentario me dejó muy sorprendida. Yo no era sefardí como mi esposo, pero noté que él se emocionaba. Imagino que en aquel momento lamentó no haber querido aprender castellano cuando sus padres intentaron enseñarle.

El sacerdote nos llevó hasta un cuarto con literas y nos enseñó un baño. Llevábamos sin asearnos más de una semana y nuestras ropas estaban sucias y olían a pescado. Cuando nos quedamos a solas besé a mi marido. Después de tanto tiempo, por primera vez me sentía realmente a salvo.

42

Auschwitz

Westerbork, 16 de septiembre de 1943

Un pensamiento me tortura después de este mes en Westerbork: «Solo hay libertad cuando todos pueden ser libres». Esto es una realidad que no pueden entender los fanáticos. A ellos les gusta esclavizar a la gente, someterlos a su voluntad, pero se convierten en prisioneros ellos mismos de sus valores. Cuántas veces los inquisidores acabaron encerrados en sus propias cárceles, los fanáticos terminaron asesinados por otros más fanáticos que ellos y los verdugos murieron bajo la misma guillotina que ellos habían levantado para los demás.

Desde que me llevaron al campo de tránsito me ocupé de mis niños, en cierta forma la vida me dio un tiempo de regalo, ya que pensaba que me deportarían de inmediato a Auschwitz, pero no, hasta para morir uno tiene que esperar su turno en la gran Alemania.

He visto varios transportes, los pobres desgraciados que suben a los trenes me parecían desafortunados náufragos que subidos a unos postes de madera intentan mantenerse a flote. Los alemanes únicamente les permiten llevarse una pequeña bolsa de viaje, por lo que detrás dejan lo poco que habían logrado salvar hasta ese momento. En las habitaciones quedan sus enseres, como si flotaran en mitad del agua. Aquí se quedan los privilegiados que las autoridades judías del campo no quieren que mueran, como si sus vidas fueran más valiosas que las de los miles que se van. A mí me querían meter entre ellos, pero les he dicho que no, que partiré con mis niños.

La gente en el campamento iba cada noche a una obra de teatro o una revista, parecían hipnotizados por sus propios deseos de vivir. No es nada nuevo, todos intentamos olvidar la muerte con los cantos de sirena de la alegría vocinglera de la fiesta, el placer o el dinero, aunque al final a todos nos termina alcanzando. Nadie puede vencerla. Por eso es mejor acostumbrarse a ella, pero a nuestros contemporáneos se les ha enseñado a negar su existencia, como si fuera un fantasma inventado en una noche fría de invierno.

Los miembros del Consejo Judío llegaron aquí hace unos días, pero el comandante del campo los mandó de nuevo a Ámsterdam por sus servicios al Reich; cuando la Gestapo los recibió en la ciudad los trajo de nuevo. No quiero juzgarlos, pero no querría subir al cielo con sus credenciales. Hace poco liberaron a otro grupo que había comprado su libertad con diamantes. Aunque imagino que no tardarán en volver aquí. Los nazis son capaces de cualquier cosa por dinero.

Hace unos días los italianos se rindieron, y aquí se montó una fiesta, aunque ese gesto no sirve de nada, al menos mientras no se rindan los alemanes.

En los últimos días el campamento parecía más vacío que nunca, la gente ya no se atrevía a ir por la calle. Hay rumores de que muchos estaban intentando escapar, espero que tengan suerte y sobrevivan a este horror. Mientras a otros los sacaban en autobuses por sus servicios a los alemanes, la mayoría acababa en los trenes de la muerte. Cuánto estoy aprendiendo aquí sobre el ser humano.

He perdido a varios de los niños este mes, algunos se reunieron con sus padres, otros están en la enfermería y no pueden viajar, y tres han muerto. No me dio pena que partieran, al menos se han ahorrado un poco de sufrimiento, ojalá estuviéramos todos muertos.

Ahora que sé cuándo partiremos, preparo a los niños para el viaje. He pedido a una enfermera que les dé algún tranquilizante para que duerman lo más posible; viajar en un vagón de ganado varios días no parece de primeras algo agradable.

Por la mañana nos pusieron en fila. Subimos al tren muy rápido para ocupar los puestos pegados a las paredes, aunque al final la gente terminó apoyándose unos en otros.

Un día y medio después se abrieron las puertas en una estación extraña, miré desde el vagón y vi las torretas, y a lo lejos, barracones que más bien parecen cuadras de caballos o vacas. Me ayudó a bajar un hombre con un pijama de rayas que no me miró a la cara. En alemán y otros idiomas nos mandaron hacer dos filas, yo me puse con los niños en la de los ancianos y las mujeres embarazadas. Los nazis nos hablaban con buenas palabras, siempre han mentido muy bien, es su trabajo; a veces creo que llegan a creerse sus propias mentiras.

Caminamos despacio, no nos apremiaban, la mayoría somos de los Países Bajos, nadie decía nada, ya no nos quedaban palabras. Hacía calor y la tierra estaba muy seca, levantamos polvo al andar, los niños estaban agotados, pero ninguno se quejaba. Llegamos a un jardín cuidado, lleno de flores y al caminar por el sendero recordé el jardín de mis padres, lo que amaba mi madre las plantas, yo nunca he sabido cuidarlas. Entramos por unas escaleras que nos llevaban a un sótano con mucha luz, nos hicieron desnudar, nadie se rebeló o se quejó. Luego nos llevaron hasta una puerta y la gente entró despacio. Las duchas siseaban, al entrar se apagó la luz y todos contuvimos el aliento, los niños se pegaron a mí. Pedí a Dios que fuera rápido, muy rápido. Mientras, varios de los pequeños se aferraban a mis piernas desnudas.

43

Camino a Lisboa

La Coruña, 10 de abril de 1943

El padre Damián nos llevó a la comisaría, teníamos que ver al jefe de policía, el señor Ramírez, para que nos facilitase los papeles de tránsito. Nuestro gobierno no nos reconocía, por lo que pasábamos a ser apátridas, sin nación ni lugar al que regresar. En muchos sentidos ya nos sentíamos así, menos algunas personas que nos habían ayudado, el país nos había dado la espalda y entregado a nuestros verdugos, había dejado hacía tiempo de ser nuestra nación Lo sentía por los niños, que tendrían que aprender un nuevo idioma y echar raíces en otra parte. A Baruch, por el contrario, le gustaba mucho España, tenía la sensación de haber regresado a casa.

El comisario nos recibió en el despacho y dijo algo al padre en español, el sacerdote después nos contó cómo había sido toda la conversación.

—¡Más judíos! Joder, si ya los echamos en 1492 y ahora regresan y menuda camada, tienen cinco niños.

—Son refugiados, en sus países los persiguen y asesinan, debemos tener más espíritu cristiano —contestó el párroco.

—Espíritu cristiano y lo que usted quiera, pero el Generalísimo siempre dice que los comunistas son un contubernio judeomasónico, gente como esta nos ha llevado a la Guerra Civil, al menos los rojos eran españoles.

—Únicamente solicitan un visado de tránsito, hoy mismo se marchan para Portugal, ya les he preparado el transporte. Cumplen todos los requisitos, son judíos sefardíes.

El comisario se tocó el bigotillo canoso y con cara de pocos amigos llamó al secretario. Le dijo algo al oído y después nos informó.

—Los papeles tardarán dos o tres días, tenga a esta gente en su casa, no quiero que alboroten por la ciudad.

—Está bien, por eso no se preocupe, los neerlandeses son gente más civilizada que nosotros, se lo aseguro.

Salimos del edificio y al cruzar la plaza vimos un carrito de helados, eran de hielo, pero los niños ya ni se acordaban a qué sabían. El sacerdote pidió siete helados y nos dio uno a cada uno.

La gente nos miraba al pasar, nos habíamos cambiado de ropa, vestíamos como ellos, con colores oscuros y camisas blancas, mi falda de tubo me llegaba a los tobillos y sobre la blusa llevaba una chaquetilla y el pelo recogido en un moño, pero todos sabían que éramos extranjeros.

Tras dar un largo paseo apareció un grupo de soldados y los niños se asustaron, se pegaron a mis faldas como si acabaran de ver al mismísimo diablo.

—No tengáis miedo, aquí nadie nos va a hacer nada malo. Os lo aseguro.

Mi esposo se colocó a David sobre los hombros y, por primera vez en mucho tiempo, sentimos que éramos una familia de nuevo. Llegamos a la casa parroquial, ya olía a un rico potaje que había cocinado la criada del sacerdote, nos sentamos a la mesa y nos comunicamos en francés. Después de contarnos la conversación con el comisario, nos comenzó a preguntar por la situación en nuestro país.

—¡Dios mío! Esa gente son el mismo diablo, aquí en la guerra se cometieron muchas tropelías, algunos niños murieron en los bombarderos y han fusilado a algunas mujeres, pero nada que ver. Aún no me puedo creer lo que me cuentan. ¿Están seguros?

—Sí, padre.

—No son los primeros judíos que llegan aquí, aunque la mayoría son franceses, atraviesan los Pirineos e intentan llegar a Portugal, pero jamás me habían contado algo así. No sé si lo sabrá el Papa, pero es un escándalo.

—La vida de un judío o un gitano, de un disidente o cualquier persona que no encaje en la sociedad no vale nada —comentó mi esposo.

—Qué pena que no podamos ayudar a más gente. El gobierno permite la entrada de sefardíes, pero si las autoridades francesas no autorizan la salida, no podemos hacer nada por ellos.

Los niños se fueron a acostar: cuando regresé de arroparlos, los dos hombres continuaban charlando.

—Qué pena que no sepa nada de español —dijo el sacerdote a mi esposo.

—Entiendo bastante, pero no quería que los niños me discriminaran, a veces para encajar pagamos un precio muy alto.

El sacerdote se acercó a un mueble y sacó un licor.

—Es orujo, muy fuerte, pero seguro que les templa los nervios, a su esposa le echaré un poco menos.

Dimos un trago al licor y después el sacerdote nos contó su experiencia en la guerra.

—Aquí todavía quedan muchas secuelas de la guerra, lo peor del mundo es un enfrentamiento entre hermanos, se lo aseguro. Mi hermano Fermín era un capitán del ejército, pero no se sumó al levantamiento nacional. Estaba en Madrid cuando comenzó todo. Luchó en el bando rojo, yo era capellán del ejército, iba con una unidad de regulares y tuve miedo de encontrarme enfrente de él y que lo mataran en mi presencia. Al final sobrevivió, le hicieron un consejo de guerra por alta traición. Fermín era el hombre más bueno que he conocido, muchos decían que el sacerdote tenía que haber sido él, pero tenía novia, María Dolores, una chica de una buena familia del Ferrol, cuando le fusilaron llevaban varios años casados, dejó dos huérfanos, el pobre. Una desgracia. Intenté que le concediesen el indulto, pero algunos viejos compañeros militares testigos dijeron que había matado a oficiales nacionales en Madrid tras el levantamiento. Me extraña, pero había gente que le quería ver muerto y no paró hasta conseguirlo.

—Lo lamento mucho —comentó mi esposo.

—Este siglo xx está siendo muy doloroso para todos y ahora esta guerra europea interminable, menos mal que nosotros nos mantenemos neutrales.

Nos fuimos a dormir, nos quedamos abrazados un rato antes de sucumbir al sueño, a media noche me desperté por los besos que Baruch me daba, hicimos el amor en silencio, como dos recién casados. Me sentía más viva que nunca, aunque de mi mente no podían desaparecer las imágenes de lo que habíamos visto y las personas que habíamos dejado atrás. Aquella noche me decidí a contarle lo que me había pasado en el campamento. Pensé que Baruch se pondría furioso, pero si se lo hubiera dicho antes habría matado a ese cerdo, en cambio me abrazó y me susurró al oído.

—Dios nos ha permitido comenzar de cero en otro lugar, a partir de ahora tenemos que dejar todo ese dolor atrás, lo mejor que podemos hacer es ser felices, de esa forma los nazis no habrán vencido.

Nos dormimos abrazados, el párroco no nos despertó, era la segunda noche en España, pero aún nos sentíamos muy débiles y agotados.

Al día siguiente caminamos con el sacerdote por la playa, me encantó ver las nubes cabalgando sobre un limpio cielo azul, los niños correteaban y jugaban con la arena.

—¿Piensan quedarse en Portugal? —nos preguntó—. Creo que sus cupos de refugiados están cerrados.

—No lo hemos pensado, hasta hace unos días estábamos encerrados esperando a poder reunirnos todos en casa de otro sacerdote.

—Me alegra que otro párroco los refugiara.

—Podríamos empezar de nuevo en casi cualquier sitio, aunque me decanto por México o Argentina —dijo mi esposo algo más animado.

—También está Cuba —añadí, había leído algo sobre la hospitalidad de la isla.

—Después de lo que hemos vivido, tendría la sensación de encontrarme en una cárcel. Quiero poder irme del país en cualquier momento.

Nos echamos a reír, pero era normal que tuviéramos miedo a que las cosas volvieran a suceder, aunque fuera en otro país.

—Los judíos sois un pueblo que siempre ha tenido que huir, sin ninguna nación que podáis llamar vuestra —dijo Damián, como si con aquel comentario intentase hacernos aceptar nuestra situación, pero éramos conscientes de los sufrimientos de nuestro pueblo a lo largo de la historia.

—Mis padres se sentían españoles, había un periódico sefardita en castellano, además ponían noticias de España, para ellos no se rompió el vínculo jamás.

—No eres el primero que me dice lo mismo, me parece increíble, después de casi quinientos años y de la forma que os echamos.

Tras el paseo, cuando llegamos a la casa, nos dijeron que había habido un funcionario del consulado alemán preguntando por nosotros. En cuanto el párroco nos lo contó nos echamos a temblar.

—Nos marcharemos de inmediato, el comisario no es de fiar. Es un convencido militante falangista.

Metimos las pocas pertenencias que habíamos traído en una mochila y el párroco nos llevó hasta una oficina de taxis, alquiló uno muy grande para que entrásemos todos y vino con nosotros.

—En la frontera puedo serles de ayuda.

Salimos de la ciudad lo más rápido que pudimos. Dos horas más tarde nos encontrábamos en la frontera, la policía fronteriza paraba a todos los coches que se dirigían a Portugal. Estaba tan nerviosa que apreté la mano de mi marido y este me dio un beso en la mejilla.

—Tranquila, no hemos llegado tan lejos para retroceder ahora.

El padre Damián debió ver mi rostro compungido por el retrovisor y nos dijo con su tono de voz suave.

—Dios aprieta pero no ahoga, en España la palabra de un cura todavía vale algo.

El policía de frontera mandó al chófer que se detuviera y le pidió los papeles.

—¿Adónde se dirigen, padre?

—Vamos a Lisboa.

—Pues les queda un buen trecho. Usted no hace falta, pero necesito la documentación de los otros pasajeros.

El guarda miró por dentro de la ventanilla hacia nosotros y yo no pude evitar agachar la cabeza.

—Son unos amigos que me acompañan en el viaje. —Después le entregó nuestros papeles.

—Les falta el visado de entrada en España —dijo el guardia frunciendo el ceño.

—Ya se marchan, vinieron en barco y son invitados del obispado de La Coruña. —Y le entregó una carta del obispo.

—Esto no es de jurisdicción eclesiástica —insistió el hombre.

El sacerdote se apartó el abrigo y enseñó sus medallas al policía, este se puso firme.

—Capitán del ejército victorioso y condecorado varias veces por ir más allá de mi deber y por valor a la hora de salvar a compatriotas. Hemos hecho este nuevo régimen para que la voz de un cura patriota importe. ¿No cree?

—Adelante, señor —contestó mientras se mantenía firme.

Pasamos el primer control, ahora solo faltaba que nos dejaran pasar en Portugal. Un gendarme paró el coche y comenzó a hablar en gallego con el cura.

—Padre Damián, me alegro de volver a verlo, el remedio que me trajo para mi suegra ha sido mano de santo, nos va a enterrar a todos, aunque no sé si agradecérselo o echárselo en cara —bromeó.

—El apóstol Pedro también pidió la sanidad de su suegra y Jesús le convirtió en uno de los doce apóstoles.

—Yo no pido tanto, padre. ¿Quiénes son sus amigos?

—Refugiados en tránsito, en Lisboa pedirán visado

en el consulado de Argentina para el Nuevo Mundo, este se está desmoronando por momentos.

—Ni que lo diga, no son los primeros que pasan hoy. Pobre gente, anden con Dios.

Atravesamos el segundo control y tomamos la carretera hacia Lisboa, ahora sí que estábamos totalmente a salvo, pensé mientras nos alejábamos de España.

Hicimos una parada en Oporto para comer algo, después continuamos viaje y llegamos pasadas las doce de la noche a Lisboa. La ciudad estaba casi desierta a esas horas, pero parecía tan pacífica y hermosa que enseguida me enamoré de ella. El taxi nos llevó hasta un convento de monjas situado muy cerca del puerto, las hermanas nos ofrecieron cobijo, mientras el párroco se marchó a dormir a casa de un amigo.

A la mañana siguiente nos asomamos a la ventana del cuarto y contemplamos el mar. Parecía tan pacífico y calmado que nos dieron ganas de zambullirnos dentro. Las hermanas nos ofrecieron café, queso, pan con aceite y tomate, además de unos dulces que ellas mismas elaboraban. Después nos sentamos en su jardín a tomar el sol.

—¿No te has dado cuenta de que la luz de aquí es diferente? —pregunté a mi marido.

Contempló el cielo despejado de un azul tan brillante que cegaba los ojos.

—Si no fuera por la guerra no me importaría vivir aquí —dijo con una sonrisa.

—Tienes que afeitarte la barba —le comenté mientras le pasaba la palma de la mano por el mentón.

—Lo haré si tú te sueltas el pelo.

Dejé que mi pelo rubio cayera por la espalda, las niñas dieron un grito de admiración.

—Es increíble que hayas podido conservarlo.

La mayoría de las mujeres se rapaban en los campos para evitar los piojos, pero el mío seguía intacto.

Mientras los niños jugaban, nosotros seguíamos hablando de nuestros planes de futuro. Soñando despiertos con una vida mejor, con la esperanza que habíamos perdido en nuestro país, cuando el monstruo de la guerra y el odio vino para destruirlo todo.

El padre Damián no llegó hasta la tarde; después de la comida comenzamos a estar preocupados, pero cuando llegó y dejó sobre la mesa unos papeles rosados, supimos que todo saldría bien.

—Estos son los visados del consulado de Argentina, allí también tengo un amigo, sus profesiones también han ayudado, en el país buscan profesionales de varias ramas. Pero tengo algo más.

El hombre dejó siete boletos de viaje en la Companhia Colonial de Navegação.

—Partirán en dos días, harán escala en Madeira, Cabo Verde, Salvador de Bahía, Porto Alegre y Buenos Aires, en algo menos de tres meses llegarán a Argentina.

Baruch dio un abrazo al sacerdote y yo le di la mano. Cuanto más nos alejáramos de Europa más seguros estaríamos, mientras Hitler continuara en el poder y la guerra perdurase no habría una sola persona judía segura, los tentáculos de los nazis eran capaces de llegar casi a cualquier sitio.

44

La Resistencia

Ámsterdam, 15 de octubre de 1944

El ajedrez es lo único que me entretiene, mi hermano
me aconsejó que me ocultase hasta que los aliados ga-
nasen la guerra, pero parece que no tienen mucha prisa. Cada noche sueño lo mismo, estoy en el patio de la
casa de los niños, tengo enfrente a unos sesenta y tengo que escoger diez o doce para salvarlos. Los nazis
están a punto de entrar en la escuela y llevárselos a todos. Escojo a los más sanos, a los que pasarán más desapercibidos y los más mayores, al principio son diez,
pero en el último momento selecciono a dos más. La
señora Pimentel me mira con sus ojos vivos, como si
quisiera que me llevara más aún, pero no puedo, son
demasiados. Desde aquel día me levanto bañado en
sudor y me pregunto por qué no salvé a uno más.

Han pasado muchos meses desde que desmantela-
ron la guardería, aún recuerdo el rostro de la anciana

cuando subía a los camiones, intenté impedirlo, Dios lo sabe, no tenía miedo a esos demonios, pero no pude hacer nada.

Las cosas comenzaron a empeorar unos meses después, disolvieron al Comité Judío, se llevaron a los últimos hebreos que quedaban y cerraron el teatro. Walter Süskind fue deportado con toda su familia en septiembre del año pasado. Era extraño recorrer las calles del barrio judío y no ver a los hombres con sus abrigos largos y negros, las mujeres con los pañuelos o a los elegantes sefardíes entrando en la sinagoga portuguesa; siempre habían estado allí, pero era como si nadie los viera. Ahora que no están, dentro de unos años, todo el mundo los habrá olvidado.

Dicen los filósofos que la muerte es otra dimensión de la vida, nuestra compañera de viaje, aunque preferiríamos ir solos. Siempre fiel, ya que aunque todos te abandonen ella no te dejará hasta tu último aliento. Decía Heidegger que para vivir plenamente debíamos integrarla a nuestra vida y dejar de tenerle miedo.

Me gustaría asumir mi muerte como lo hizo Sócrates, con aquella entereza del que se sabe inmortal, dejando que el estorbo del cuerpo no se interpusiera en sus ansias de sabiduría. Platón ya lo complicó demasiado al asociar la muerte con el mundo de las ideas, lo que llevaría a Aristóteles a unificar de nuevo el cuerpo y el alma en el hombre. Nuestra sociedad ya no sabe morir, porque ha olvidado cómo se ha de vivir.

Mientras reflexiono sobre estas cosas me doy cuenta de todas las personas que han muerto a mi alrededor. Pimentel, Felix, Walter y todos aquellos niños inocentes. También me enteré de que la policía mató a Peter y que su prometida murió en una fuga, espero que al menos los Montera hayan logrado escapar.

Sonó el timbre y dudé si abrir o no, pero oí la voz de mi hermano Gerard.

—Hola, Johan, tienes mala cara, estás muy pálido, ¿no has intentado siquiera asomarte a la terraza?

—Hay informadores de los nazis por todas partes.

—Te estás volviendo un poco paranoico.

—¿Tú crees? —le contesté intentando no enfadarme—, la mayoría de la gente a la que ayudaba está muerta, tal vez sea algo más que paranoia.

—Los aliados están avanzando a paso de tortuga en Bélgica, pero se rumorea que pronto terminarán de liberar nuestro país. Ojalá sea pronto —comentó mi hermano cambiando de tema.

—Al final sucumbirán, tarde o temprano, tienen a todo el planeta en contra —le contesté. Después comencé a abrir los paquetes que me enviaba la familia. La mayoría de las cosas se me habían terminado, llevaba varios días a base de arenques en lata.

—¿Quieres que echemos una partida? Aunque sé que me vas a dar una paliza.

—Si quieres te dejo ganar —bromeé.

—No eres de esos, siempre compites, quieres ser el mejor.

—Tú eres el mejor músico de los Países Bajos.

—No exageres.

—No lo hago, ya sabes que no soy halagador por naturaleza, nuestros padres nos enseñaron.

—«Que te alabe el extraño y no tu boca» —dijo mi hermano, citando el libro de Proverbios 27, versículo 2.

La partida no duró mucho, enseguida vencí a mi hermano y aquello me produjo una profunda satisfacción.

—Tengo que irme, regresaré la semana que viene. No hagas ruido, no salgas...

—Solo te falta decir que no respire.

—Si es necesario, tampoco lo hagas.

Nos abrazamos casi por obligación, después cerré la puerta con todos los cerrojos y me senté, tenía la mirada perdida, la imagen de los niños que no pude salvar regresa para martirizarme, y entonces la vi. Mi hermano ha traído unas cartas, pero no me ha dicho nada. No tienen remitente, pero sí sello y han llegado a la escuela.

Abrí la primera, no reconocía la letra, miré cada hoja hasta que llegué a la última y observé la firma. Era de Walter Süskind. No esperaba saber nada de él. Los sobres tenían en el matasellos la fecha de septiembre de 1943, pero por alguna razón no han llegado a mis manos hasta ahora.

Comencé a leer:

Estimado Johan van Hulst.

Le escribo desde el campo de tránsito de Wester- bork, después de tanto luchar para que no me destinaran a este lugar, al final lo único que pude hacer fue retrasar lo inevitable. Quiero contarle todo lo sucedido en estos meses, también todo lo que sé sobre el cierre de la casa de los niños y el destino de los pobres infantes y su amiga la señora Pimentel...

Paré un instante, no estaba seguro de si me encontraba preparado para descubrir qué le sucedió a mi amiga y a esos pobres niños. Después, me puse de pie y me preparé un té. Mientras se calentaba el agua me eché a llorar.

—Dios mío, por qué tanto sufrimiento —susurré, después noté que las lágrimas me ahogaban y ya no me dejaban respirar.

45

Nuevo Mundo

Buenos Aires, 10 de julio de 1943

En cuanto se alejó de Lisboa, el barco comenzó a moverse y los niños, a marearse. Pasamos los dos primeros días con ellos en el baño del camarote, creíamos que se iban a deshidratar. El único que parecía inmune al mareo era Marcel. El niño nos ayudaba en lo que podía, ya que Baruch y yo tampoco nos encontrábamos muy bien. Al tercer día el océano se calmó y nosotros mejoramos.

Cada mañana nos paseábamos por la cubierta de segunda; el sacerdote nos había comprado unos pasajes caros. Los niños correteaban de un lado para el otro mientras nosotros mirábamos hacia el horizonte, deseando llegar a Argentina, aunque en el fondo desconocíamos el destino que nos esperaba. A veces saludábamos a las personas que nos cruzábamos, aunque como éramos tantos a la mesa, nunca se sentó ningún desconocido a nuestro lado.

Tras una semana de travesía, una tarde me tumbé en una butaca e intenté relajarme un poco. Baruch se había llevado a los niños a jugar al críquet y sabía que aún tardarían un poco.

—Señora, perdone que la importune.

Una figura se desdibujaba enfrente, pero la luz del sol apenas me permitía distinguirle la cara.

—Mi nombre es Úrsula Maisel.

—Encantada.

—¿Puedo sentarme?

La mujer era más o menos de mi edad. Su vestido mostraba la clase social a la que pertenecía y sus exquisitos modales parecían los de una princesa.

—Viajo sola —dijo la dama, pero en cuanto pronunció esas palabras su rostro se ensombreció.

—¿Se encuentra bien?

—No, ciertamente no me encuentro bien, en varias ocasiones he pensado en tirarme por la borda. Este viaje no iba a hacerlo sola. Cuando la veo paseando con su familia y los veo tan felices, me alegro de que todos sus niños estén sanos y alegres; es un milagro que todos hayan sobrevivido a la guerra. Son neerlandeses, ¿verdad?

—Sí, aunque ya no sé bien de dónde somos, podemos decir que ciudadanos del mundo.

—Yo soy checa, nacida en Praga, un lugar que para mí ahora es muy lejano. Escuché el apellido de su esposo por casualidad y al parecer es judío sefardí. Yo tenía familia en Ámsterdam, no sé si continuarán con vida, aunque tal y como están las cosas en Europa, ya no queda mucho de las comunidades judías en los países ocupados.

La mujer se subió un poco el sombrero y pude observar mejor sus profundos ojos negros.

—¿Cómo es que no le acompaña su familia?

—Es una larga historia y no querría entristecerla ni aburrirla.

—No, por favor. Ahora estoy sola, algo que no me sucede muy a menudo.

La mujer se incorporó como si los recuerdos le obligaran a enderezarse y se giró hacia mí.

—Praga es una hermosa ciudad, es cierto que también es melancólica, pero la llaman la capital mundial de la música.

—Pensé que era Viena.

La mujer sonrió, imagino que al comprobar mi ignorancia en esa materia.

—Josefov es como llamaba todo el mundo al barrio judío, digo llamaba, porque ya no existe. Todavía están los edificios, las calles, la sinagoga, pero la gente desapareció hace tiempo, como si se los hubiera tragado la tierra. Mis antepasados llegaron allí hace algo menos de quinientos años, pero los primeros judíos ya estaban en la ciudad desde el siglo XI. Fue una de las primeras urbes de Europa en tener un alcalde judío.

La mujer suspiró.

—Todos mis antepasados están en el viejo cementerio al lado de la sinagoga de Pinkas, cerca de la tumba del rabino Loew. Ahora ya nadie visitará a nuestros muertos.

Al final me decidí, me senté en la silla de la mujer y le pasé la mano por el hombro.

—Pronunciaré un *kadish* por sus familiares todos los días que Dios me conceda en esta tierra.

—Muchas gracias —comentó entre lágrimas.

—Todos hemos perdido a seres queridos, parte de mi corazón se ha quedado en los Países Bajos junto a ellos, es un milagro que hayamos podido sacar a todos nuestros hijos con vida.

—Nos advirtieron, vimos lo que le pasaba a los judíos de Viena y Alemania, muchos llegaron y nos contaron lo que sucedía, pero, ingenuos de nosotros, pensábamos que no sucedería en Praga, que nuestros vecinos y amigos no nos venderían a los nazis.

—A nosotros nos sucedió lo mismo, nadie aprende jamás en cabeza ajena, aunque hubo unos pocos que huyeron a tiempo.

—En Praga también escaparon muchos, se dieron cuenta de que nada detendría a Hitler, que su odio hacia nosotros era insaciable. Cuando los nazis ocuparon ilegalmente los Sudetes, varios familiares nuestros llegaron a Praga y nos contaban cosas terribles. Los pobres debieron esperar días en tierra de nadie. Los nazis los echaban, pero las autoridades checas no los dejaban pasar. Las deportaciones a Alemania comenzaron muy pronto, se obligó a todos los judíos llegados después de 1914 a regresar a sus países de origen y muchos cayeron de nuevo en las manos de los nazis.

—Desconocía lo que había pasado en Chequia —le contesté.

—En cuanto los nazis ocuparon el país algunos checos organizaron disturbios antisemitas. Se quemaron sinagogas en varios pueblos y ciudades, pero Praga continuaba más tranquila. Después la Gestapo comenzó a arrestar a disidentes y miembros de los partidos políticos de izquierdas. El gobierno checo no hizo nada para impedirlo, maldita panda de cobardes.

—En nuestro país sucedió algo similar, el gobierno no hizo nada por nosotros. La gente sí, salió a las calles a protestar e hicieron huelgas.

—El presidente Eliáš promulgó las primeras leyes contra los judíos checos. Nos prohibieron hacer casi todo, nos vetaron en todos los oficios. Los antisemitas quemaron más sinagogas para celebrarlo. La vida cada vez se hacía más difícil, mi esposo Joseph, que era médico, tuvo que abandonar el hospital, mis hijos ya no podían ir a su escuela. Un día regresó el mayor con un ojo morado porque le habían llamado sucio judío y se había enfrentado a unos compañeros.

La mujer se echó a llorar de nuevo, su corazón se encontraba en la más profunda zozobra a pesar de que el día en cubierta estaba despejado y brillante. No importa lo que nos rodee, si en nuestro interior reinan la sombra y el desasosiego.

—Nos comenzaron a concentrar a todos en los guetos, nosotros ya vivíamos en una casa en el barrio judío, pero tuvimos que compartirla con mis cuñados y suegros, porque ellos vivían fuera de la zona delimitada para los judíos. En 1941 nos obligaron a llevar la estrella de David. Después de eso, no tardaron mucho en deportarnos a Thresienstadt.

Jamás había oído ese nombre, le pregunté que dónde estaba.

—Es una ciudad fortificada en el noroeste de Bohemia, que se creó como fuerte y puesto de defensa en el siglo XVIII. Por la situación geográfica los nazis pensaron que sería un buen lugar para crear un campo de tránsito, antes de enviar a los judíos checos a los de Alemania o Polonia. El campo creo que se abrió en noviembre de 1941, nosotros llegamos en la primavera de 1942. Llegamos allí con lo que nos entró en tres maletas. Dejamos nuestra casa y recuerdos atrás, mis suegros y cuñados fueron enviados a otros campos. Al menos nosotros cuatro continuábamos juntos. Mis hijos, Ananías y Saulo, tenían doce y diez años cuando llegamos allí. Nos asignaron una habitación para los cuatro, la vida era dura pero aceptable. Los cuatro debíamos trabajar, aunque el niño pequeño lo hacía pocas horas y podía ir a la escuela. A finales de 1942 las cosas empeoraron, llegaron tantos transportes que se propagaron varias plagas y los muertos aparecían por todas partes; las autoridades tardaban días en sacarlos de las calles y enterrarlos. En enero de este año se organizó un transporte a Auschwitz y nos eligieron para enviarnos allí. Al principio estábamos contentos, pues la situación en el gueto no era buena y nunca pensamos que las cosas podían ser aún peor, hasta que un hombre nos contó que a los niños y los ancianos los mataban. Mi esposo Joseph comenzó a pensar en escapar, pero terminamos en el tren, no teníamos escapatoria. Mientras nos dirigíamos a Auschwitz en un vagón de mercancías, unos pocos kilómetros antes de llegar, logramos que el pequeño, Saulo, saliera por la ventana con alambres, desde fuera abrió la puerta y la gente comenzó a saltar. Los nazis se percataron y comenzaron a disparar. Joseph cayó herido; Ananías, muerto. Intenté correr con Saulo, sabiendo que mi esposo quedaba atrás, pero ¿qué otra cosa podía hacer? Al menos salvaría al pequeño.

—Es terrible, no imagino qué haría en una situación como esa.

—Miembros de la Resistencia polaca nos encontraron a unos pocos kilómetros y nos escondieron en una granja. Después nos facilitaron papeles falsos y cruzamos Eslovaquia, Hungría y Croacia, parecía que lo íbamos a conseguir, pero antes de llegar a Pula, para tomar un barco que nos llevase a Portugal, en un fuego cruzado entre milicianos y soldados alemanes, Saulo recibió un disparo. Pasó tres días agonizando en un hospital en ruinas. Tras su muerte pensé en suicidarme, ya no me quedaba nada más por lo que vivir. Me arrojé de un puente, pero un hombre me salvó. Pensé que si Dios me concedía una nueva oportunidad, yo debía seguir adelante. Ahora que estoy casi llegando a Argentina, de nuevo no sé qué hacer con mi vida. No me veo casándome y teniendo más hijos.

—Puede venir con nosotros, necesitamos ayuda con tantos niños, será más fácil para todos.

La mujer me miró con cara sorprendida.

—¿Está segura? Soy una desconocida.

—Esta guerra ha hermanado a todos aquellos que hemos sufrido en nuestra propia carne el zarpazo de la muerte y el odio.

Los siguientes días Úrsula pasó la mayor parte del tiempo con nosotros, como si fuera una más de la familia.

El capitán nos comentó que en un par de días llegaríamos a Buenos Aires, tras hacer una breve escala en Montevideo. Todos estábamos ansiosos por llegar, pero las desdichas no habían terminado para nosotros.

Un día antes de llegar a Montevideo se desató una fuerte tormenta, el capitán nos pidió que no saliéramos a cubierta y permaneciéramos en el interior del barco. Todos estábamos mareados menos Marcel, que parecía inmune a los vaivenes del barco. Después de desayunar regresamos al camarote, pero nos dimos cuenta de que faltaban Marcel y David. Úrsula se quedó con las niñas y Baruch y yo avisamos a los marineros de la desaparición. Nos dijeron que era mejor que nos quedásemos a resguardo, pero los acompañamos en la búsqueda.

La lluvia azotaba al barco, la cubierta estaba resbaladiza y se movía de un lado al otro.

—¡Marcel, David! —gritábamos mientras nos aferrábamos al pasamanos y a cualquier sitio anclado al barco. Estuvimos más de una hora buscándolos, hasta que oímos unos sollozos en una barca salvavidas, levantamos la capota y vimos a Marcel encogido y llorando.

—Gracias a Dios estás bien —dije mientras le abrazaba—. ¿Dónde está David?

El pequeño no respondía, tiritaba de frío y parecía en estado de shock.

Baruch le levantó la cabeza y le dijo:

—Es muy importante, dinos de inmediato ¿dónde está David?

El niño señaló hacia el agua. Los dos miramos horrorizados, nos asomamos por la cubierta y vimos las olas sacudiendo el casco, apenas un pequeño bulto flotaba en el agua. Distinguí su jersey rojo.

Baruch quiso lanzarse, pero los marineros se lo impidieron.

—¡Es una locura! ¡Morirá! Su hijo ya no está con vida —dijo uno de los oficiales.

—¡Me da igual! —gritó Baruch con el rostro empapado en lágrimas.

Al final le tomé la mano y él se giró.

—Ya está con Dios.

Nos abrazamos entre lágrimas, no entendíamos por qué, estando tan cerca de ser libres, justo en ese momento, David tenía que marcharse.

Regresamos al camarote abrazados los tres, en cuanto abrimos la puerta las mayores me preguntaron por David, negué con la cabeza y se echaron a llorar.

Al día siguiente llegamos al puerto de Montevideo. No quisimos visitar la ciudad, no teníamos ánimo para nada. El capitán nos prometió que intentaría recuperar el cuerpo, pero ya era demasiado tarde, debía encontrarse en alta mar.

Pasamos la última noche en el barco entre lágrimas, parecía que nuestros corazones no tenían consuelo. Pusimos el primer pie en el puerto el 10 de julio de 1943. Habíamos llegado al Nuevo Mundo, aunque seguíamos arrastrando el viejo en cada pisada. Nos llevaron al Hotel de Inmigrantes, para ayudarnos a tramitar los papeles y acogernos hasta que pudiéramos encontrar un trabajo. Cada día miraba por las ventanas del hotel al río, como si esperara que el cuerpo de mi hijo nos hubiera seguido hasta allí. Siempre sería mi niño pequeño, jamás crecería, permanecería en ese estado de inocencia y felicidad que guardamos en la infancia, alejado del sufrimiento y el dolor al que estamos condenados el resto de los mortales.

46

Últimas cartas

Ámsterdam, 15 de octubre de 1944

No había podido seguir leyendo, aún tenía tan fresca en la memoria la vida de todas esas personas, muchos de ellos se habían convertido en verdaderos amigos, que me parecía imposible que estuvieran muertos, que la maquinaria de exterminio nazi los hubiera devorado a todos.

Me acosté, pero no pude dormir, las imágenes de todos ellos acudían una y otra vez a mi mente. Entonces cerré bien las cortinas, encendí la luz y comencé a leer de nuevo.

... una historia que no merece caer en el olvido.

Como ya sabrá, nuestra amiga fue detenida en julio y la guardería clausurada, a pesar de que intenté que Ferdinand aus der Fünten revocara la orden, no pude conseguirlo. Dries Riphagen había puesto una denuncia contra Pimentel acusándola de salvar y ocultar niños. El gánster, ya que no se le puede denominar de otra manera, la estuvo extorsionando un tiempo, hasta que nuestra amiga le entregó todos los diamantes que guardaba de su padre, y cuando ya no pudo pagar, Dries cumplió su amenaza. La señora Pimentel fue deportada junto a alguno de sus colaboradores a Westerbork, estuvo allí aproximadamente un mes y, por lo que sé, la enviaron con los niños a Auschwitz. No hace falta que le cuente lo que hacen allí con las personas mayores y los pequeños.

Perdone los borrones de la carta, pero no he podido contener las lágrimas. Ahora que yo también estoy camino de tan terrible destino me pregunto si no hubiera sido mejor acabar antes con todo. La respuesta es sencilla, quería salvar al mayor número posible de personas, en especial a mi mujer y a mi hija.

No le voy a negar que Ferdinand aus der Fünten me había prometido inmunidad para mí y mi familia. Creer a un nazi es como hacer un pacto con el diablo, lo único que realmente les interesa es medrar en su carrera política, amasar una fortuna y tener el reconocimiento de su amado líder.

El 29 de septiembre de 1943 se produjo una redada masiva, Ferdinand y sus cómplices querían declarar a toda Ámsterdam Judenfrei. Las diferentes oficinas de los países competían para ser los primeros en mandar informes a su líder Himmler de que habían exterminado a poblaciones enteras. Si esto es el superhombre ario, podemos decir que se trata de la mayor abominación de la historia. Nosotros logramos escapar a la redada, al principio Ferdinand cumplió su promesa, yo no entendía que aún quería usarme hasta que el último judío muriera o fuera deportado de los Países Bajos. La condición para mi liberación fue que mi familia permaneciera en el campo de tránsito de Westerbork, seguramente pensaba que de otra forma intentaríamos escaparnos. Durante esos meses intenté sacar a mi familia del campo, me llegaban informes de que la situación empeoraba por momentos, pero todo fue inútil. Una mañana Ferdinand entró en la oficina y me dio una especie de salvoconducto, me dijo que mi familia sería deportada el 2 de septiembre y que me diera prisa. Acudí al campamento y hablé con el comandante, al principio accedió a liberarlas, pero cuando lo consultó con la Gestapo le dijeron que no podía haber excepciones, que todos los judíos de los Países Bajos tenían que ser deportados antes de que terminase el año.

Lo único que podía hacer era quedarme con ellas y tomar el mismo tren a Auschwitz.

Querido Johan, no sé qué me deparará el destino, tengo la sensación de que he engañado a la muerte por demasiado tiempo y que ahora quiere cobrarse su recompensa. En unas horas un tren nos llevará a la última parada de nuestra vida, espero que Dios sea capaz de perdonar todos mis errores y que termine con este infierno pronto.

Cuídese, ya queda poco para la liberación de los Países Bajos, Alemania está acabada, aunque como perro rabioso se revuelve dando dentelladas, con la esperanza de arrastrar a unos pocos con ella al pozo donde está a punto de caer.

Un abrazo y gracias por ayudarme a confiar de nuevo en la humanidad.

Walter Süskind

Al terminar la carta recosté mi cabeza en la cama, como si su lectura me hubiera dejado completamente exhausto. Walter y su familia ya debían estar en Auschwitz, si es que no los habían asesinado ya.

Me sentí un poco cobarde, en los últimos meses había defendido a mis estudiantes cuando las autoridades nazis se los quisieron llevar para que trabajaran en Alemania; había sacado fuerzas de flaqueza, pero como Elías tras la victoria sobre los sacerdotes de Baal, había terminado escondido y lamentando mi suerte, creyendo que ya no quedaba nadie que se enfrentara al mal y que lo único que me esperaba era la muerte. Pobre de mí, mis tiempos están en manos de mi creador. ¿Cómo he podido desconfiar de una verdad tan grande?

Aquel día resolví dejar la casa en la que me había escondido, regresar con los míos y enfrentarme a mi destino.

Al caminar por las calles me sorprendió lo dañados que se encontraban algunos edificios, apenas me crucé con gente, todos estaban ocultos en su casa esperando el desenlace final de la guerra. No habían sido capaces de actuar bajo la ocupación y parecía que tampoco harían nada para liberarse a sí mismos. Únicamente un

pequeño grupo de mujeres y hombres audaces toma-
ban las armas y atacaban a soldados alemanes o a colaboracionistas.

Una mañana caminé hasta la escuela, miré la guardería por fuera y el teatro, todo parecía en paz, como
si los pasos de los miles de personas deportadas hubieran sido borrados por la lluvia y la indiferencia.

«No os olvidaré», me dije mientras no podía evitar
que mis mejillas comenzaran a humedecerse, no entendía por qué yo estaba vivo y ellos no. Tal vez era simplemente porque no era judío, por quiénes eran mis
padres y qué tipo de sangre corría por mis venas y ese
pensamiento me dejó sin aliento. Me alejé del barrio
judío, sabía que Ámsterdam y los Países Bajos ya no
volverían a ser los mismos, nos habían arrancado parte
de nuestra alma y de nuestro amor por la libertad.

47

Las calles de Ámsterdam

Ámsterdam. 5 de mayo de 1945

La euforia se apoderó de las calles de Ámsterdam. Después de uno de los inviernos más duros de la historia de nuestro país, al final los nazis se habían rendido. La algarabía me hizo asomarme por la ventana, como al resto de mis estudiantes y ver a la multitud caminando por las calles.

—Profesor, vayamos fuera, el país es una fiesta —dijo uno de ellos y los demás le secundaron.

—Está bien.

Salimos a la calle abarrotada, la muchedumbre se dirigía a la plaza de Dam, donde parte de los soldados aliados estaban desfilando entre los alaridos de entusiasmo de la multitud. Me pregunté cuántos de ellos habían también aplaudido en los desfiles de los nazis unos años antes o simplemente habían permanecido indiferentes a lo que estos hacían.

Nos encaramamos a una valla e intentamos observar cómo las autoridades izaban de nuevo la bandera. Intenté dejarme llevar por el fervor de la multitud, convertirme en uno de ellos, aunque solo fuera por un instante.

Sonaba el himno, los niños correteaban, las mujeres lanzaban flores a los soldados, los canales estaban llenos de barcos engalanados, la guerra había terminado por fin.

Entonces los vi, primero un hombre empujado por una horda mientras le apuntaba un soldado canadiense. El individuo estaba asustado, se le veía en la expresión de la cara. Sangraba por la nariz y por la boca, tenía un ojo morado y andaba encorvado.

—¡Traidor! —bramaba la multitud, y a mí se me pusieron los pelos de punta.

Después un grupo apareció con varias mujeres, las escupían y gritaban, las pobres estaban aterrorizadas, varias señoras las obligaron a arrodillarse y les raparon el pelo mientras se mofaban de ellas.

—¡Furcias de los nazis! —gritaban las jovencitas y los niños.

Los colaboracionistas eran arrastrados por todas partes, mientras la gente los golpeaba y laceraba.

—Chicos, me marcho —anuncié a mis estudiantes.

—La fiesta acaba de empezar —me dijeron mis alumnos.

Señalé a los pobres desgraciados que la multitud empujaba y agredía.

—Se lo merecen, han traicionado a su país.

—Nos lo merecemos todos. El odio no nos hace más fuertes, nos convierte en personas débiles; tendrán que ser juzgados y condenados si es necesario, pero esto... Eso es lo que hacían los nazis con los judíos. ¿No lo entendéis?

Me miraron con asombro e incredulidad, parecían no entender nada.

Salí de la plaza, las calles aledañas estaban tan llenas que caminaba al borde del canal. En todos sitios las escenas eran similares, incluso oí algún disparo y como un hombre se arrojaba por una ventana para estrellarse contra el pavimento.

Me sentí avergonzado de lo que estaba pasando, de que todo el mundo lo viera como una revancha justa. Me prometí que los años que me quedaran intentaría fomentar la paz, la comprensión y el amor entre los hombres.

Llegué de nuevo al barrio judío, su silencio me estremeció, pero poco después, al pasar frente al teatro, oí un murmullo, luego voces infantiles y risas. Miré a la escuela y comprendí que provenían de mi recuerdo, de cuando la señora Pimentel me pidió que algunos niños durmieran la siesta en nuestra aula o corrieran por el jardín. Solía asomarme para verlos, se les veía tan libres y felices.

Me senté en el escalón del teatro y miré al frente. Los edificios seguían en pie, impasibles a todo lo que había sucedido, los ladrillos no entienden las pasiones humanas, simplemente se soportan unos a otros, manteniendo el equilibrio. Los seres humanos somos más complejos, siempre queremos sobresalir, destacar y ser amados, aunque para ello seamos capaces de destruir el mundo.

48

La llegada de los ángeles

No recuerdo la fecha, pero ya estaba muy avanzada la primavera. Estaba dando la última clase de la mañana cuando oí primero varios autobuses, después pasos, voces y varios adultos pidiendo calma. Bajé las escaleras y salí a la puerta. Varios centenares de niños de todas las edades caminaban alegres hasta la guardería. Miré con asombro como se detenían enfrente y sus monitores les hacían colocarse en orden, aunque la mayoría se resistía a obedecer.

Me acerqué a la puerta y los miré más de cerca. Entonces uno comenzó a gritar.

—Es el señor Van Hulst.

Miré al niño y creí reconocerlo.

—Señor Van Hulst, soy Abraham.

Me lo quedé mirando, había cambiado mucho, pero sus grandes ojos azules eran iguales.

—Claro que te recuerdo.

—Yo soy Ruth —dijo una niña.

Poco a poco todos comenzaron a gritar sus nombres, eran tantos. Se acercaron hasta mí y comenzaron a abrazarme, me agaché para poder estrechar entre mis brazos a los más pequeños.

—Gracias, Dios mío —comencé a decir entre lágrimas—. No sabía que habíamos salvado a tantos.

Uno de los monitores se paró enfrente.

—Señor Van Hulst, gracias por todo lo que hizo.

—Yo no hice nada, simplemente...

No me salían las palabras de los labios, el hombre me abrazó y todos se unieron. Muchos lloraban, otros reían y gritaban mi nombre. Entonces pensé en Pimentel, Walter, Felix y tantos que habían sacrificado sus vidas por salvar a unos completos desconocidos.

—Yo no hice nada —repetí mientras mis lágrimas se mezclaban con los besos y los abrazos, abrazos que comenzaron a sanar mi alma.

49

Redención

Ámsterdam, 5 de mayo de 1963

El Parlamento estaba a rebosar, me habían pedido que diera un discurso sobre el día de la liberación y mi lucha por salvar a los niños judíos. Lo sucedido en aquellos años parecía algo lejano, casi una historia irreal. Subí a la tribuna. El público tardó un momento en guardar silencio, parecían excitados por las celebraciones de la liberación del país.

—Señorías, conciudadanos y amigos. Hoy celebramos el día de la liberación de nuestra nación de los nazis. Nuestro país fue ocupado durante la mayor parte de la guerra, sufrimos el azote del odio y el desprecio que nuestros invasores nos impusieron a sangre y fuego. Hoy celebramos que fuimos liberados, pero no que nos liberamos a nosotros mismos. Nuestro pueblo sucumbió ante la prueba más difícil de su historia y aunque algunos sí lucharon y se unieron a la Resistencia, la mayoría permaneció impasible, seguramente esperando que las cosas terminaran por sí solas.

»Un héroe es simplemente alguien que cumple con su deber, el que se decide a hacer algo mientras el resto se queda mirando. No me considero uno, se lo aseguro a todos ustedes. Lo que sí sé es que cada día que pasa necesitamos más hombres y mujeres que sean capaces de sacrificar su propia vida por puro amor a los demás. No podemos olvidar a héroes y heroínas como Henriëtte Henríquez Pimentel, Walter Süskind y otros muchos que sacrificaron su vida por salvar a casi seiscientos niños.

»Nuestros enemigos querían cortar de raíz el tronco de todas estas familias, neerlandeses como nosotros, con nuestros mismos derechos, pero que nuestro país dio la espalda cuando más lo necesitaba.

»Señorías, autoridades y amigos, la vida nos ha dado a todos una nueva oportunidad, que el fantasma del odio, el racismo y la violencia jamás tome el control de nuestra amada nación. ¡Dios salve al rey, Dios salve a la gran nación de los Países Bajos!

Bajé de la plataforma mientras los aplausos se extendían por toda la sala, había formado una familia y había dedicado mi vida a mejorar la de mis ciudadanos, aún me quedaba mucho tiempo por delante, pero quería asegurarme de que merecía haber sobrevivido, que tanto sacrificio había merecido la pena.

Epílogo

El teatro

Ámsterdam, 10 de junio de 1971

Regresar jamás estuvo entre mis expectativas, guardaba demasiado rencor y desprecio por el país que no se había ocupado de mí y que había permitido que toda mi familia sufriese. Cuando llegué a la ciudad me di cuenta de que no tenía ni un lugar en el que llorar a mis muertos. Visité el cementerio y vi las lápidas amontonadas, la maleza que lo cubría todo y tuve que reprimir las lágrimas. Después me dirigí al barrio judío, la ciudad parecía bullir de vida, aunque los canales apestaban y el aire era casi irrespirable. Apenas recordaba la ciudad, mi familia no era de allí, pero de alguna forma me sentía vinculada a ella.

Me paré delante de la fachada de la guardería y miré el edificio, allí había pasado muchos meses con mi hermano David; después nos habían alojado en una granja, pero recordaba aquellos días de juegos y esperanza, deseos y miedo con cierta nitidez a pesar de mi corta edad.

Me giré y observé la fachada del teatro, parecía abandonado y al asomarme a las ventanas vi que en algunas partes se había hundido el techo. Dejé en la puerta un ramo de flores y me dirigí de nuevo hacia la parte más bulliciosa de la ciudad.

Al llegar al hotel y llamar a mi madre, Anna, me di cuenta de que yo no era de allí. Pertenecía a Argentina y me sentía bonaerense, para mí Ámsterdam formaba parte de un pasado que en el fondo deseaba borrar, pero era consciente que no debía hacerlo. Tenía la sensación de que si rompía los últimos lazos que me unían a mi antiguo país, los monstruos, peor aún, los fanáticos que lo habían ocupado durante casi cinco años habrían ganado la partida.

Me asomé a la ventana y contemplé los canales, la gente con sus bicicletas, la variedad de personas que recorrían las calles y me pregunté si todos ellos eran conscientes de que no hacía tanto tiempo, otros caminaban por esos mismos lugares, con la mente y el alma llenas de proyectos, deseando llevarse la vida por delante, pero terminaron asesinados por unos verdugos que se creían mejor que ellos.

—No te olvidaré, Peter, jamás olvidaré lo que hiciste por mi familia —dije en voz alta y al invocar su nombre, tuve la sensación de que me escuchaba desde algún lugar y sonreía.

Datos históricos

Johan van Hulst falleció el 22 de marzo de 2018 a la edad de ciento siete años. Johan, junto a Walter Süskind y Henriëtte Henríquez Pimentel salvaron la vida de al menos seiscientos niños judíos.

Van Hulst dirigía una escuela de profesores protestantes en Ámsterdam cuando los nazis decidieron deportar a todos los judíos del país. La escuela se encontraba en pleno barrio judío, y enfrente estaba el teatro Hollandsche Schouwburg, uno de los más famosos de la ciudad. Los nazis lo clausuraron y lo convirtieron en la oficina de deportación de los judíos de los Países Bajos. Pusieron al frente de la oficina a Walter Süskind, un alemán de padre holandés que había dirigido una fábrica de mantequilla en su país y después había escapado con su esposa y familia a Ámsterdam. A Walter y a su colaborador Felix Halverstad se les ocurrió el engaño de borrar a los niños de las listas de deportados y a través de la guardería que tenía la señora Pimentel enfrente dejarlos allí hasta encontrar una familia clandestina para ellos. Gracias a este método lograron salvar a cientos de niños.

La amistad de Süskind con el comandante de las SS Ferdinand aus der Funten, con el que había coincidido en su etapa como estudiante, facilitó las cosas.

La señora Pimentel se rodeó de varias mujeres y jóvenes que la ayudaron durante los meses que la guardería estuvo abierta. La mayoría de ellas consiguió escapar con vida.

Casi todos los personajes son reales o están inspirados en otros que sí lo fueron.

La información sobre el campo de tránsito de Westerbork es real, así como la vida de Etty Hillesum y de otros personajes descritos en el campo.

El personaje de Peter es inventado, aunque está en parte inspirado en el joven judío Baruch que logró escapar del teatro y ayudó a una joven, disfrazado de policía.

Dries Riphagen existió en realidad y gracias a su colaboración con los nazis cientos de judíos fueron detenidos, aunque no está probado que tuviera nada que ver con el cierre de la guardería, que fue clausurada misteriosa y abruptamente en el verano de 1943.

La familia Montera ha sido recreada a partir de la vivencia de varias familias sefardíes.

La mayoría de los judíos sefardíes llegaron a Ámsterdam entre finales del siglo xv y comienzos del xvi. Muchos de ellos habían pasado antes por Portugal, pero cuando el reino prohibió que se instalaran allí se marcharon a los Países Bajos, Bélgica y otros países de Europa, donde formaron sus propias comunidades. La mayoría de los sefardíes se centraron en el comercio de joyas, en especial diamantes, mantuvieron sus costumbres e idioma. Publicaban un periódico en castellano hasta antes de la Segunda Guerra Mundial con noticias referentes a España. La sinagoga principal de la ciudad la construyó esta rica comunidad y sigue existiendo en la actualidad.

Antes de la llegada de los nazis había unos 4.300 judíos sefardíes en el país, de una población de unos 140.000 judíos. Tras la guerra la población sefardí se redujo a solo 800 personas. La mayor parte fue asesinada por los nazis, aunque un pequeño número logró escapar a América, Suecia y Gran Bretaña. En la actualidad todavía hay unos seiscientos sefardíes en el país.

La señora Pimentel fue enviada a Auschwitz con sus niños, donde falleció. Lo mismo le sucedió a Walter Süskind y a toda su familia. Felix Halverstad logró sobrevivir.

Johan van Hulst se convirtió en político, uno de los más longevos y respetados del país. También ganó varios torneos de ajedrez en su país. La valentía de este holandés hizo que fuera nombrado como Justo entre las Naciones en 1973, y que Benyamin Netanyahu le dedicara unas palabras de homenaje en 2012.

Los aliados liberaron por completo los Países Bajos el 5 de mayo de 1945, desde entonces ese día se celebran todo tipo de actos de conmemoración.

Cronología

1914-1919. Los Países Bajos permanecen neutrales durante la Primera Guerra Mundial.

Septiembre de 1939. Los neerlandeses se declaran neutrales al comienzo de la Segunda Guerra Mundial.

Mayo de 1940. En este momento alrededor de 140.000 judíos viven en los Países Bajos, un buen número de origen alemán, checo y austriaco.

10 de mayo de 1940. Los alemanes atacan por sorpresa a los Países Bajos.

13 de mayo de 1940. El gobierno neerlandés y la familia real huyen a Londres y proclaman un gobierno en el exilio.

14 de mayo de 1940. El centro de Róterdam es destruido por los bombardeos alemanes, como medida para aterrorizar a la población.

15 de mayo de 1940. Los Países Bajos son ocupados. Después de cinco días de lucha, se han producido

2.220 muertes y 2.700 soldados heridos, además de 2.000 víctimas civiles.

1940-1945. Hitler reconoce a los ciudadanos neerlandeses no judíos como arios o miembros de la «raza superior». Su deseo es incorporar a los Países Bajos como parte del Gran Reich.

Mayo de 1940. Los nazis imponen un nuevo gobierno encabezado por el nazi austriaco Arthur Seyss-Inquart.

1940. Se instalan las primeras bases de la Luftwaffe. Alemania comienza a construir bases de la fuerza aérea en los Países Bajos para organizar ataques contra Gran Bretaña.

1940-1944. Se proclama el Arbeitseinsatz, por el cual todos los neerlandeses de entre dieciocho y cuarenta y cinco años deben trabajar obligatoriamente en Alemania, para favorecer la industria de guerra. En total 387.000 ciudadanos fueron obligados a trasladarse a Alemania para trabajar en fábricas. Los que se negaron a hacerlo debieron esconderse de las autoridades.

1941. Formación del llamado Muro Atlántico: Alemania comienza a construir defensas a lo largo de la costa atlántica desde Francia hasta Dinamarca.

1941. Los judíos alemanes de los Países Bajos son declarados apátridas y poco después comienzan las deportaciones de judíos «para trabajar» en Alemania y Polonia.

25 y 26 de febrero de 1941. Decenas de miles de trabajadores hacen huelga para protestar por las deportaciones de judíos.

1941. Gleichschaltung («conformidad forzada»): El Partido Nazi de los Países Bajos es el único partido político permitido en el país.

Mayo de 1942. Se obliga a que los judíos utilicen la estrella amarilla de seis puntas en un lugar visible.

Mayo de 1942. El 3 por ciento de la población masculina adulta, unos 100.000 miembros, pertenece al Partido Nazi de los Países Bajos y unos 16.000 jóvenes entran en las juventudes nazis. Unos 20.000 a 25.000 nazis se ofrecen como voluntarios para las Waffen-SS. Luchan especialmente en el frente ruso.

Verano de 1942. Se generalizan las deportaciones de hombres y mujeres judíos a campos como Auschwitz y Sobibor. Los nazis llevan a cabo estas deportaciones con la ayuda de la policía holandesa, voluntarios nazis, la administración del Consejo Judío y los trabajadores de la administración pública.

6 de julio de 1942. Ana Frank y su familia se esconden en Ámsterdam para evitar ser deportados.

10 de enero de 1942. Japón declara oficialmente la guerra a Holanda e invade las Indias Orientales Holandesas (actual Indonesia). En ese momento unos 42.000 soldados son hechos prisioneros, 100.000 civiles holandeses son arrestados y millones de súbditos son sometidos a trabajos forzados.

1940-1945. Algunos ciudadanos holandeses resisten activamente la ocupación por medio de diferentes acciones como la falsificación de dinero o tarjetas de racionamiento, el asalto de centros, escondiendo a conciudadanos, espiando para los aliados, publicando periódicos clandestinos e incluso asesinando a líderes nazis y colaboradores.

9 de agosto de 1945. Ana Frank y su familia son arrestados y enviados a Auschwitz. El único miembro de la familia que sobrevivió fue el padre de Ana, Otto Frank.

1944-1945. Se producen represalias brutales contra la Resistencia. Atacan universidades, ejecutan a cientos de rehenes holandeses y bombardean barrios.

5 de septiembre de 1944. Conocido como el «Martes loco». Los neerlandeses celebran su liberación, pero es un falso rumor. Unos 65.000 colaboradores se trasladan a Alemania por el miedo a las represalias.

De finales de 1944 a mayo de 1945. Se produce el llamado «invierno de hambre». Alemania corta todos los suministros de alimentos y combustible a las provincias occidentales de los Países Bajos. 4,5 millones de personas se quedan sin comida ni carbón. Unos 18.000 ciudadanos morirán de hambre.

14 de septiembre de 1944. Los aliados liberan las primeras ciudades holandesas de Maastricht, Gulpen y Meerssen. Gran parte del sur de los Países Bajos fue liberada a finales de 1944, aunque muchas zonas del norte permanecen ocupadas hasta el final de la guerra.

1944-1945. Cuando los aliados entran en los Países Bajos, se producen combates violentos en las ciudades holandesas. La población sufre el bombardeo sistemático tanto de los aliados como de los nazis.

5 de mayo de 1945. Los Países Bajos son liberados de la ocupación alemana.

7 de mayo de 1945. Alemania se rinde definitivamente.

1945. Tras la liberación colaboradores nazis holandeses son ejecutados y encarcelados. Las mujeres que habían mantenido relaciones sexuales o sentimentales con hombres alemanes son humilladas públicamente.

Holocausto de 1942 a 1945. Se calcula que el 75 por ciento de la población judía neerlandesa fue asesinada durante la Segunda Guerra Mundial. Es el porcentaje más alto en un país ocupado, muy superior a los de Bélgica o Francia, pero superado por Polonia. Muchos de esos judíos son de origen sefardí.

Índice

PRIMERA PARTE
El verano de nuestras vidas

SEGUNDA PARTE
La casa de Henriëtte

TERCERA PARTE
Un mundo que se acaba